LA MORTE VIOLA

BRIAN L. PORTER

TRADUZIONE DI
ANNALISA LOVAT

RINGRAZIAMENTI

La Morte Viola deve buona parte della sua esistenza a un piccolo gruppo di persone sparpagliate nel mondo e il cui aiuto e sostegno, sia nella lettura che nelle critiche al manoscritto, si è rivelato senza prezzo. Tutti impegnati in diversissimi lavori e occupazioni, questi volontari mi hanno aiutato a dare una forma definitiva alla storia che state per leggere e per questo motivo desidero dire grazie di cuore a Malcolm Davies, Sheila Noakes e Ken Copley (Regno Unito), Jean Pike (Stati Uniti), Graeme S Houston, (Malesia), e ultima ma non meno importante mia moglie Juliet che mi ha ispirato durante le lunghe ore che ho speso scrivendo questo romanzo.

INDICE

Il quartiere londinese di Richmond-on-Thames si estende ai margini sud orientali dei confini della Contea della Grande Londra. Il Palazzo di Giustizia di Hampton, i Kew Gardens e Twickenham – la sede dell'English Rugby – si trovano tutti qui, come anche il Laboratorio Nazionale di Fisica. Si contano più di cento parchi e il fiume Tamigi scorre adagio percorrendo ventuno miglia del quartiere con collegamenti reali che risalgono a circa novecento anni fa.

È all'interno di questo ambiente tranquillo e improbabile che un assassino con moventi terrificanti dà inizio a una furia di omicidi che presto conducono la polizia a risalire a un caso vecchio di decenni. Sfortunatamente per l'Ispettore Detective Sean Connor e per la sua assistente Sergente Lucy Clay, tutte le strade sembrano non portare da nessuna parte in questa sconcertante indagine, e presto iniziano a rendersi conto che l'uomo che sta dietro a questi omicidi è un maestro nell'arte del depistaggio e che sembra assumere sempre una nuova identità ogni giorno che passa. I testimoni sono scarsi, gli indizi non ci sono e ogni potenziale sospettato subito si rivela essere nientemeno che un'altra vittima dell'odioso assassino. Connor si trova di fronte a continue domande relative ai moventi dell'assassino, eppure le risposte non sono mai semplici da trovare.

Chi è la sconosciuta ma letale complice donna dell'assassino che si è subito presa dalla polizia l'appellativo di 'donna del cioccolato'? Chi la sta dirigendo nell'esecuzione di questi crimini apparentemente privi di significato e movente? Perché il macchinista muore ai comandi mentre un treno espresso arriva alla stazione di Birmingham, e come fa il suo omicidio dalla parte opposta del paese ad essere collegato all'orrenda serie di uccisioni che si sta verificando nella tranquilla e rigogliosa Richmond-on-Thames? E cosa fra tutto collega le vittime a un'indagine per omicidio irrisolta e risalente a trentadue anni prima?

Ogni volta che Connor e la sua squadra sentono di essere sul punto di trovare una nuova traccia, scoprono presto di essere invece attirati in un altro vicolo cieco dalla mente magistrale, spietata ma diabolicamente intelligente che sta dietro agli omicidi. Il tempo sta per scadere per coloro che si trovano ancora nella 'lista omicidi' dell'assassino e i detective devono lavorare in fretta se vogliono evitare che il killer completi il suo orrido compito. Ha inizio allora la loro indagine all'interno del catalogo di omicidi che presto diventerà noto tra tutti come 'La Morte Viola'.

Nota dell'Autore: sebbene i paesi e le città nominati in questo romanzo e il quartiere di Richmond-on-Thames siano reali, qualsiasi riferimento e nomi di luoghi, vie e individui è puro frutto di invenzione dell'autore e non ha alcun collegamento con luoghi, persone o vita reali. Qualsiasi somiglianza con luoghi o persone esistenti è pura coincidenza ed è del tutto non intenzionale.

L'UOMO PRESE LA SCATOLA D'ARCHIVIO DI CARTONE grigio dal suo posto in fondo allo schedario di metallo vecchio e consunto che si trovava nell'angolo più buio dell'ufficio. Il pesante scatolone era talmente pieno da aver assunto una forma gonfia ed irregolare. Non riportava alcun nome né etichetta nello spazio apposito. L'uomo lo appoggiò sul tavolo e sciolse il nastro rosa che lo teneva chiuso, quindi iniziò a tirare fuori lentamente ciò che conteneva. Vecchi ritagli di giornale ingialliti dal tempo si trovarono presto sulla scrivania insieme a fotografie di diversi uomini e donne in strade la cui epoca era tradita dalla presenza di automobili appartenenti a un'altra generazione. C'erano poi taccuini con pagine scolorite e stropicciate e un unico album in pelle che conteneva altre fotografie, questa volta di natura più personale.

Passò dieci minuti buoni a studiare attentamente il contenuto della scatola prima di rimettere all'interno tutti gli oggetti, attento a seguire l'esatto ordine inverso di quando li aveva tirati fuori. Alla fine spese qualche minuto per guardare le foto dell'album personale, accarezzando delicatamente con un dito il volto del personaggio centrale di ciascuna immagine contenuta nel ben conservato raccoglitore. Un sorriso gli incurvò le labbra e l'uomo parve perso in ricordi di un tempo più felice. Alla fine però rimise l'album insieme agli altri oggetti nella scatola d'archivio e la ripose nello schedario, quindi premette il pulsante di chiusura automatica sull'armadio. I suoi segreti erano al sicuro fino alla prossima volta che avesse deciso di immergersi nel suo museo personale che mostrava quale era stata la sua vita, e quale sarebbe potuta essere sotto altre circostanze.

Aprì un cassetto della sua scrivania e ne tirò fuori una scatola di legno lucido. Fatta a mano con il legno di quercia della migliore qualità, aveva un aspetto distintamente datato e d'altri tempi. Sapeva che una volta era appartenuta a un capitano di mare in pensione che aveva navigato per il mondo tanto tempo prima su un vecchio clipper, portando tè ed altri tesori da un angolo all'altro dell'impero. L'aveva acquistata ad un'asta di antichità e ne aveva fatto buon uso.

La aprì con una chiave che teneva al collo e ne controllò il contenuto con sguardo soddisfatto. Cinque piccoli tubi di vetro molto simili alle fialette delle analisi che si usano nei laboratori chimici erano adagiate su un soffice panno di velluto verde all'interno della scatola. Ciascuna era chiusa perfettamente ed ermeticamente con un tappo di sughero e sigillata attorno ai bordi con un nastro nero molto resistente. Solo la più appuntita delle siringhe poteva penetrare all'interno per estrarre il contenuto di quelle fiale. Toccò una alla volta tutti i piccoli contenitori di vetro, soffermandosi con lo sguardo sul liquido trasparente e dall'aspetto innocuo che ciascuna fiala conteneva. Poi, con uno sguardo di soddisfazione stampato in volto, lentamente chiuse la scatola, girò la chiave nella serratura e la rimise nel suo scomparto all'interno del cassetto.

Sollevando la cornetta del telefono, l'uomo si preparò a fare una chiamata controllando il numero su un blocchetto posato sulla sua scrivania. Sorrise di nuovo mentre digitava il numero. Il gioco stava per cominciare!

parò a fare una chiamata controllando il numero su un blocchetto posato sulla sua scrivania. Sorrise di nuovo mentre digitava il numero. Il gioco stava per cominciare!

GUARDANDO IL MONDO ATTRAVERSO LA FINESTRA DEL suo ufficio Sam Gabriel aveva tutte le ragioni per sentirsi soddisfatto. Mentre osservava la gente che si godeva il calore del sole nel parco direttamente sotto all'edificio del suo ufficio, si chiese se qualcuno di loro potesse essere tanto felice quanto lui in quel particolare momento della sua vita. Aveva appena quarant'anni eppure si era già trovato lanciato in alto verso i gradini più alti della scala delle promozioni e del successo. Non era passata neanche un'ora da quando Lawrence Betts aveva chiamato Sam nel suo ufficio e gli aveva dato il premio cui aveva ambito per così tanto: l'ingresso nella società! Che gli venisse offerto il ruolo di socio all'interno dell'azienda di Betts, Cowan e Ford era una cosa che Sam aveva sognato fin da quando aveva iniziato a lavorare in quella sede legale appena quattro anni prima. Non avrebbe mai immaginato che sarebbe accaduto così presto. Prima di allora si era fatto un certo nome in un'azienda più piccola specializzata in materia criminale ed era stato quindi selezionato dalla società più grande e importante per cui lavorava adesso. Voleva così tanto chiamare Lynne, sua moglie da sei anni, ma sapeva che si trovava in viaggio per Edimburgo per andare a far visita a sua madre, e Lynne non si sarebbe mai e poi mai sognata di rispondere al telefono mentre era alla guida. Era sempre stata troppo coscienziosa e attenta alla sicurezza per correre un rischio del genere.

Mentre Sam stava pensando a Lynne notò per la prima volta la leggera sensazione di bruciore, accompagnata da un inspiegabile formicolio alle labbra. Imputandone la causa all'eccitazione, Sam ignorò inizialmente il disagio, ma mentre guardava due bambini che inseguivano un piccolo Yorkshire Terrier nel parco sotto alla sua finestra, divenne cosciente di un'altra sensazione spiacevole: la sua bocca iniziò a farsi intorpidita, come se gli avessero somministrato una dose eccessiva di procaina, e la sensazione di formicolio si fece più intensa, come anche il bruciore che ora si era allargato dalla bocca arrivando a far presa saldamente all'addome.

Sam barcollò andando a sbattere contro la sua scrivania mentre il bruciore aumentava e le sue funzioni motorie improvvisamente lo abbandonavano. Voleva muovere braccia e gambe, ma gli arti non volevano obbedire ai comandi impartiti dal cervello. *Cosa diavolo stava succedendo?* Sam cercò di andare verso il telefono, che invitante lo aspettava sulla scrivania, con l'intento di chiamare Maggie, la sua segretaria. Sapeva di aver mangiato qualcosa che non andava bene per il suo stomaco. Quello poteva soltanto essere un virulento attacco di avvelenamento da cibo, di certo. Per lo stesso motivo, nel preciso istante in cui stava per raggiungere il telefono dall'altra parte delle scrivania, quello sembrava continuare ad allontanarsi dalla sua mano tesa. Per quanto tentasse con tutto se stesso, semplicemente le sue dita non riuscivano neanche a sfiorare quell'oggetto di plastica inanimato ma sfuggente che era diventato l'assoluto e unico interesse della sua vita negli ultimi secondi.

Non ce la poteva fare. Il telefono non voleva permettergli di afferrare la cornetta, quindi tentò la sua seconda migliore opzione: andare alla porta, aprirla e chiamare Maggie nel suo ufficio. Lo aveva fatto migliaia di volte prima, perché non farlo anche adesso? La risposta arrivò in meno di due secondi, quando Sam Gabriel cercò di spostare le gambe e invece cadde come un sacco pesante sul pavimento del suo ufficio. Ora si sentiva decisamente peggio che semplicemente 'male' e la paura lo assalì mentre il sudore iniziava a scorrergli sulla fronte e a calargli negli occhi. Sentiva una strozzatura all'altezza del petto, come se qualcuno gli avesse messo attorno l'anello di ferro di una botte e lo stesse stringendo ogni secondo di più. Qualcosa gli stava rapidamente spremendo la vita fuori dal corpo e non c'era niente né nessuno lì con lui nell'ufficio a cui potersi rivolgere per avere aiuto. Sam Gabriel non si era mai sentito così spaventato e solo.

Perché nessuno veniva in suo aiuto? Non gli veniva in mente nessun motivo per cui nessuno si fosse ancora presentato, ma poi ricordò che aveva detto a Maggie che non voleva essere disturbato per nessuna ragione. Sam voleva godersi il suo grande momento, assaporarselo e poi fare qualche telefonata ad amici e familiari per condividere la notizia. Poi sarebbe andato a pranzo come al solito con i suoi colleghi interni ed esterni all'azienda da Harrow Arms, il ristorantino locale per la gente dedita ad affari legali ed esclusivi.

Il battito stava rallentando e gli sembrava di avere la pelle in fiamme mentre la sensazione di calore si diffondeva rapidamente a tutto il corpo. Poteva quasi sentire le palpitazioni del cuore nelle tempie e capì che insieme al battito anche il ritmo del cuore si stava abbassando ogni minuto di più.

"Cosa diavolo mi sta succedendo?" riuscì a dire a voce alta, ma furono le ultime parole che gli uscirono di bocca prima di sentirsi contorcere e tendere lo stomaco. Iniziò a vomitare senza controllo. Ondeggiò violentemente a terra mentre uno spasmo gli scuoteva le membra e sentì la fredda solidità della sua scrivania contro la schiena. A quel punto Sam iniziò a singhiozzare, rendendosi conto che nessuno sarebbe venuto in suo aiuto, e che qualsiasi cosa gli stesse accadendo aveva il potenziale di portare su di lui conseguenze letali. Concluse che quello non era un semplice caso di avvelenamento da cibo. Qualche bastardo lo aveva deliberatamente avvelenato. Ma chi, e con che cosa? Cercò disperatamente di pensare a qualcosa che poteva aver ingerito e che potesse aver causato quel genere di reazione, ma il suo povero e torturato cervello non giunse a nessuna soluzione.

Il dolore alle viscere crebbe in modo esponenziale e Sam riuscì a mettersi in posizione fetale, le braccia strette attorno alla pancia nello sforzo di attenuare l'agonia e controllare i conati che ora gli sconquassavano il corpo esausto a intervalli di pochi minuti. Respirare era diventato più difficile. A quel punto lui ne era poco cosciente, ma l'aria gli mancava e i polmoni stavano iniziando a soffrire di asfissia. Lucido fino alla fine, Sam Gabriel visse gli ultimi minuti della sua vita sul pavimento del suo ufficio, riconoscendo l'avvicinarsi della morte imminente, ma incapace di chiedere aiuto, incapace anche solo di chiamare la sua segretaria che si trovava nell'ufficio accanto. Sam pensò a Lynne e al bambino che aveva in grembo, il figlio o figlia che non avrebbe mai conosciuto. Poi, quando il dolore all'addome raggiunse un crescendo e i polmoni parvero essere stretti in una morsa, Sam chiuse gli occhi per l'ultima volta. Nel parco i bambini rincorrevano il piccolo terrier e la gente si raccoglieva sulle panchine per consumare panini e bevande per il pranzo.

Sapendo che avrebbe voluto essere in orario per festeggiare la buona notizia della sua promozione con i colleghi a pranzo, Maggie Lucas osò bussare ed entrare nell'ufficio di Sam Gabriel neanche dieci minuti dopo che lui aveva tirato il suo ultimo agonizzante respiro. Le grida che seguirono alla sua scoperta del corpo penosamente contorno del suo capo portò i colleghi e i soci della ditta Betts, Cowan e Ford ad accorrere nell'ufficio del loro neo-socio così prematuramente scomparso. Sam Gabriel aveva avuto a disposizione meno di due ore per godersi la sua promozione.

UN'ORA DOPO CHE SAM GABRIEL ERA SPIRATO SUL pavimento del suo ufficio, David Arnold, padre trentottenne di due bambine e macchinista per le Great Eastern Railways stava fermando il suo treno al binario due della New Street Station di Birmingham. Il viaggio dalla località di Penzance sulla costa meridionale era stato privo di eventi e David era arrivato al binario designato a Birmingham perfettamente in orario. Il bruciore allo stomaco aveva avuto inizio dieci miglia dalla città, ma lui aveva pensato fosse dovuto alla colazione consumata troppo in fretta quella mattina. Ora ne stava pagando il prezzo.

Solo quando sentì le sensazioni di bruciore e formicolio alla bocca e iniziò ad avvertire i primi crampi allo stomaco, David cominciò a pensare che potesse trattarsi di qualcosa di più serio. Sapeva di non poter continuare a guidare per il resto del turno che lo avrebbe portato fino a dove abitava, a Liverpool, dove un altro macchinista gli avrebbe dato il cambio e avrebbe condotto il treno fino al capolinea a Glasgow. Nella sua attuale condizione sarebbe stato un rischio per se stesso e per i suoi passeggeri, quindi decise responsabilmente di uscire dalla cabina e chiedere aiuto prima di passare la guida a un macchinista di scorta se fosse stato possibile trovarne uno.

Fu in quel momento, nel preciso istante in cui cercò di alzarsi dal suo sedile e andare alla porta della cabina, che si rese conto di quale brutta piega avessero preso le cose. Sebbene il suo cervello continuasse a funzionare perfettamente, David Arnold si trovava incollato al sedile. Voleva muoversi ma non poteva. Sembrava che tutte le sue funzioni motorie lo avessero abbandonato. Diavolo, non riusciva neanche ad allungare il braccio fuori dal finestrino per chiamare aiuto. Gli veniva da vomitare e un pesante senso di rigidità iniziò a formarsi nel suo petto rendendogli difficile respirare. David capì di avere un grosso problema.

Le porte delle carrozze si chiusero, il capostazione fischiò e i cento quaranta passeggeri a bordo del treno aspettarono che la potente locomotiva elettrica-diesel iniziasse la sua lenta marcia di avviamento e tirasse il serpentone di carrozze lontano dalla stazione prima di prendere gradualmente velocità una volta uscita dalla città.

Quando il treno non si mosse, il capostazione cercò di fischiare un'altra volta, pensando che forse il macchinista non aveva sentito il suono acuto inteso a dargli il via libera. Quando anche il secondo fischio sortì il medesimo effetto nullo, il capostazione percorse di fretta il binario verso la testa del treno. Mentre si avvicinava alla locomotiva lo raggiunse un supervisore, il cui compito era quello di controllare che le carrozze fossero in buona condizione e che tutte le porta si fossero chiuse prima della partenza. I due uomini arrivarono contemporaneamente alla porta della cabina del macchinista e il capostazione, un veterano che lavorava nel sistema ferroviario da vent'anni, allungò la mano per aprire la porta. Normalmente la porta stava automaticamente chiusa con il treno in movimento, ma ora il capotreno poté tranquillamente abbassare il chiavistello e aprirla rivelando l'interno della cabina.

Il pavimento della cabina era inondato dal vomito che David Arnold aveva riversato a terra nei suoi ultimi momenti. Era rimasto cosciente e lucido fino alla fine, inorridito dalla sensazione datagli da quelle enormi pressioni al petto e ai polmoni. Si era sentito lentamente strangolare da qualcosa di invisibile, il suo bisogno di aria era cresciuto insieme al dolore, al bruciore e al torpore mentre il suo corpo si chiudeva una cellula dopo l'altra e le lacrime gli rigavano il volto. David Arnold aveva pensato a Vicky e a Tracy, le sue due giovani figlie, e ad Angela, la moglie che stava a casa ad aspettare che finisse il suo turno e tornasse da loro come sempre. Aveva potuto vedere i loro volti nella sua mente quando quell'ultima orrenda strozzatura lo aveva colpito e lo sforzo per respirare era stato superato dal bisogno di cedere, di lasciare che le inevitabili conseguenze di quell'improvviso e doloroso attacco seguissero il loro corso. David Arnold era morto solo dieci secondi prima che il capostazione Ray Fellows aprisse la cabina.

Gli inorriditi volti di Ray Fellows e del supervisore Mike Smith erano uno la copia dell'altro mentre fissavano imbambolati l'orripilante scena che si trovarono davanti ai loro occhi nella cabina del macchinista. Smith distolse lo sguardo e vomitò a sua volta, direttamente sul binario. Fellows, nonostante lo shock di aver trovato il macchinista in una tale condizione, riuscì a gridare chiamando aiuto alla sua radio, convocando tanto la polizia quanto i paramedici.

La polizia fu la prima ovviamente, dato che le forze armate locali mantenevano una forte presenza in tutte le maggiori stazioni ferroviarie, come attuale deterrente contro la piaga del terrorismo. Un sergente e un agente arrivarono all'ingresso della cabina dopo due minuti dalla chiamata di Fellows e al sergente non servì dare un'occhiata più accurata per constatare che il macchinista con ogni probabilità non era vivo. La cupa smorfia di dolore sul suo volto, paralizzato nel momento della morte, era abbastanza per dichiarare il suo stato di decesso e il sergente ordinò all'agente di delimitare l'area attorno alla cabina fino a che i paramedici e altri agenti di polizia fossero arrivati in soccorso.

"E col treno cosa facciamo?" chiese Fellows.

"Eh?" rispose il sergente.

"Il treno, sergente! Ci sono probabilmente più di cento persone in quelle carrozze, e di certo vogliono continuare il loro viaggio. Cosa facciamo con questo dannato treno?"

Il sergente Peter Seddon rifletté rapidamente e giunse a una decisione.

"Mi spiace, ma fino a che non sapremo per certo che si è trattata di una morte accidentale, dovranno restare qui e non potranno lasciare l'area fino a che non ne avremo ordine dal commissario maggiore."

"Di certo state scherzando," rispose il capotreno. "Come facciamo a tenerli tutti sul treno? Non abbiamo mica un esercito di sicurezza qui. Potrebbero tranquillamente aprire le porte e lasciare la stazione senza che noi ne sappiamo niente, no?"

"Davies," disse il sergente rivolgendosi al suo agente. "Prendi la radio e chiama quanti uomini abbiamo in servizio oggi alla stazione. Falli venire qui. Voglio nome e indirizzo di ogni passeggero, e li voglio in fretta!"

"Subito, sergente," rispose l'agente.

La gente stava già aprendo le porte delle carrozze per tutta la lunghezza del treno da otto vagoni. Ci sarebbe voluto uno sforzo miracoloso e sovrumano da parte della polizia per tenere tutte quelle persone al loro posto fino all'arrivo dei detective. Grazie agli eccellenti sforzi del sergente Seddon, dell'agente Paul Davies e di quattro uomini della polizia ferroviaria della New Street Station, ottennero quasi l'impossibile. Per quanto ne sapevano, nessuno lasciò il treno prima dell'arrivo, una trentina di minuti più tardi, dell'ispettore detective Charles Carrick e del suo assistente il sergente detective Lewis Cole.

I detective si misero subito al lavoro, sebbene ci fosse ben poco da scoprire sia dai passeggeri che dal personale della ferrovia al binario due. La probabilità che qualcuno a bordo del treno potesse avere qualcosa a che fare con la morte del macchinista era minima secondo gli investigatori, e dopo essersi assicurati che gli agenti avessero preso nota di tutti i nomi e indirizzi dei passeggeri, questi vennero rilasciati perché potessero proseguire il loro viaggio meglio che potevano.

I paramedici erano certi che il macchinista fosse morto (l'avrebbero detto da subito anche i poliziotti) e Carrick chiese che il corpo non venisse toccato fino all'ispezione da parte del medico della polizia. L'intera procedura durò dall'inizio alla fine circa un'ora e al termine i paramedici rimossero il corpo di David Arnold dalla cabina con la massima cura possibile, lo misero in un sacco per cadaveri nero e lo portarono all'obitorio locale dove sarebbe stato presto sottoposto a un rigoroso esame e a un'autopsia per determinare la causa del decesso dello sfortunato macchinista. La locomotiva sarebbe stata trattata come una potenziale scena del crimine per il tempo dovuto, costringendo il capostazione all'inconvenienza di dover sospendere tutte le operazioni su quel binario, il che avrebbe causato una grave interruzione dell'intera linea ferroviaria, fino a che la polizia non avesse permesso al loco di essere spostato su un binario di servizio.

Le parole di Carrick mentre l'ambulanza portava lo sfortunato macchinista al suo appuntamento con il bisturi dell'esame medico si sarebbero rivelate alla fine piuttosto profetiche quando si rivolse a Cole dicendo:

"Non mi piacerebbe vedere una cosa del genere ogni giorno, sergente. Nossignore, non mi piacerebbe per niente. Vengono i brividi quando si vede un corpo come quello. Il poveraccio deve aver sofferto fino alla fine dall'espressione che aveva sulla faccia. Nessuno dovrebbe morire così, nessuno. Non rivedrò mai più una faccia del genere fintanto che vivrò."

"Giusto, signore," rispose Cole.

Non gli venne in mente nient'altro da dire in quel momento. Era troppo impegnato nel cercare di trattenere il senso di nausea contro il quale stava lottando da quando anche lui aveva visto il cadavere del macchinista.

In quel momento nessuno poteva pensare ad altro che all'inevitabile autopsia, che speravano desse prova che l'uomo era morto per qualche morte naturale, per quanto orribile. Magari avvelenamento da cibo.

Quella speranza ebbe però vita breve, come anche l'idea di Carrick che quella sarebbe stata la prima e ultima volta di fronte a un corpo così torturato come quello di David Arnold!

DOMANDE SENZA RISPOSTE

LA MORTE DI SAM GABRIEL AVEVA CAUSATO UN BEL trambusto all'interno delle venerate porte della storica società legale. Il socio principale Lawrence Betts, che gli aveva stretto la mano così recentemente per sancire il suo ingresso nel gruppo, si era preso personalmente la briga di avvisare le autorità competenti non appena la segretaria di Sam l'aveva informato della tragedia che aveva avuto luogo nell'ufficio di Sam. Il sessantano-venne Betts, visibilmente scosso e con addosso il peso di tutti i suoi anni, sedeva ora alla sua scrivania, le mani piene di inarrestabile frenesia mentre l'ispettore detective Sean Connor stava seduto sulla comoda sedia in pelle destinata ai clienti che Betts offriva a coloro che si rivolgevano alle sue doti professionali. Al momento Connor poteva vedere solo un vecchio triste con i capelli bianchi e le rughe alle tempie, le mani segnate qua e là da macchie della pelle: un uomo i cui occhi mostravano la sua sconfitta.

"Quindi, signor Betts," iniziò, "cosa potete dirmi per gettare un po' di luce su quello che è successo qui oggi? Ho inteso che il signor Gabriel era stato nel suo ufficio poco prima della sua morte e che gli avevate appena concesso una grande promozione, giusto?"

Betts fece una pausa prima di rispondere. Ovviamente Maggie o una delle altre segretarie o impiegati avevano già fornito all'ispettore la notizia della promozione.

"Uhm, sì, è più o meno così, ispettore," rispose alla fine. "Sam Gabriel era una delle luci più brillanti stagliate contro un orizzonte sempre più spento. In termini legali attuali significa che lavorava brillantemente e aveva una carriera sfavillante davanti a sé. Gli avrei concesso la promozione l'anno scorso, ma volevo che si facesse ancora un po' di esperienza nei processi prima di confermare ciò che dentro di me già sapevo perfettamente. Questa non è niente meno che una tragedia catastrofica, ispettore. Una tragedia catastrofica!"

"Sì, signore, sono certo che lei abbia ragione. Ha qualche idea su cosa possa aver causato questo, questo... qualsiasi cosa gli sia successa?"

"Le assicuro ispettore che non ho alcuna idea in assoluto di cosa possa essere successo al povero Samuel. Ma mi lasci dire subito che Sam non aveva tempo per le droghe, quindi il pensiero che possa aver avuto una overdose di qualche sostanza illegale è assolutamente fuori questione."

"Cosa le fa pensare che io possa seguire una pista del genere, signor Betts?" chiese l'ispettore.

"Non lo so, ispettore. È solo che so da anni di esperienza che quando qualcuno muore in circostanze misteriose senza evidente segno esterno di trauma fisico, la polizia tende a pensare a queste cose, o no?"

"Lei ha una misera opinione di noi, vero signor Betts? Per quanto ne so il signor Gabriel può aver avuto un attacco di cuore, un ictus, un'emorragia cerebrale e un'infinità di cose che possono essere attribuite a cause naturali. Eppure lei automaticamente pensa alle sostanze controllate. So che è un avvocato, ma penso che forse stia saltando lei stesso a conclusioni affrettate. Non è magari proprio lei a pensare che il signor Gabriel abbia assunto qualcosa che possa aver contribuito alla sua morte?”

“No, ispettore, non lo penso per niente, e mi deve perdonare per aver avanzato questa questione. Sono scioccato, ecco tutto, scioccato di aver perduto un collega con una mente così giovane e brillante e scioccato dall'effetto che la sua morte avrà su sua moglie e sulla sua famiglia.”

“Certo signor Betts, certo. Quindi non ha idea di cosa sia successo nell'ufficio del signor Gabriel dopo la vostra conversazione di oggi?”

“Esatto. Samuel è uscito dal mio ufficio alle undici circa e per quanto ne so dopo aver parlato con i miei impiegati, è tornato nel suo ufficio. Dopo poche parole con la sua segretaria per chiederle di non disturbarlo per nessuna ragione, non è più stato visto vivo.”

“Non è un po' strano, signore? Intendo dire, aver appena ricevuto una grossa promozione e non condividerla subito con tutti?”

“Per niente, ispettore. Samuel Gabriel era un uomo modesto e rispettato. Sicuramente voleva che fosse sua moglie la prima a sapere della sua fortuna. Mi aveva detto che oggi stava andando verso nord, penso a Edimburgo per far visita alla sua famiglia, e non si sarebbe mai sognato di disturbarla al telefono mentre stava guidando. Avrebbe aspettato che fosse arrivata a nord del confine e poi le avrebbe telefonato prima di dirlo a chiunque altro.”

“Ma la gente dell'ufficio e gli altri membri della società, tutti lo sapevano suppongo?”

“Certamente, ma se lo sarebbero tenuto per loro fino a che non fossero usciti dall'edificio. E poi, a parte la sua famiglia e i suoi amici, non era una cosa così importante per chiunque al di fuori dell'ufficio, giusto ispettore? Era solo una promozione dopotutto, e non è detto che abbia rilevanza in relazione alla sua morte.”

“Forse signor Betts, e forse no. Dovremo aspettare e

vede cosa ci dice l'autopsia, giusto? Fino a che non ne avremo i risultati non possiamo che fare delle speculazioni basate sui nostri pensieri, e sicuramente non all'altezza del nostro status professionale, non è d'accordo?"

Betts annuì e contemporaneamente qualcuno bussò alla porta. La figura minuta del sergente detective Lucy Clay seguì il delicato ed educato colpo alla porta aprendola e facendo capolino all'interno per vedere Connor.

"Sì, sergente, cosa c'è?"

"Si tratta della scena del crimine signore, e del dottore. Vogliono sapere se possono spostare il corpo."

"Non appena il medico dichiara la morte dell'uomo ed esegue i suoi primi esami sul corpo, possono portarlo via," rispose Connor.

Betts non poté essere di maggiore aiuto agli agenti di polizia: la sua conoscenza di Sam Gabriel andava poco oltre le porte degli uffici della società legale, quindi Connor e la Clay trascorsero le due ore successive ad interrogare gli altri soci e i dipendenti della Betts, Cowan e Ford con il risultato conclusivo di non sapere quasi niente sul morto, a parte ciò che c'era nella sua scheda di avvocato e i dettagli più basilari su sua moglie e la sua vita domestica. Che fosse felicemente sposato sembrava un dato riconosciuto universalmente e tutti nell'ufficio sostenevano con fermezza che Sam Gabriel era stato vittima di qualche tragico incidente, o che era stato colpito da qualche malattia letale ma ancora sconosciuta, e alcuni colleghi erano addirittura arrivati a chiedere alla polizia se avrebbero fatto un controllo a tutti quanti per rilevare la possibile malattia che aveva ucciso il loro collega.

Fu con un senso di sollievo che Connor e la Clay alla fine uscirono dall'edificio e si diressero di nuovo verso il quartier generale della polizia. Era troppo presto per il risultato dell'autopsia e decisero di usare il tempo a loro disposizione per controllare e confrontare le dichiarazioni che avevano raccolto tra gli impiegati della società legale e contattare la polizia di Edimburgo dove la sfortunata vedova di Sam Gabriel doveva arrivare da un momento all'altro. Sarebbe toccato a qualche malcapitato agente scozzese di dare la triste notizia alla donna, ma sarebbe stato Sean Connor a dover gestire il suo dolore e le sue domande quando fosse tornata.

ARSENICO E VECCHI MERLETTI

CATHERINE NICKELS SI RACCOLSE I CAPELLI IN UNA coda, indossò il camice e i guanti ed entrò determinata nella sala per le autopsie. In qualità di capo esaminatore medico forense della città, la trentottenne Catherine era stata convocata per eseguire l'esame del corpo dell'appena deceduto Sam Gabriel. Il suo assistente, il dottor Gunther Schmidt, la stava aspettando. Gunther era austriaco di nascita, con genitori tedeschi, ed era venuto in Inghilterra dieci anni prima per proseguire i suoi studi di medicina forense. Alto e di bell'aspetto nel senso teutonico del termine, Gunther si era innamorato del Paese e della sua gente ed era stato più che felice di accettare il lavoro di assistente esaminatore medico di Richmond quando gli era stato offerto il posto. Lavorava con Catherine da quattro anni e i due operavano con la medesima fluidità e facilità che a volte mascherava la meticolosa professionalità che applicavano ad ogni caso.

"Giorno, Gunther," lo salutò Catherine con un calore che proveniva dalla loro relazione stretta e a volte intensamente professionale.

"Anche a te," rispose lui mentre continuava a lavare il corpo steso sul tavolo di fronte a sé, pronto perché l'autopsia avesse inizio. "Pare che abbiamo un piccolo mistero per le mani oggi, secondo la polizia."

"Cosa ti ho detto, Gunther? Non ci sono misteri nella scienza forense, ma solo risposte che devono ancora essere trovate."

"Certo, dottore. Come dici tu, ma questo è un po' fuori dall'ordinario, non ti pare?"

"Forse Gunther, forse," fu tutto ciò che Catherine rispose mentre entrambi proseguivano la loro consueta routine nell'aprire il corpo del deceduto. La conversazione era poca se non nulla tra i due specialisti mentre rimuovevano gli organi interni dal petto e dalle cavità addominali, e il ronzio della potente sega circolare annunciava la rimozione del cervello dalla sua postazione all'interno della scatola cranica. Nel corso delle ore successive sarebbero state effettuate diverse prove e procedure sui vari campioni di tessuti prelevati da Catherine e Gunther, e se tutto andava per il verso giusto sarebbero stati presto in grado di fornire alla polizia la causa della morte dello sfortunato Gabriel.

Quando lasciarono la sala per le autopsie, la porta alla fine del ben illuminato corridoio si aprì verso di loro per lasciar passare una figura alta e dai capelli scuri con un abito elegante ma leggermente stropicciato. Sean Connor oltrepassò l'ingresso e andò velocemente incontro ai due patologi.

"Niente per me, dottore?" chiese a Catherine.

"Mi spiace ispettore, non ancora temo. Se ci fossero stati segni di ferite da arma da fuoco o di traumi da forte impatto potrei dare una bozza di idea sulla causa del decesso, ma in questo caso pare si trattasse di un uomo sano e di buona costituzione con nulla fuori dall'ordinario a una prima indagine visiva degli organi. Ho inviato dei campioni di tessuto e di contenuto dello stomaco al laboratorio per le analisi, e dovremmo avere qualche risposta preliminare per voi domani pomeriggio."

"Così tanto, eh, dottore?" chiese Connor con un sorriso in volto. Sapeva che Catherine Nickels era brava a fare il suo lavoro. Se avesse potuto dargli una risposta in tempi più brevi, sapeva che l'avrebbe fatto. Sean Connor si fidava di lei e sapeva quanto meticolosa fosse. Dopotutto una futura azione penale sarebbe potuta dipendere dall'affidabilità e accuratezza delle sue scoperte. Non avrebbe mai cercato di mettere fretta a un bravo medico, anche se pareva che lo volesse fare.

"Così tanto, sì ispettore," ribatté lei.

"So che non è da lei fare così, dottore, ma se le dicessi che la sua vita dipende dal tirare a indovinare nel buio più assoluto e di darmi un abbozzo dei pensieri reconditi che le stanno passando per la testa adesso, cosa mi direbbe? Avanti, dottore, deve pur avercela un'opinione personale di qualche sorta."

"Ispettore Connor," disse Catherine sorridendo, "credo che lei mi stia spingendo a fare delle speculazioni."

"Può darsi, dottore, ma coraggio, mi dica solo che pensa *possa* essere. Per favore."

"Mi ascolti, ispettore Connor, dato che lei sembra volermi mettere all'angolo su questa faccenda, le dirò cosa mi è passato per la mente quando ho guardato nella cavità del petto di quel pover'uomo qualche minuto fa."

"Sì, dottore?"

"Ecco, non c'era nessuna prova diretta ovviamente, e non ne sarò certa fino a che non avremo i risultati delle analisi dal laboratorio, ma..."

"Oh, andiamo dottore, non la faccia lunga."

"Va bene. C'erano segni di un qualche genere di trauma nella trachea e nell'esofago, come se avesse lottato per respirare, e intendo in modo violento. Il leggero scolorimento delle labbra si unisce alle mie sensazioni che ci troviamo di fronte a una vittima di asfissia, eppure..."

"Mi sta dicendo che è stato strangolato?"

"Non c'è nulla a suggerirlo, temo."

"Per favore, dottore, mi sta nascondendo qualcosa, lo so."

Catherine Nickels fece un respiro profondo. Le congetture non erano il suo forte, ma Connor stava insistendo e lei *aveva* avuto dei pensieri personali riguardo alle circostanze di quella morte quando aveva guardato gli organi interni della vittima.

"Se proprio insiste, e sottolineo che questo è proprio un colpo alla cieca, direi che abbiamo di fronte un caso di avvelenamento di qualche genere."

"Veleno?" Connor era stupefatto.

"Come ho detto, non lo sapremo fino a che non avremo i risultati dal laboratorio, ma direi che si tratta di qualcosa che agisce rapidamente e con forza letale, anche se non sono ancora in gradi di dire come o quando sia stato somministrato. Non ancora. Magari il contenuto dello stomaco ci dirà qualcosa. Non c'erano segni di iniezione comunque sul corpo, questo lo posso dire. Ora, se non le dispiace, io e il dottor Schmidt dobbiamo scrivere degli appunti e abbiamo dell'altro lavoro da fare.

"Sì, giusto, bene. Grazie, dottore," disse Connor girandosi e tornando verso la porta. "Mi farete sapere, vero?"

"Non appena lo saprò io, lo saprà anche lei, ispettore," rispose la donna mentre lei e Gunther scomparivano dietro alla porta del suo ufficio.

Mentre risaliva nella sua auto, che aveva lasciata parcheggiata in terza corsia piuttosto che portarsi sul retro dell'obitorio, prese il telefono e compose il numero di Lucy Clay. Lei rispose dopo pochi secondi.

"Nessuna notizia, Lucy?" chiese Connor.

"Non ancora, stiamo ancora aspettando. Hai saputo niente sulla causa della morte?"

"Ancora niente di definito, sergente, ma secondo il

dottore potremmo essere di fronte a un bel mistero in stile Agata Christie, se il laboratorio le darà le dovute conferme, ovviamente."

"Scusa, ma è un indovinello?"

"Oh sì, scusa sergente. Diciamo che nel caso del signor Sam Gabriel potremmo avere davanti un caso di buon vecchio arsenico e vecchi merletti."

"Ora non ci capisco proprio niente," disse Lucy sbuffando al telefono.

"Perdonami, sto sognando ad occhi aperti ricordando i libri della mia gioventù. Veleno, Lucy, ecco cosa potremmo avere di fronte. Veleno in vecchio stile, e sai una cosa?"

"Dimmi," fu tutto ciò che la detective poté chiedere attraverso il telefono.

"In tutti i miei anni nella polizia, non ho mai avuto a che fare con un avvelenamento. Questo potrebbe essere davvero qualcosa in grado di coinvolgerci alla grande."

Detto questo Connor chiuse la conversazione. Prima che la Clay potesse rispondere, lui gridò attraverso il telefono:

"Ci vediamo in ufficio," e poi interruppe la connessione.

Seduta alla scrivania della sala operativa del Dipartimento di Investigazione alla stazione di polizia, Lucy Clay guardò perplessa l'agente investigatore Harry Drew che stava giusto passando di là, indicò agitata il telefono come a sottolineare con chi aveva appena parlato e gridò:

"È diventato matto, assolutamente e dannatamente matto."

L'agente Drew continuò a camminare. Non aveva nessun posto dove andare di fretta, ma pensò a un modo per togliersi d'impaccio e allontanarsi dalla folle sergente che sedeva a fissare il telefono con un'espressione un po' esagitata mentre mormorava tra sé e sé:

"Vecchi merletti e arsenico, arsenico e vecchi merletti? Cosa diavolo intende dire?"

Sfortunatamente la cultura di Lucy Clay in letteratura inglese in classico stile vittoriano era destinata presto ad aumentare a passo decisamente involontario e inaspettato.

Quando Catherine Nickels fece scivolare il cadavere dello sfortunato Sam Gabriel al suo posto nella fredda cella dell'obitorio di Richmond, il suo corrispondente dottor Gary Hudson stava iniziando il suo esame del corpo di David Arnold, il tristemente deceduto macchinista ferroviario. Sarebbe passato un po' di tempo prima che gli ispettori Carrick e Connor si rendessero conto che stavano investigando a casi che potevano essere in relazione l'uno con l'altro. Per ora Gary Hudson lavorava con attenzione all'autopsia di David Arnold sapendo solo che la polizia era estremamente ansiosa di scoprire la causa della morte del pover'uomo e capire se la si potesse imputare a motivi naturali o se avessero per le mani un brutto caso, vale a dire un omicidio.

Hudson, che faceva questo lavoro da oltre vent'anni, riconosceva uno strano caso quando ne vedeva uno, e la possibilità che si trattasse di avvelenamento da fonti ancora sconosciute si presentò forte nella sua mente quando iniziò ad aprire la cavità toracica del macchinista, mettendo alla luce gli organi interni.

Se avesse saputo che Catherine Nickels stava lavorando a un caso simile miglia a sud da dove si trovava lui, forse allora la polizia sarebbe stata meglio informata quando la vittima successiva fu portata all'attenzione dei guardiani della legge. Attualmente Hudson stava lavorando alla cieca come Catherine Nickels, ed entrambi gli specialisti credevano che i loro fossero in quel momento casi unici. Qualcosa nel corpo di David Arnold lo preoccupava. La straziata smorfia di dolore sul volto dell'uomo gli faceva un'impressione che generalmente altri 'clienti' non causavano. A quell'uomo era successo qualcosa di terribile e Hudson sapeva per esperienza passata che una cosa per certo garantiva una tale espressione di orrore sul viso di una persona morente, ed era l'effetto di un veleno ad azione piuttosto rapida e particolarmente tossica, un veleno che lasciava alla vittima poco se non alcun dubbio che quello che stava tirando era il suo ultimo respiro. Chi avesse somministrato un tale veleno alla vittima e perché lo avesse fatto non aveva importanza per Gary Hudson. Il suo compito era semplicemente di determinare quale veleno, se era proprio un veleno, fosse stato usato per causare la morte dell'uomo il cui corpo ora si trovava sotto ai suoi bisturi, pinze e seghe.

Mentre Hudson lavorava a Richmond, Sean Connor e Lucy Clay avevano appena completato il loro primo interrogatorio con l'addolorata vedova di Sam Gabriel. Incinta di cinque mesi, Lynne Hudson aveva ricevuto la visita degli agenti della polizia locale delle stazioni di Lothian e di confine quando era arrivata alla casa dei suoi genitori a Leith, subito fuori Edimburgo. Informata della tragica morte del marito, suo padre le aveva immediatamente offerto un passaggio a casa e i due, appena arrivati a Richmond, erano andati direttamente alla stazione di polizia dove Connor e la Clay portarono avanti il loro compito al cospetto del padre di Lynne, Harold Butcher.

Durante l'interrogatorio venne fuori che no, Lynne non conosceva nessuno che potesse avere dei rancori nei confronti di suo marito; no, non prendeva droghe né illegali né su prescrizione; no, non le veniva in mente niente che potesse aver mangiato o bevuto e che avesse potuto farlo crollare così. Non aveva problemi di salute e non vedeva un medico da più di un anno, quindi non le veniva in mente niente che avesse potuto causare la sua morte. Le pareva che il loro matrimonio fosse felice e non vedevano l'ora che il loro primogenito nascesse.

Quando alla fine Lynne crollò in un mare di lacrime, ovviamente incapace di proseguire l'interrogatorio, Connor portò sensibilmente a chiusura la procedura e chiese diplomaticamente ad Harold Butcher di effettuare l'identificazione ufficiale del corpo. Inizialmente la vedova protestò, dicendo che voleva vedere suo marito, ma il buon senso ebbe la meglio e dopo che le fu assicurato che non le sarebbe piaciuto vedere Sam in quelle condizioni, cedette alla polizia e a suo padre che le promisero che l'avrebbe visto più tardi. Il corpo sarebbe stato reso presentabile dopo tutte le procedure di autopsia e neanche le incisioni del bisturi di Catherine sarebbero state visibili.

Lucy Clay rimase con Lynne mentre suo padre accompagnava Connor nella sala dove si eseguiva la formale identificazione. Fatto tutto, l'addolorata vedova e suo padre se ne andarono, diretti alla casa di Lynne e Sam con la promessa da parte di Connor che l'avrebbe contattata non appena avesse avuto notizie sulla causa della morte di Sam. Lynne si fece promettere anche di poter vedere Sam il prima possibile. Naturalmente voleva dare il suo privato addio all'uomo che amava, al padre del loro bambino non ancora nato.

Mentre Lynne e suo padre attraversavano in auto la città e Connor e la Clay sedevano a sorseggiare un'agognata tazza di caffè nell'ufficio di Connor, qualche miglia più in là la casalinga Virginia Remick stava spingendo il suo carrello per la spesa nel supermercato della città. Era attenta a prendere tutto quello che aveva scritto sulla lista che teneva in mano. Mentre si allungava a prendere un pacco dei biscotti preferiti da suo marito Pete dallo scaffale più alto della corsia, fu improvvisamente assalita da un violento formicolio e da una sensazione di bruciore alla bocca e alla gola. Questi sintomi furono presto seguiti dal torpore, dal fiato corto e dalla mancanza di funzioni motorie, nonostante il suo cervello restasse totalmente attivo e lucido. Il carrello a quattro ruote di Virginia parve sviluppare una vita tutta sua e lei poté solo guardare con orrore mentre il carrello sembrava liberarsi dalla stretta sempre più debole delle sue mani andando a sbattere contro una piramide di barattoli di fagioli tostati, facendo cadere tutto a terra. Virginia perse la concezione del mondo reale e iniziò a ruotare e barcollare all'altezza delle spalle. Le luci sul soffitto del supermercato divennero confusi vortici di fluorescenza bianca e il dolore al petto crebbe esponenzialmente a tal punto che Virginia quasi non si rese conto di colpire il suolo dopo che le gambe ebbero ceduto, né udì le voci preoccupate dei due impiegati e degli altri acquirenti che accorsero quando videro le sue ovvie difficoltà.

Virginia udì una voce incorporea che gridava "Qualcuno mandi un medico", poi sentì la gola come se qualcuno le stesse stringendo una garrotta attorno al collo. A quel punto respirare divenne impossibile. Virginia stava stesa sul pavimento duro e freddo del supermercato, guardando con orrore e paura mentre una folla di volti preoccupati la fissavano come da un'incredibile altezza.

Un'altra voce penetrò nel suo terrore e dolore: "È ubriaca?"

Virginia avrebbe voluto protestare contro quell'interferenza, ma la sua voce non voleva obbedire ai comandi del cervello e sentì solo che la sua bocca si apriva e richiudeva in silenzio, come quella di un pesce che nuota pacificamente. Eppure non c'era niente di pacifico in quello che le stava accadendo in quel momento.

Mentre le sue vie respiratorie iniziavano a chiudersi per quella che sarebbe stata l'ultima volta, Virginia Remick non poté fare altro che guardare la luce chiara che la illuminava dal soffitto del supermercato, la brillante luce bianca che ora la attirava in un altro mondo, un mondo dove respirare non sarebbe più stato così difficile, un mondo dove respirare non sarebbe più stato importante. Con un ultimo sussulto di dolore e paura, Virginia lanciò un'ultima occhiata alla chiara luce bianca che la chiamava in quest'altro mondo e poi, incapace di lottare contro il dolore, il torpore e le sensazioni di bruciore, il successivo caso di Catherine Nickels chiuse gli occhi per l'ultima volta, il pacco di biscotti ancora stretto nella mano destra in una definitiva morsa letale.

Lo sbigottito direttore del supermercato ordinò ai suoi dipendenti di chiamare la polizia e un'ambulanza, poi diede istruzioni al suo assistente di sgomberare il negozio, chiudere le porte e aspettare l'arrivo del servizio di emergenza. Passarono meno di dieci minuti prima che il suono di una sirena annunciasse l'arrivo sia della polizia che dell'ambulanza, e altri dieci minuti bastarono perché i paramedici dichiarassero la morte della donna e rimuovessero il corpo dalla corsia del supermercato. Appena trentacinque minuti dopo il suo ultimo respiro, il corpo di Virginia Remick fu consegnato nelle mani dell'esaminatore medico. Non ci volle molto perché Catherine Nickels fosse in grado di dare all'ispettore Connor la brutta notizia che avevano per le mani una seconda morte misteriosa.

LA MORTE VIOLA

"È SICURA, DOTTORE?" CHIESE CONNOR A CATHERINE mentre sedevano nell'ordinato e funzionale ufficio di lei due giorni dopo le morti di Sam Gabriel e Virginia Remick. Notò, non certo per le prima volta, quanto attraente fosse la patologa, anche con i capelli così tirati indietro per dovere professionale. Cercò di immaginare i suoi capelli biondi sciolti in una cascata, nella loro posizione naturale. La risposta di Catherine lo riportò alla realtà.

"Non c'è assolutamente nessun dubbio," rispose. "Sono stati entrambi avvelenati, e con una particolare orrenda sostanza che si chiama aconito."

"Il nome non mi è familiare, dottore. Mi dica di più."

"Beh, a parte per quello che è accaduto qui, se lei ne sa qualcosa di storia, l'aconito era il metodo preferito usato da Lucrezia Borgia per eliminare le sue vittime."

"Ah, ecco un nome che riconosco," disse Connor. "Cos'è esattamente questa roba?"

"La morte viola, Sean. Deriva da una pianta. Il suo nome latino è *Ranunculaceae*, e appartiene alla famiglia dei ranuncoli, ci crederebbe? Il suo nome completo è aconitum, ma è anche conosciuto come aconito, napello e strozzalupo. L'ultimo nome deriva dal medioevo, quando gli arcieri immergevano le punte delle frecce nel veleno ricavato dalle radici del fiore così da renderle più letali quando usate contro i lupi. Napello è semplice. I fiori hanno proprio la forma di un antico elmo, il napello appunto. Ad ogni modo, ci sono documenti che attestano l'utilizzo delle radici di un genere di questa pianta a Napoli e in India come sostegno di un veleno conosciuto come *bikh*, o *bish*, che è una tossina mortale. Altre varianti sono state usate in tutto il mondo, nel corso dei secoli, come veleni per la caccia e la guerra. È buffo pensare che un sacco di gente ha queste piante che gli crescono in giardino anche qui in Inghilterra senza veramente sapere cosa siano o di cosa siano capaci. Hanno dei bellissimi fiori, e i napelli viola sono i più comuni. Ah sì, e poi si dice che l'aconito sia piuttosto efficace contro i lupi mannari."

"Lupi mannari, eh? Molto interessante. Quindi è la radice a contenere la tossina, giusto dottore?"

"Sì, e che lo crediate o no, è ancora usata come cura erboristica e omeopatica, in piccolissime dosi ovviamente. Personalmente io eviterei qualsiasi cosa contenesse questa roba."

"Come uccide quindi, dottore? Cos'è successo praticamente a quella povera gente?"

Catherine rifletté attentamente per uno o due minuti, intenzionata a rendere la spiegazione il più facile possibile da seguire. Non era necessario che Connor conoscesse i dettagli tecnici. Lo conosceva abbastanza bene da sapere che desiderava una spiegazione essenziale e succinta, quindi dopo una breve pausa continuò.

"Essenzialmente devono aver sentito un intorpidimento o una sensazione di formicolio alla bocca e alle labbra per cominciare. Il battito deve avere rallentato, hanno sentito un bruciore ai polmoni e poi un calo enorme nella pressione sanguigna. Da questo punto sarà iniziata la fatica per respirare. Avranno avvertito la sensazione di essere strangolati mentre le vie respiratorie si chiudevano e la gola si stringeva. Ci sarà stato un formicolio accompagnato da dolore alle estremità dei nervi, ma durante tutto il processo il cervello e la mente hanno continuato a funzionare normalmente. Sono di certo stati coscienti di ciò che stava loro accadendo, ma non erano in grado di fare nulla, dato che le loro funzioni motorie hanno lentamente cessato di funzionare. La respirazione ha pian piano rallentato come conseguenza dell'azione di paralisi del centro respiratorio e l'attività della spina dorsale è scesa. Quindi è il collasso del sistema respiratorio che uccide realmente la vittima, piuttosto che l'interruzione del cuore, che avviene infatti dopo che la respirazione cessa. È abbastanza chiaro?"

Connor deglutì. Il pensiero di quei sintomi era sufficiente a far saltare un battito al suo stesso cuore.

"Gesù Cristo, Catherine!" esclamò alla fine. "Bisogna odiare qualcuno veramente tanto per portarlo a una morte del genere."

"Di certo non è stata rapida, e ancor meno priva di dolore," disse Catherine in risposta alla sua osservazione. "Per quanto riguarda il movente di chi può aver fatto questo, temo che sia affar suo, ispettore. Io sono un semplice medico. Posso dirle il come, ma non il perché?"

"Devo parlare con gli agenti che hanno risposto alla chiamata dal supermercato, e con la famiglia di quella povera donna," disse Connor sottovoce. "Deve esserci un qualche collegamento tra lei e Sam Gabriel, ma non ho la più pallida idea di quale possa essere. Sembrano essere a miglia di distanza nei loro stili di vita e non riesco a immaginare cosa possa averli posti nella stessa cerchia sociale."

"Beh, qualcuno non gli voleva particolarmente bene, questo è certo Sean."

Catherine si era rilassata abbastanza da usare il suo nome. Si conoscevano da tre anni ed erano anche usciti insieme una o due volte dopo il divorzio di Connor, quindi una certa familiarità si era insinuata nella loro relazione, anche se la tenevano congelata quando dovevano discutere gli aspetti pratici di un caso.

"Devo andare," disse Connor. "Uno già era un problema, due è più che una coincidenza."

"Trovalo, Sean," disse Catherine con una nota di urgenza nella voce. "Chiunque lui o lei sia, trovalo prima che lo rifaccia di nuovo."

"Sì, Catherine, non preoccuparti. Prenderò quel bastardo avvelenatore, che sia l'ultima cosa che faccio. Nessuno la passerà liscia per aver fatto una cosa del genere alla gente della *mia* città."

Un improvviso pensiero gli venne alla mente mentre si alzava per andarsene. Non poteva credere di non averlo chiesto prima.

"Un'ultima cosa, Catherine. Si può evincere dai vostri esami come sia stato somministrato il veleno alle vittime?"

"Tutto quello che posso dire è che il contenuto dello stomaco di entrambe le vittime mostrava la presenza di significativi livelli di aconito. Come vi sia stato introdotto temo sia un'altra questione che toccherà a voi. Posso dire che non c'erano segni di aghi sui corpi che potessero indicare una somministrazione intravenosa. La cosa strana è che c'erano pochi residui di cibo non ancora digerito in entrambi i casi e non posso essere sicura che il veleno sia stato introdotto in qualcosa che hanno mangiato nel giorno della morte. Avete un assassino molto intelligente là fuori, Sean. Fai attenzione."

"Non preoccuparti. Sarò più che attento. È ora che vada. A presto, Catherine. Se scopri qualcos'altro, me lo farai sapere, vero?"

"Certo," rispose mentre Sean Connor usciva dall'ufficio.

Un'ora più tardi gli agenti di polizia Rogers e Thompson, che avevano entrambi risposto alla chiamata del supermercato, si trovavano seduti nell'ufficio dell'ispettore detective Connor. Connor li lodò entrambi per il modo tempestivo ed efficiente con cui si erano occupati della situazione prima di chiedere loro se erano riusciti a parlare al marito della donna deceduta o a qualche altro membro della famiglia.

"Sì, signore," disse Rogers, un uomo tarchiato e dall'aspetto gioviale, un 'poliziotto' all'antica con quindici anni di servizio sulle spalle. "Mi sono offerto di dare la notizia al marito. Pover'uomo, era devastato. Erano sposati solo da un anno, era il secondo matrimonio per entrambi. Niente figli, ma il suo primo marito aveva fatto un po' lo stronzo con lei, se capite cosa intendo, signore."

"Ho capito la battuta, agente. Pensi che l'ex-marito possa avere del rancore nei suoi confronti per volerle fare del male?"

Connor si chiedeva se ci potesse essere un collegamento tra le due vittime. Magari Sam Gabriel era stato il legale della donna durante le pratiche per il divorzio?

"Lo dubito, signore," disse Rogers. "L'ex si è trasferito dopo il divorzio, circa tre anni fa, e secondo il signor Remick ora vive e lavora all'estero. Pensa che possa trovarsi in Germania o in Olanda."

"Un momento, signore," si intromise l'agente Thompson. "State dicendo che non si è trattato di una morte per cause naturali?"

"È esattamente quello che sto dicendo, agente. È stata avvelenata con una particolare sostanza malefica e dolorosa. Per di più, un paio d'ora prima del fatto, il giovane socio di una ditta legale della città è stato ucciso esattamente nello stesso modo."

"Cacchio, signore," disse Thompson, che all'età di ventitré anni era il più giovane dei tre uomini presenti nella stanza.

"Pensate che ci sia un collegamento, signore?" chiese

Rogers, mantenendo la calma nonostante la rivelazione dell'ispettore.

"Sarei molto sorpreso se non fosse così," disse Connor. "Dubito che ci troviamo di fronte a due assassini completamente indipendenti che se ne vanno in giro ad avvelenare la gente con l'aconito, non siete d'accordo?"

"Se la mettete in questi termini, signore, allora sì, sarebbe piuttosto difficile da immaginare," confermò Rogers.

"Giusto," disse Connor. "L'ho chiarito al vostro ispettore. Voglio che tutti e due andiate a fare rapporto al mio sergente là fuori," disse indicando l'ufficio esterno. "Lei vi dirà cosa fare, ma sostanzialmente voglio che facciate delle ricerche tra tutti gli amici e parenti della signora Remick. Ho bisogno di sapere tutto quello che riuscirete a scoprire riguardo alla signora e al suo passato. In particolare voglio sapere chi era il legale che si è occupato del divorzio dal primo marito, e ancor di più voglio che scopriate e confermiate dove si trova quell'uomo. Germania e Olanda non sono così distanti da avergli impedito di tornare attraverso il canale ed effettuare un paio di omicidi prima di tornarsene a casa."

"Sì signore, avete ragione, signore," disse Rogers, e le sue parole riecheggiarono in quelle di Thompson. "Sì signore."

Sebbene non fosse molto per andare avanti, Connor sentiva di aver intrapreso una strada, e quella era l'unica tenue pista investigativa a quel punto. Ovviamente era ancora all'oscuro della morte di David Arnold e mentre i due agenti lasciavano il suo ufficio e andavano da Lucy Clay, il detective poco sapeva di quanto complicata si sarebbe fatta quell'indagine.

RICORDI DOLOROSI

ANGELA STRIDE UDÌ IL RUMORE DEL CHIAVISTELLO mentre il cancello frontale si apriva e richiudeva. Si girò verso il giovane uomo seduto sul divano. Sembrava che stesse fissando nel vuoto attraverso i suoi occhiali spessi e neri che gli oscuravano gli occhi.

"Mary è a casa, Mikey," esclamò. "Te l'avevo detto che non ci avrebbe messo tanto."

"Dove hai detto che era andata?" chiese alla sorella l'uomo, affascinante ma completamente cieco.

"Te l'ho detto. È andata a fare la spesa per prendere alcuni dei tuoi biscotti preferiti, quelli con la crema del cioccolato, ricordi?"

"Spero mi abbia preso delle sigarette," brontolò Mikey sottovoce.

La porta d'ingresso si aprì e richiuse e qualche secondo dopo Mary Stride entrò nella stanza e sorrise salutando suo fratello e sua sorella.

"Ehi, voi due," disse raggiante. "Vi sono mancata?"

"Mikey si era dimenticato dove eri andata," disse Angela.

"Mi hai preso le sigarette?" chiese Mikey.

"Certo fratellino, e anche i biscotti."

Mary mise il pacchetto di sigarette in mano a Mikey

e gli fece sentire l'involucro tondeggiante dei biscotti che aveva preso tornando a casa. Mikey sorrise e le strinse la mano come gesto di ringraziamento.

"Sei riuscita a fare niente di quello che volevi mentre eri fuori?" chiese Angela.

"Sì sorella, tutto," rispose.

"Pensate che possa avere un caffè insieme a quei biscotti che hai portato a casa?" chiese Mikey dalla sua postazione sul divano.

"Ehi, nessun problema, fratellino," disse Angela allegramente. "Vado a mettere su il bollitore. Vieni a darmi una mano, Mary, ti va?"

Mary annuì alla sorella e la seguì fuori dalla stanza, girandosi per dire:

"Non ci mettiamo tanto, Mikey. Stai comodo fino a che non torniamo."

Mentre le sue due sorelle scomparivano in cucina, Michael Stride permise alla sua testa di ricadere indietro contro lo schienale del divano. I suoi occhi ciechi erano rivolti verso il soffitto, anche se non aveva mai saputo come fosse fatto quel soffitto. Aveva quarantadue anni, ma sembrava molto più giovane, e Mikey, come le sue sorelle lo chiamavano, era cieco da quando quel trauma aveva colpito la sua famiglia trent'anni prima. I medici avevano detto che era stato lo shock a far sì che un bel giorno si svegliasse e si trovasse nell'oscurità più assoluta, anche se la sera prima ci vedeva perfettamente. Il buio era continuato e Michael non ci aveva più visto da quel giorno. Perdere un genitore in modo così doloroso era stato già abbastanza orribile, ma poi, quando sua madre aveva seguito il padre nella tomba dopo così poco tempo e nello stesso tremendo modo, per Mikey era stato troppo. Se non fosse stato per le sue sorelle non sapeva cos'avrebbe fatto. Si erano occupate di lui da quel giorno in poi come se fosse la cosa più importante della loro vita. Ovviamente erano entrambe più grandi di lui e Mikey sapeva che avevano sacrificato molto per potersi occupare di lui come avevano fatto. Angela in particolare aveva rinunciato a una carriera promettente come infermiera e ora lavorava part-time in un ristorante vicino a casa. Era una cuoca eccellente e il suo datore di lavoro stava cercando di impiegarla a tempo pieno per farle fare corsi al college e diventare uno chef certificato, ma Angela insisteva sempre che doveva prendersi cura di suo fratello. Era contenta del suo lavoro part-time come cuoca, la paga era buona e lei aveva un sacco di tempo da trascorrere con il suo caro fratello che, dopotutto, aveva bisogno di lei più del signor Grafton al ristorante.

Mary invece era riuscita a combinare le necessità di Mikey con la carriera che si era scelta e si era qualificata come medico alcuni anni dopo la morte della madre. Dopo aver trascorso dieci anni a lavorare in diversi reparti dell'ospedale locale era riuscita ad assicurarsi un posto come membro part-time del comitato generale dei medici e, con l'eccellente stipendio che aveva, Mary era capace di lavorare nelle ore che le andavano meglio. La rispettata dottoressa Stride si era fatta un certo nome nella comunità locale e allo stesso tempo riusciva a collaborare con Angela in modo da fornire ciò che reputavano essere necessario per loro fratello. Essere ciechi era una cosa, ma il fatto che Mikey fosse nato con una gamba sola, insieme a una lunga serie di altri problemini di carattere medico, ecco, tutto questo richiedeva un impegno a tempo pieno.

Ora, secondo le notizie, stava succedendo tutto di nuovo. Qualcuno stava uccidendo della gente e il cronista alla radio diceva che per gli omicidi era stato usato l'aconito. Mikey ne aveva parlato con Angela prima che Mary arrivasse a casa. Non poteva credere che qualcuno stesse facendo questa cosa orribile e già sapeva che avrebbe avuto gli incubi al riguardo. Angela aveva cercato di calmarlo e confortarlo, ma per Mikey era troppo. Mikey chiuse gli occhi dietro ai suoi occhiali e quando il borbottio del bollitore elettrico gli arrivò alle orecchie e Mary esclamò: "Arriviamo subito, Mikey," i ricordi lo travolsero e Michael Stride iniziò a piangere dietro alla sua cecità.

UN INCONTRO DI CERVELLI

Il dottor Gary Hudson aveva appena completato il suo rapporto post-mortem sul decesso di David Arnold. Avvelenamento da aconito era una cosa che non gli era mai capitato di registrare su un rapporto prima d'ora, ma sapeva che c'era sempre una prima volta per tutto, in particolare nella sua professione. Mentre apponeva la sua firma sulla linea tratteggiata tracciata in fondo del documento sulla sua scrivania, Claire Forrester bussò alla porta ed entrò.

"Ciao mia cara Claire," disse Hudson. Lui e Claire lavoravano insieme da oltre un anno e in questo tempo era arrivato a conoscere piuttosto bene la giovane patologa del gruppo.

"Ha un minuto, capo?" gli chiese.

"Solo un misero minuto? Per te Claire ne ho almeno dieci," scherzò rispondendo.

"Immagino che sia il rapporto per il macchinista del treno, vero?" chiese lei indicando i documenti sulla scrivania.

"Certo che sì, Claire. Perché me lo chiedi?"

"È quello che pensava? Sapete, alla conferenza della mattina avete detto che eravate certo si trattasse di un qualche genere di avvelenamento e che stavate aspettando i risultati tossicologici prima di confermarlo."

"Beh, sì Claire, sembra che abbia avuto ragione. È stato decisamente un caso di avvelenamento."

"Non è mica stato l'aconito a causare il misfatto, vero Gary?" chiese lei, improvvisamente molto seria.

La testa di Gary Hudson parve scattare verso l'alto mentre lui strabuzzava gli occhi. L'espressione scioccata che mostrò sarebbe stata piuttosto comica se non si fosse trattato di una questione così seria.

"A dire il vero Claire, è stato proprio avvelenamento da aconito, ma come in nome di Dio hai fatto ad indovinarlo tra tutti i veleni che ci sono al mondo?"

"Ecco, in un certo senso l'ho ipotizzato, ma possiamo dire che si è trattata di una congettura informata. Vede, hanno appena detto alla radio che la polizia di Richmond-on-Thames nel Surrey sta indagando su due morti improvvise in città, causate entrambe dall'aconito. La prego di non dirmi che si tratta di una pura coincidenza."

"Diamine, Claire. Hai ragione. È troppo strana per essere una coincidenza. Deve esserci un collegamento da qualche parte, o non mi chiamo Gary Hudson. Fammi un favore. Cercami per favore il numero del medico esaminatore di Richmond. Devo parlare con qualcuno laggiù al più presto."

Claire Forrester annuì e sfrecciò via, tornando solo cinque minuti dopo con un pezzo di carta con il nome della dottoressa C. Nickels e un numero di telefono ordinatamente scritto subito sotto. Questa volta quando uscì dall'ufficio chiuse la porta come richiestole da Hudson e in meno tempo di quanto le era servito per scoprire il numero dell'ufficio di Catherine, Gary Hudson e Catherine Nickels si trovarono occupati in una fitta conversazione.

Nel giro di pochi minuti da quando aveva concluso la telefonata con Gary Hudson a Birmingham, Catherine era in linea per parlare con Sean Connor.

"Ciao Catherine, quali sono le ultime notizie?" le chiese l'ispettore detective allegramente.

"Sean, abbiamo un altro avvelenamento da aconito," disse Catherine al telefono.

"Diavolo! E com'è che non ne so niente? Ho chiesto di essere informato di ogni morte sospetta nel momento in cui veniva scoperta," proseguì Connor.

"È proprio questo il punto," continuò la patologa. "Non è successo qui a Richmond. Questa si è verificata a Birmingham lo stesso giorno in cui sono morti la Remick e Gabriel, e non è tutto. La terza vittima aggiunge una nuova dimensione all'intero scenario. Era un macchinista ferroviario con casa a Liverpool, ma che guidava un treno che era partito la mattina da Penzance, ed è stato apparentemente colpito dal veleno proprio quando il treno è arrivato a Birmingham, alla New Street Station."

"Merda!" Connor era perplesso. Catherine aveva ragione nel dire che questo aggiungeva un'altra dimensione al caso. Cos'aveva a che fare questo macchinista con gli altri, e come gli era stato somministrato il veleno? Stava guidando un treno ad alta velocità diretto dalla costa meridionale al Midlands. La sua residenza era a nord-ovest, a Liverpool e questo significava che era improbabile che potesse avere un minimo collegamento con le due vittime di Richmond.

"Sai chi sia il responsabile del caso nel West Midlands?" chiese.

"Ho chiesto al medico esaminatore che mi ha chiamata. Approposito, si chiama Gary Hudson. L'uomo con cui devi parlare è l'ispettore detective Charles Carrick. Secondo il dottor Hudson è un brav'uomo, Sean, veramente un eccellente investigatore. Da come mi ha posto la cosa, non dovresti avere problemi a collaborare con lui. Sono certa che sarà ansioso quanto te di risolvere il caso."

"Speriamo, Catherine. Penso che io e lui dovremo lavorare gomito a gomito per venirne a capo."

"Chiamalo Sean, chiamalo subito. Devi bloccare questa cosa prima che ci capitino altre vittime. Ho come la sensazione che l'orologio stia battendo il tempo, e non mi piacerebbe sentire l'allarme suonare."

"Ben detto Catherine, ben detto," disse Connor salutandola e preparandosi a chiamare il suo corrispondente all'indagine nel West Midlands.

Il Regno Unito, come molte nazioni del mondo, sfortunatamente non è dotato di un'unica forza della polizia nazionale, né di un unico ufficio di archivio medico. In altre parole è possibile che un crimine venga commesso diciamo nello Yorkshire e che ne avvenga uno simile nel Norfolk, e dato che due diversi distretti polizieschi e due diversi laboratori sono coinvolti in ciascun caso, i primi potrebbero non venire mai a conoscenza dei secondi. Solo quando l'informazione relativa ai due omicidi (assumendo che i crimini di cui parliamo *siano* omicidi) viene inserita in un programma centrale che fascicola e fa circolare i dettagli di crimini particolarmente violenti (per esempio omicidi, stupri, rapimenti, ecc.) c'è la possibilità che la seconda squadra della polizia venga a sapere del collegamento tra i due fatti, a meno che ovviamente il primo di essi non sia stato di tale prominenza pubblica da apparire nelle TV e radio nazionali. In questo caso tutto sarebbe ovviamente più facile. Se la radio locale di Richmond fosse stata una stazione nazionale, forse la polizia di Birmingham avrebbe saputo prima del caso di Richmond. Non era così ovviamente, e solo oggi, tre giorni dopo, l'evento era stato considerato di interessa nazionale tanto da essere inserito in uno dei notiziari. Dopotutto ben pochi ascoltatori sarebbero stati interessati alla morte di un avvocato e di una casalinga nei rigogliosi sobborghi di Richmond. Il curatore del notiziario nazionale sulla BBC ha comunque visto quanto il caso di avvelenamento con quella sostanza fosse strano e si era procurato i nastri della stazione locale per inserire un servizio sul caso di Richmond nel notiziario orario nazionale. Era quello il servizio che sia Claire Forrester che Michael Stride avevano sentito e che li aveva colpiti in modo così diverso, ma allo stesso tempo simile in quanto a gravità.

Ora la piena forza della legge in due diverse regioni dell'Inghilterra avrebbe portato una certa pressione sull'indagine. Due investigatori competenti e molto professionali, nelle persone di Carrick e Connor, avrebbero fatto del loro meglio per trovare la soluzione del caso. Sfortunatamente per loro, proprio mentre Carrick e Connor stavano iniziando la loro prima conversazione telefonica e si stavano scambiando appunti verbali sul caso, la successiva svolta allo stesso stava per assalirli e morderli alle spalle.

CONNOR E CARRICK SENTIRONO CHE SAREBBERO andati d'accordo non appena iniziarono a parlare insieme. A ciascuno era evidente che anche l'altro era un navigato professionista e un uomo che non avrebbe permesso a nulla di mettere loro i bastoni tra le ruote nella ricerca della verità. C'era un calore attorno ad entrambi che si trasmetteva per miglia attraverso il collegamento telefonico e i due ispettori furono presto impegnati in una discussione onesta e molto aperta sui rispettivi casi. Furono subito d'accordo che nessuno di loro aveva nulla su cui basarsi per seguire una pista, né un qualche motivo per giustificare gli avvelenamenti. Normalmente in un caso di omicidio le prime ventiquattro ore dopo l'uccisione erano cruciali per qualsiasi indagine. Ma per questi casi erano ormai passate più di ventiquattro ore dalle morti prima che la polizia avesse addirittura capito che c'erano dei crimini simili, e i due detective erano d'accordo che chiunque potesse essere l'assassino, aveva un certo vantaggio sulla polizia in termini di mascherare le tracce e trovare una via di fuga, sempre ammesso che sentisse la necessità di fuggire. Quella conclusione li portò comunque al primo maggior punto d'accordo.

"Quindi sei d'accordo che devono essere collegati?" chiese Connor.

"Non ci può essere alcun dubbio," rispose Carrick. "Guardiamo le cose in faccia: le possibilità di due assassini scollegati e indipendenti che vanno in giro per il paese a uccidere la gente usando un veleno oscuro come l'aconito sono assolutamente remote."

"Quasi inesistenti direi," aggiunse Connor.

"Quindi come suggerisci di procedure?" chiese Carrick al suo corrispondente, forse già sapendo quale sarebbe stata la risposta di Connor.

"Dobbiamo incontrarci," proseguì Connor, "e presto anche, se vogliamo catturare questo stronzo prima che uccida ancora."

"Pensi che potrebbe essere una donna?"

"Perché no? Secondo tutto quello che sappiamo sulla storia del crimine, l'avvelenamento è regolarmente stato lo strumento scelto dal sesso debole, o sbaglio?"

"Hai ragione, ovviamente," rispose Carrick, "anche se immagino che i pezzi grossi non ci vorranno veder saltare a conclusioni stereotipate."

Entrambi gli uomini erano ben coscienti della moderna cultura politically-correct che si era fatta strada a prepotenza nei metodi di governo attuali, e anche se nessuno di loro avrebbe mai mostrato alcuna forma di discriminazione nei confronti di chiunque fosse coinvolto nel caso – sospettato o vittima – erano entrambi realisti ed era vero che, sessisti o no, le donne *erano* storicamente le maggiori esponenti nell'uso dei veleni.

"Immagino che avremo bisogno di tenere la mente aperta," disse Connor.

"Certamente, sono pienamente d'accordo," rispose Carrick.

"E questo incontro?" chiese Connor.

"Considerato che tu hai due vittime dalla tua parte, suggerisco che io e il mio sergente veniamo a Richmond e ci vediamo lì," disse Carrick.

"Per me va bene," rispose Connor. "Tra quanto ce la fate?"

"Che ne dici se mettiamo insieme tutti i documenti e io e il sergente Cole veniamo giù come prima cosa domattina? Dovremmo riuscire ad arrivare al vostro ufficio per le dieci o dieci e mezza se il traffico non è tremendo."

"Mi pare una buona idea. Mi assicuro che il mio sergente – si chiama Lucy Clay – vi mandi una mail con le indicazioni. Dovreste trovarci abbastanza facilmente."

"Allora a domani, ispettore," concluse Carrick.

"A domani. E comunque, mi chiamo Sean."

"Charles!" rispose Carrick.

"Ottimo, ci vediamo domani, Charles."

"Sì, Sean."

Quando ebbe riagganciato, Sean Connor fece ruotare la sua sedia e guardò fuori dalla finestra, cercando di lasciare che i suoi pensieri procedessero a decodificare qualsiasi bozza di ispirazione nata dalla sua conversazione con Charles Carrick. Il sole era alto in cielo e Connor osservò per un paio di minuti il via vai nel parcheggio della stazione di polizia, porte di veicoli che si aprivano e chiudevano, uomini e donne che entravano e uscivano da auto incandescenti per il caldo. Era felice di non dover salire in macchina in quel momento. Con il sole che ci aveva battuto sopra per le ultime due ore sarebbe sicuramente stata come una scatola bollente, una vera camera delle torture su ruote che anche l'aria condizionata avrebbe fatto fatica ad abbattere in meno di dieci minuti. Mentre i suoi pensieri si concentravano di nuovo sulla sua conversazione con Carrick, concluse che l'unica cosa che sapevano per certo era che tre persone erano morte, che erano tutte decedute per avvelenamento da aconito e che era un'ipotesi abbastanza veritiera che fossero state tutte le vittime dello stesso assassino, che poteva essere o non essere una donna, e che non sembravano esserci collegamenti di nessun genere tra le tre persone morte che ora giacevano nei frigoriferi dei rispettivi obitori di

Richmond-on-Thames e Birmingham. In breve, Sean Connor concluse che non sapevano un dannato bel niente e si chiese a cosa li avrebbe portati l'incontro con Charles Carrick e il sergente Cole il giorno dopo. Sapeva ovviamente che un incontro del genere era assolutamente necessario, dato che le due squadre avrebbero dovuto lavorare insieme su quel caso e che lui e Carrick dovevano predisporre una valida comunicazione tra loro. Se non altro l'incontro di domani avrebbe visto l'elaborazione e la messa in atto di tale procedura.

Una Ford Mondeo blu entrò nel parcheggio e Sean Connor guardò mentre la sua assistente usciva dal veicolo e si dirigeva verso l'ingresso principale della stazione. Il sergente Lucy Clay fece un allegro saluto con la mano a un altro agente che le passò accanto. Era il sergente Peter Newell, con cui Connor aveva lavorato a un caso precedente. "Buon uomo," pensò tra sé e sé. In meno di due minuti un battito alla porta fu seguito da Lucy Clay in persona che sorrise salutando il suo capo ed entrò nella stanza andandosi a sedere sulla sedia dei visitatori di fronte a Connor. La sua gonna aveva quasi lo stesso colore di una foto del napello viola che Catherine gli aveva mostrato, abbinata a una camicetta blu con modello da uomo. Sembrava molto accaldata e sconvolta. Connor resistette alla tentazione di commentare la scelta dei colori.

"Fa dannatamente caldo là fuori, signore," sussultò facendosi aria con la cartellina di cartoncino grigio che teneva nella mano destra.

"Venga avanti e si sieda sergente Clay, no?" disse Connor divertito dall'ingresso 'diretto' di Lucy e all'uso della sedia.

"Come? Oh, sì, scusi signore, ma ascolti, fa caldo e ho corso tutta la mattina cercando di trovare questa informazione, e comunque ce l'ho, e pensavo che la volesse sentire il prima possibile."

"Certo che sì. Beh, di che informazione stiamo parlando esattamente, sergente?"

"Aconito, signore! Sappiamo per certo che si tratta di un veleno. Sappiamo che è stato usato per uccidere della gente. Sappiamo anche che sono morti in modo piuttosto orribile, ma la cosa che non sappiamo è come l'aconito sia entrato nel loro sistema. Erano tutte persone appartenenti a diversi contesti e a diversi luoghi, quindi possiamo immaginare che non l'abbiano ingerito da una fonte comune, giusto?"

"Mioddio, ha avuto da fare, vero sergente? Dai Lucy, dove vuoi andare a parare? Cosa c'è dentro quella cartellina che stai tenendo con la tua manina sudata?"

"Beh, ho pensato che per scoprire come l'aconito sia stato introdotto nei loro corpi potremmo avere bisogno di un esperto in materia. Ho parlato con la dottoressa Nickels e lei è brava, ma neppure lei saprebbe rispondere alla grande domanda. Mi ha dato comunque il nome di qualcuno che potrebbe essere in grado di aiutarci, e presto anche! Ho fatto un paio di chiamate al laboratorio nazionale tossicologico e di scienza forense a Oxford e il primario tossicologo lì mia ha dato il nome del più famoso esperto al mondo sulla tossicità di alcune piante a base alcalina che crescono in questo paese. Ho messo insieme tutte le informazioni che sono riuscita a ricavare su questo tipo, dal sistema informatico nazionale della polizia e ancora di più da una ricerca su internet (la maggior parte dei dati presenti in questa cartella), e poi ho chiamato il professore a casa. Lavora dal suo laboratorio personale nello scantinato di casa sua, ci credereste? Ma ad ogni modo ha accettato di vedermi questo pomeriggio, e con un po' di fortuna potremmo scoprire come l'aconito potrebbe essere stato dato a tre persone diverse in tre posti diversi, presumibilmente alla stessa ora."

"Sei un dannato genio, Lucy. Ben fatto. E ad ogni modo chi è questo geniale professore?"

"Il professor Medwin, signore. È apparentemente australiano, ma sembra aver trascorso la maggior parte della sua vita in questo paese o negli Stati Uniti. Pare che la sua ricerca sia più apprezzata qui che altrove."

"Dato che hai detto che devi vederlo questo pomeriggio, devo presumere che non abiti molto distante da qui, giusto?"

"È questa la cosa spaventosa, signore. Vive proprio qui! La sua casa è appena fuori dalla città, meno di dieci miglia da dove ci troviamo adesso."

"Questo è decisamente troppo per essere una coincidenza, Lucy. Ci becchiamo tre omicidi in un giorno, tutti per effetto dell'aconito, due in città, e il maggiore esperto di quella maledetta roba ha un laboratorio privato proprio dove i fatti si stanno verificando? Qualcosa mi dice che il professor Medwin è appena saltato in cima alla nostra lista dei sospettati. Beh, a dirla tutta è il nostro unico sospettato."

"È quello che ho pensato anche io, ma secondo il primario tossicologo al laboratorio nazionale di polizia, Medwin è irreprensibile. Ha aiutato la polizia in un sacco di occasioni in passato in tutto il paese, e non c'è modo che possa essere coinvolto negli omicidi."

"Nessuno è *così* irreprensibile, Lucy. A che ora lo vedi?"

"Alle tre. Pensavo avrebbe voluto venire anche lei per interrogarlo di persona?"

"Eh no, sergente. L'idea è stata tua. Tu l'hai rintracciato, quindi per adesso te ne occupi tu. Parlagli. Vedi cosa riesci a scoprire. Se pensi che ci sia qualcosa che valga la pena di seguire, posso saltare in carrozza in un secondo momento. Fagli pensare che è la nostra unica speranza di risolvere il caso. Illudilo un po'. Vedi se riesci a capire se nasconde qualcosa. Usa il tuo istinto, Lucy. Dio sa che abbiamo bisogno di una pausa. Il professor Medwin potrebbe essere proprio l'occasione giusta!"

La Clay lasciò l'ufficio di Connor sentendosi piuttosto compiaciuta. Aveva fatto uso di ampia iniziativa e sembrava che la cosa la stesse ripagando. Che il professor Medwin si dimostrasse un reale sospettato o che fosse come lei aveva pensato all'inizio semplicemente una grossa fonte di aiuto personale, sapeva che Connor era soddisfatto del suo lavoro di quella mattina, e questo per lei significava molto. Quando era stata scelta da Connor come assistente c'erano state alcune sopracciglia inarcate tra una piccola minoranza di più anziani ed esperti agenti alla stazione, ma Connor aveva insistito che lei era l'agente che lui voleva. Aveva lavorato con Connor in un paio di precedenti indagini per omicidio e lui era rimasto colpito dal suo lavoro, da qui il ruolo che ora ricopriva all'interno della divisione giudiziaria.

Mentre preparava qualche appunto per il suo incontro con Simon Medwin e mentre Sean Connor lasciava l'edificio per un pranzo di lavoro con il suo capo – l'ispettore detective maggiore Harry Lewis – la cosa che nessuno voleva accadesse, successe. Quella svolta, il predetto proverbiale assalto alle spalle che stava solo aspettando di verificarsi e sorprenderli tutti, ebbe luogo a meno di cinque miglia dalla centrale di polizia di Richmond e a meno di cinque miglia dalla casa del professor Simon Medwin.

Nella bellissima casa di stile georgiano conosciuta come la "Tana del Tasso", situata su un verdeggiante viale che nessuno avrebbe mai potuto collegare con un orrendo omicidio, l'ottantacinquenne Nathan Tolliver – giudice di corte suprema in pensione – aveva appena concluso il suo pranzo, servitogli da Henry, suo fedele domestico da tanti anni, quando improvvisamente si lamentò di una sensazione di formicolio alla bocca e alle labbra. Mentre Henry faceva del suo meglio per aiutare il padrone, la sensazione di bruciore e il torpore arrivarono ad aggredire il corpo indebolito dall'età del pover'uomo. Mentre Henry, preso dalla paura e dal panico, componeva il 999 al telefono, il giudice Tolliver si scuoteva in un ultimo violento spasmo e spirava sul pavimento della sala da pranzo, il caffè ancora caldo e intatto dove Henry l'aveva messo meno di dieci minuti prima.

L'avvelenatore aveva ottenuto la sua prima vittima di alto rango e, a torto o a ragione, Connor e Carrick avrebbero presto iniziato a sentire una crescente pressione da settori fino ad allora taciturni sulla questione.

Mentre andava con Harry Lewis al The Swan and Anchor Hotel per il pranzo, Connor udì la sirena di un'ambulanza che si dirigeva verso una destinazione sconosciuta dalla parte opposta.

"Non è per me questa volta," pensò tra sé e sé.

Ovviamente si sbagliava.

NESSUNA DESTINAZIONE: SI TORNA INDIETRO

IL CERCAPERSONE DI CONNOR SUONÒ MENO DI DIECI minuti dopo che si era seduto a tavola di fronte a un'insalata di tonno e a una birra fredda insieme al suo capo ispettore Lewis che era stato fuori ufficio tutto il giorno, ma che voleva che Connor lo aggiornasse sul caso durante il pranzo. Aveva immediatamente chiamato la stazione ed era stato informato da Lucy Clay che era arrivato un rapporto sull'improvvisa morte, in casa, del giudice pensionato Nathan Tolliver. L'agente che aveva risposto, essendo perfettamente al corrente dei casi di avvelenamento attualmente indagati, aveva immediatamente informato il suo agente maggiore sulla dettagliata descrizione degli ultimi minuti di vita dell'uomo ricevuta da Henry DeVere, il domestico del giudice. Il loro capo, l'ispettore Maurice Black, aveva immediatamente chiamato l'ufficio di Connor, Lucy aveva risposto alla chiamata e ora il pranzo di Connor stava per essere interrotto prima ancora che lui riuscisse a portarsi il bicchiere alle labbra.

Il capo ispettore Lewis rimase a bocca aperta per gli ultimi sviluppi del caso e insistette che Connor andasse immediatamente sul posto, cosa che lui ovviamente avrebbe fatto comunque.

La scena che si trovò davanti agli occhi quando

entrò nella sala da pranzo del giudice era apparentemente di assoluto caos. Cibo e piatti erano sparpagliati sul pavimento e sul tavolo, ed era ovvio che il vecchio giudice Tolliver si era dimenato nel panico quando gli effetti del veleno avevano fatto il loro corso. Il corpo stesso era ancora esattamente dove la vittima era caduta e poi rimasta nel momento della morte. I due agenti che avevano risposto alla chiamata di emergenza, il sergente Beresford e l'agente Lee, avevano agito con tutta la dovuta cautela e si erano strettamente attenuti alle procedure. Niente era stato mosso e nessuno aveva avuto il permesso di toccare il corpo fino a quel momento, con l'unica eccezione dei paramedici che avevano risposto per primi alla chiamata di emergenza al 999, e il medico della polizia che era arrivato sulla scena solo qualche minuto prima di Connor.

Sean era impressionato dall'efficienza dei due agenti e prese nota dei loro nomi per future necessità. Non si poteva mai sapere quando ci potesse essere bisogno di un brav'uomo in una squadra, e questi sembravano essere due agenti molto in gamba a suo giudizio.

Il corpo di Tolliver giaceva abbandonato a terra in una posa grottesca, la testa e il collo apparentemente in disaccordo con il busto e le gambe. I pugni erano serrati come in uno spasmo di enorme dolore e le spalle sembravano essere incurvate sul corpo. Sean Connor non aveva alcun dubbio che la morte del giudice non fosse stata piacevole, sempre che qualsiasi genere si morte di potesse mai definire tale. Ma questa era ad ogni modo diversa. Il povero vecchio, che di certo alla sua avanzata età non poteva aver fatto del male a nessuno, aveva passato degli orrendi e dolorosi ultimi minuti su questa terra e secondo Connor nessuno meritava un destino del genere. Lucy Clay era in salotto a parlare con Henry DeVere, e dopo aver verificato tutto quello che poteva dall'esame iniziale della scena del delitto, Connor decise di raggiungerla nell'ambiente meno opprimente in cui ora lei stava conducendo il suo interrogatorio con il domestico del giudice.

Fece un gesto a Lucy quando entrò nella stanza. Lei si alzò in piedi e presentò Connor a Henry DeVere, che colpì il detective per il suo aspetto da classico archetipo di servitore. Di costituzione robusta, con un atteggiamento militaresco, probabilmente un ex guardia del corpo, e fieramente leale al suo padrone, Henry DeVere sembrava sconvolto e profondamente scioccato quando strinse la mano dell'ispettore. Connor lo invitò a sedersi di nuovo e chiese a Lucy di proseguire con le domande. Lui sarebbe rimasto lì semplicemente ad ascoltare.

Mentre ascoltava, a Connor sembrava di stare a sentire il suo precedente interrogatorio con Lawrence Betts, il datore di lavoro della prima vittima Sam Gabriel. A DeVere non veniva in mente nessuno che potesse avere un motivo per fare al giudice del male, e no, non aveva ricevuto alcuna chiamata né lettera minacciosa ultimamente, *che DeVere sapesse*, e no, il giudice non aveva espresso alcuna paura né preoccupazione al suo domestico, che dava a vedere di essere effettivamente stato una guardia del corpo e che aveva servito il giudice per oltre dieci anni, diventando più un amico che un dipendente per il suo datore di lavoro. Aveva lasciato la casa per circa un'ora quella mattina per fare la spesa, ma a parte questo aveva trascorso tutto il giorno con il giudice, fino al momento della sua morte. Henry DeVere fu decisamente offeso quando gli chiesero se sapesse di essere o meno un beneficiario nel testamento di Tolliver. Non aveva idea se il giudice gli avesse lasciato qualcosa ed era sconcertato che il detective potesse anche solo pensare che una cosa del genere, se mai sussistesse, avesse potuto dargli motivo di assassinare il suo datore di lavoro. Henry DeVere era abbastanza intelligente da sapere che Connor stava solo facendo delle congetture. Connor si scusò con l'uomo ma allo stesso tempo gli ricordò che si trattava molto probabilmente di un omicidio e che questo significava che tutti coloro che erano vicini al giudice dovevano essere interrogati e scartati man mano dall'indagine in modo da assottigliare la lista dei sospettati.

Henry DeVere si calmò. Voleva vedere l'assassino catturato e promise di fare qualsiasi cosa in suo potere per aiutare la polizia. A dire comunque la verità, né la Clay né Connor pensavano ci fosse niente che De Vere potesse dire e che potesse aiutarli a trovare l'assassino del giudice Tolliver. Come per tutte le altre vittime, neanche lui aveva nemici noti, *anche se un giudice in pensione sicuramente poteva essersi fatto dei nemici di cui non erano ancora al corrente*, e sebbene non ne potessero ancora essere certi, Connor sospettava che il giudice neanche conoscesse né avesse alcun collegamento con le tre precedenti vittime.

Dopo aver congedato DeVere, che si alzò per andare a sistemare le cose in cucina, Connor si girò verso il suo sergente e le chiese: "Bene, Lucy, cosa ne pensi fino ad ora?"

"Una merda, signore. Ecco cosa penso. Non stiamo andando da nessuna parte, anzi, sembra che stiamo quasi correndo all'indietro. Non abbiamo niente che metta in relazione tra loro le vittime, né una minima idea di un movente, né un minimo accenno di sospettato."

"Ah, a meno che non conti il tuo professore dei veleni, o chiunque lui sia, che andrai a trovare nel pomeriggio. Ad ogni modo spero che ti renda conto che farai tardi all'appuntamento adesso che è successa questa cosa."

"Non si preoccupi. Gli ho telefonato non appena ho ricevuto la chiamata per venire qui. Gli ho detto che probabilmente avrei tardato e lui ha detto che sarebbe stato a casa tutto il giorno, quindi non aveva senso preoccuparsi dell'ora che sarei arrivata. Io seriamente non sospetto del professor Medwin. Lei sì, signore?"

"Non so cosa pensare Lucy, ecco la verità. Magari ne sapremo di più quando gli avrai parlato."

"Sa, non sappiamo veramente se il giudice sia morto per avvelenamento da aconito. Questo potrebbe essere un caso scollegato dalle altre morti, per quanto ne sappiamo."

"Lo pensi davvero, sergente? Penso che sarebbe una coincidenza un po' troppo tirata. So che dobbiamo aspettare che l'autopsia lo confermi, ma sono sicuro quasi al cento per cento che il giudice Tolliver sia la quarta vittima del nostro avvelenatore fantasma."

"Lo so, signore. Pure io, ma ho solo pensato di menzionare la possibilità di una causa naturale o comunque diversa per questo decesso."

"Hai ben ragione, Lucy, ma no, io non ho dubbio che questa sia un'altra vittima. Darò un'occhiata più approfondita attorno e poi ti lascerò andare al tuo incontro con Medwin. Poi sarà anche meglio che chiami Charles Carrick e gli faccia sapere cosa è successo. Diavolo, quel poveraccio non è neanche ancora venuto qui e già abbiamo un altro corpo sul tavolo dell'obitorio. Questa sta diventando una specie di città assassina e ti dirò che non mi piace neanche un po'. Va' avanti, scopri quello che riesci dal professore, abbiamo bisogno di qualcosa di più concreto a cui aggrapparci. Come prima cosa dobbiamo capire come il veleno possa essere stato somministrato, e poi potremo almeno capire da dove cominciare per cercare il nostro omicida."

Sean Connor eseguì una breve ma accurata ispezione della scena del delitto, né aspettandosi né tantomeno trovando effettivamente qualcosa che potesse essere di aiuto all'indagine. Lucy Clay partì per recarsi alla casa del professor Medwin e i paramedici misero il corpo dello sfortunato giudice in una sacca per cadaveri e lo trasportarono con accuratezza e rispetto fuori di casa per caricarlo sull'ambulanza che stava aspettando. Da lì percorsero il breve tragitto che portava all'obitorio dove Catherine Nickels si sarebbe ancora una volta trovata a stretto contatto con le conseguenze del sopraffino lavoro dell'avvelenatore dell'aconito.

Connor alla fine tornò al suo ufficio e da qui chiamò Charles Carrick. Il detective del West Midlands fu sorpreso di sentirsi raccontare di un'altra vittima a Richmond. Convenne con Connor che le cose stavano rapidamente sfuggendo di mano, poi gli disse che la sua indagine non aveva portato decisamente a nulla in materia di piste o sospettati, proprio come quella di Connor. Carrick promise di essere a Richmond il prima possibile il giorno dopo e augurò a Connor una buona serata prima di riattaccare. Poi, nei loro rispettivi uffici, i due uomini indipendentemente ma contemporaneamente si misero prima la testa tra le mani, si grattarono il capo alla vana ricerca di ispirazione e poi si alzarono dalle loro scrivanie e si diressero alle rispettive mense dove si procurarono un forte caffè e qualcosa per riempire il pesante vuoto che si era sviluppato nei loro stomaci.

Un'ora dopo, ingurgitato un caffè e tre bei dolci alla crema, Sean Connor tornò al suo ufficio per aspettare il ritorno del sergente con il suo rapporto sull'incontro con il professor Medwin. L'ispettore capo Lewis arrivò nel suo ufficio e si sedette a frugare tra gli appunti raccolti fino a quel momento sul caso, ma c'era poco che Connor potesse dire al suo capo. Promise a Lewis che lo avrebbe aggiornato regolarmente, ma che c'era ben poco da aggiungere fino a che Lucy non fosse tornata con il suo rapporto sull'incontro con Medwin e fino a che non avesse incontrato il detective di Birmingham la mattina successiva.

Nel frattempo il cacciatori di notizie della città avevano drizzato le orecchie tanto che la morte del giudice Tolliver era apparsa nel notiziario radio delle quattro. Senza aspettare conferma né dalla polizia né dal medico legale, i giornalisti stavano già imputando la morte del giudice allo stesso assassino che aveva avvelenato le vittime precedenti.

Dalla sua posizione di riposo sul divano di chintz nel salotto della sua casa, Michael Stride ascoltava la notizia della morte del giudice e i suoi occhi ciechi potevano improvvisamente vedere gli eventi di tanti anni fa, o almeno era così che gli sembrava. Ovviamente era tutto nella sua mente. Michael lo sapeva. Il rumore del bollitore in cucina irruppe nel suo mondo buio e privato e la voce gaia di sua sorella chiamò: "Arriviamo, Mikey! Il tè e pronto!"

LA PERSECUZIONE DEI RICORDI

BEN LUNGI DAL LASCIARE LA STAZIONE ED ANDARE A casa a godersi una tranquilla serata – *era sempre tranquilla dal divorzio* – Connor decise di far visita alla vedova di Sam Gabriel. Qualcuno da qualche parte doveva sapere qualcosa che lo conducesse a un collegamento tra le vittime, e un collegamento c'era, di questo era certo. Forse le famiglie delle vittime non lo sapevano o non si rendevano conto di cosa li collegasse, ma se lui avesse indagato abbastanza a fondo, Connor era certo che qualcuno avrebbe offerto quella scintilla vitale, l'informazione o la prova che poteva anche essere piccola di per sé ma che gli avrebbe fornito l'impulso di cui la sua indagine aveva bisogno.

Lynne Gabriel era ancora in uno stato di shock per la morte del marito. La donna incinta sedeva in una poltrona dallo schienale alto e Connor si mise a sedere su un comodo divano di dralon nel suo salotto ben arredato. Era ovvio da una rapida occhiata attorno che Sam Gabriel aveva assicurato a sé e a sua moglie un elevato standard di vita, e che avrebbe fatto lo stesso per il figlio che Lynne portava in grembo e che non lo avrebbe mai visto né conosciuto.

I cerchi rossi attorno agli occhi della donna tradivano il fatto che Lynne Gabriel aveva pianto prima del suo arrivo, e anche se aveva fatto del suo meglio con un fazzolettino, c'erano ancora segni di lacrime sul suo volto. Connor sapeva di dover essere molto diplomatico nel suo interrogatorio con la donna, cosa cui era ben abituato quando doveva avere a che fare con le mogli addolorate delle vittime di un suicidio.

"Mi spiace se questo non è il momento più appropriato per una visita, signora Gabriel," iniziò.

"Va bene, ispettore," rispose lei. "Temo di non essere al meglio adesso, ma sono certa che lei capirà."

Connor annuì e non disse niente, permettendo alla donna di dire qualsiasi cosa volesse per un minuto. Era certo che essere da sola a casa significava che aveva bisogno di sfogare un po' dello stress represso e della fatica che indubbiamente provava.

"Ancora non lo credo, sa. Era così, così vivo, se intende cosa voglio dire," disse Lynne con le lacrime che iniziavano a sgorgare dagli occhi un'altra volta. "Mio padre è stato magnifico, ma se n'è andato questa mattina per andare ad Edimburgo a prendere mia madre. Saranno di nuovo qui questa sera tardi, ma queste ultime ore passate qua da sola sono state veramente orribili. Mi spiace, non dovrei scaricarle addosso tutto questo, vero? È forse venuto qui per farmi delle domande?"

"Non c'è bisogno di scusarsi, signora Gabriel, davvero. Non sarebbe umana se non sentisse quello che sta provando in questo momento. Tutta questa faccenda deve essere stata assolutamente tremenda per lei. Solo mi spiace dovermi intromettere nel suo dolore, ma sono certo che capirà quanto sia importante per me farle delle domande e cercare di scoprire chi ha fatto una cosa del genere a suo marito."

"Certamente. Voglio essere di aiuto in qualsiasi modo. Solo mi prometta, ispettore Connor, mi prometta che scoprirete chi ha fatto questo al povero Sam e che verranno messi sottochiave per sempre."

"Le prometto che farò qualsiasi cosa in mio potere per portare l'assassino davanti alla giustizia, signora Gabriel. Per quanto riguarda il tempo che passerà in galera, questa è una questione che riguarderà il giudice temo, quando porteremo quel bastardo in tribunale."

Sean Connor aveva incontrato abbastanza mogli in lutto per sapere che non aveva bisogno di scusarsi per il linguaggio usato nell'ultima frase. I familiari di un defunto spesso sembravano vedere il linguaggio più sboccato come segno di forza, soprattutto quando lui metteva in mostra un'aperta belligeranza verso gli ancora sconosciuti esecutori del delitto del loro caro.

"Cosa vuole sapere, ispettore?"

"Sappiamo già quali siano stati i movimenti di Sam Gabriel nel giorno della sua morte. Sappiamo cosa abbia mangiato per colazione prima di uscire di casa e addirittura cosa avesse mangiato il giorno precedente. Ma non siamo ancora sicuri di come il veleno gli sia stato somministrato. Ci stiamo lavorando. La vera ragione della mia chiamata di questa sera è tentare di capire se riusciamo a trovare qualcosa che colleghi Sam alle altre vittime di questo caso. Deve esserci qualcosa che per l'assassino lega Sam, Virginia Remick, il macchinista David Arnold e il giudice Tolliver. Lei magari non sa cosa sia, ma è lì da qualche parte, quindi spero che mi illustrerà il passato di suo marito meglio che può, indietro fino alla sua infanzia, se ci riesce.

"Farò del mio meglio, ispettore. È un peccato che i genitori di Sam siano entrambi morti. Avrebbero di certo fornito dettagli molto più interessanti relativamente alla sua infanzia rispetto a me."

"Nessun problema, signora Gabriel. La prego, mi dica tutto quello che sa."

Per la mezz'ora successiva Lynne Gabriel diede a Connor le informazioni che aveva richiesto sull'infanzia di suo marito, sulla sua adolescenza e sugli anni successivi, fino al periodo in cui si erano incontrati. Corredò la sua storia di fotografie, sia del passato che della loro vita insieme. Mentre raccontava, Sean Connor non riuscì a vedere niente che potesse ancora unire i puntini di quel caso, che potesse collegare Sam Gabriel agli altri.

Sapeva fin dall'inizio che difficilmente sarebbe andato a segno alla prima chiamata. Poteva essere che qualcosa nell'affermazione di Lynne Gabriel alla fine si collegasse a qualche dichiarazione dei parenti delle altre vittime. Per ora si limitò a prendere degli scrupolosi appunti di qualsiasi cosa lei gli riferisse, sapendo che ogni dettaglio, per quanto insignificante potesse apparire al momento, poteva alla fine rivelarsi decisivo nel portare il caso a una conclusione efficace.

Quando Lynne ripose gli album di fotografie e di ritagli, ci fu un dettaglio particolare che colse la sua attenzione. Era una foto dei genitori di Sam, in piedi accanto a una limousine, ovviamente fatta quando erano giovano, dato che la coppia sembrava essere ritratta quando aveva all'incirca vent'anni.

"Sa dove o quando questa sia stata scattata?" le chiese.

"Mi spiace ispettore, non posso aiutarla. Sono certa che Sam avrebbe potuto risponderle e magari me l'aveva anche detto in passato, ma non ne posso essere sicura. Forse non stavo prestando attenzione. I suoi genitori sono morti prima che ci conoscessimo, quindi non li ho mai incontrati, e sebbene fossero ovviamente importanti per Sam, probabilmente sono stata un po' disattenta nell'ascoltare alcune delle storie su di loro, sa com'è?"

Connor annuì. Capiva esattamente ciò che la donna gli stava dicendo. Sam Gabriel aveva probabilmente passato ore a raccontare a sua moglie dei suoi genitori, e buona parte delle storie era probabilmente entrata da un orecchio e uscita dall'altro. Non era questione di cattiveria, ma non avendoli mai incontrati le apparivano come qualcosa di astratto e in un certo senso di poca importanza nel momento in cui stava iniziando la sua vita insieme al neo marito. Probabilmente si era limitata ad annuire e a dire "sì, bello" o qualcosa di simile, non prestando però attenzione a ciò che Sam le aveva raccontato.

Oh sì, Sean Connor sapeva cosa voleva dire e non poteva spingerla ulteriormente in materia quella sera, quindi eseguì una educata ma frettolosa ritirata dalla casa della vedova e si diresse a casa su, fermandosi per strada a prendere del cibo cinese che subito divorò non appena giunto alla casa solitaria che una volta condivideva con la moglie quando ancora erano una coppia, prima che i brutti tempi imperversassero. Ora si trovava da solo, pieno di ricordi che perseguitavano le sue serata, proprio come ora si sentiva probabilmente Lynne Gabriel, anche se forse i ricordi della donna erano più felici.

Finita la sua cena, Connor sparecchiò la tavola e si sbarazzò delle scatole di cartoncino che avevano contenuto il suo riso e pollo in agrodolce, poi si scolò due bottiglie di birra forte, una dopo l'altra. Che fosse l'effetto dell'alcol o il ricordo di qualcosa nel suo incontro con Lynne Gabriel, o un miscuglio di entrambe le cose, un qualche genere di malizioso desiderio si insinuò nella mente di Sean Connor e lo spinse ad aprire l'ultimo cassetto del suo comodino. Tornato al piano di sotto trascorse l'ora successiva a sfogliare l'album con le foto che la sua ex moglie non aveva voluto tenere con sé quando il loro matrimonio era terminato. Sapeva che si sarebbe sentito ossessionato durante la notte, dato che i bei ricordi della vita trascorsa con Marilyn stavano rimbalzando ora nella sua mente, intrecciati con il dolore provato quando aveva scoperto il suo tradimento, e la conclusiva tristezza, con il cuore spezzato per la definitiva separazione.

Alla fine il detective mise da parte gli album e si alzò

dal divano, entrò in cucina e recuperò un'altra bottiglia di bitta dal suo scomparto in frigorifero. Ne fece seguito un'altra, e poi un'altra ancora, fino a che la sua mente fu sufficientemente rilassata da permettere al suo corpo di affondare nel buio oblio del sonno.

Quando si svegliò la mattina dopo, ancora con i piedi alti e la testa piegata di lato sul bracciolo del divano, con il collo rigido e le ossa doloranti, la prima cosa che Sean Connor fece fu di buttare quegli album fotografici nel cestino dell'immondizia. Nonostante la quantità di alcol consumata la sera prima, la sua notte era stata irrequieta e disturbata da sogni che avrebbe preferito non fare. Ne aveva abbastanza per una vita di pensieri personali.

Diede un'occhiata all'orologio. Aveva giusto il tempo di farsi una rapida doccia e cambiarsi. Aveva un incontro con il suo corrispettivo da Birmingham quella mattina. Saltò la colazione. La mensa della polizia avrebbe soddisfatto i suoi bisogni quando fosse arrivato alla stazione, e nel giro di trenta minuti da quando aveva aperto gli occhi era già nella sua auto, diretto al lavoro. Mentre rifletteva sulla fine del suo matrimonio concluse che ieri era passato, domani doveva ancora venire e per il momento doveva concentrarsi sull'oggi.

LA TEORIA DI MEDWIN

MENTRE PERCORREVA LE OTTO MIGLIA CHE separavano casa sua dalla stazione, Connor abbassò il finestrino sperando che l'aria fresca lo aiutasse ad eliminare l'annebbiamento che aveva in testa. Quando pensieri più coerenti iniziarono a prendere il posto della piccola sbornia, pensò a perché non avesse avuto notizie di Lucy Clay dopo che aveva lasciato la stazione il giorno prima per andare ad interrogare il professor Medwin. Se n'era andata abbastanza tardi, ovviamente, ritardata dalle incombenze sulla scena del delitto nella casa del giudice Tolliver. Non era tornata in stazione prima che Connor se ne andasse, quindi aveva dato per scontato che il suo incontro con il professore si fosse prolungato, anche se gli pareva strano che non gli avesse telefonato più tardi quella sera come faceva di solito, per aggiornarlo sui risultati dell'indagine. Un improvviso pensiero lo colpì quando la sua mente divenne più limpida e mentre stava fermo a un semaforo rosso in attesa del verde, colse l'opportunità per tirare fuori di tasca il telefono e dare una rapida occhiata allo schermo.

Dannazione! Due chiamate perse. Era certo che fossero della Clay, e mentre il verde si accendeva e lui metteva la prima, si promise di controllare il telefono non appena fosse arrivato alla stazione. La domanda successiva nella sua mente fu perché il sergente non l'avesse chiamato a casa. Poi ricordò che anche in quel caso non aveva controllato la segreteria telefonica quando era arrivato a casa, ma sapeva che avrebbe sentito lo squillo del telefono a qualsiasi ora più tardi quella sera, o no?

Poco dopo le otto Connor entrò nel parcheggio della stazione di polizia, tirò su il finestrino e scese dall'auto sentendosi sempre più normale. Forse lo sbarazzarsi delle foto la sera prima aveva avuto un effetto catartico su di lui, ma di certo si sentiva più in sé del solito. Controllò il telefono ed ebbe conferma che le chiamate perse erano da parte di Lucy Clay. Avrebbe presto sistemato le cose appena salito in ufficio.

Uscito dall'ascensore al terzo piano percorse il corridoio verso il suo ufficio e incontrò la sua assistente che gli veniva incontro dalla parte opposta con espressione preoccupata in volto.

"Tutto bene, signore?" gli chiese con una nota di preoccupazione nella voce.

"Certo che sto bene, Lucy. Perché non dovrei?"

"Ho cercato di chiamarla ieri sera, ma non ho avuto risposta. Ero un po' preoccupata che ci fosse qualcosa che non andava."

"Sì, mi spiace. Ho trovato le tue chiamate al cellulare questa mattina. Sono andato dalla signora Gabriel dopo essere uscito dall'ufficio ieri e poi ho mangiato qualcosa e mi sono bevuto un paio di birre facendo tardi e..."

"Ma ho cercato di chiamarla anche a casa. Erano circa le dieci e non ho avuto risposta."

"*Mio Dio*," pensò Connor. "*Quella birra doveva proprio essere forte.*" Era a casa quando Lucy l'aveva chiamato, ma non aveva sentito. Stava dormendo troppo profondamente.

"Le ho lasciato due messaggi," proseguì.

Connor era in un tale stato fisico e mentale quando

si era svegliato che non aveva neanche controllato la segreteria telefonica quella mattina. Delle scuse erano dovute, e lui non era certo orgoglioso a punto tale da non fornirle.

"Senti Lucy, mi spiace. Ho bevuto un pochino troppo a dire il vero, e mi sono addormentato sul divano. Non sono tornato in me che stamattina e devo aver dormito senza sentire le tue chiamate. Ero un po' brillo quando mi sono svegliato e non ho controllato la segreteria telefonica, quindi non ho scuse. Come ho già detto, mi spiace."

Lucy Clay sorrise. Aveva sospettato la stessa cosa ed era lusingata che il suo capo fosse arrivato al punto di scusarsi con lei quando effettivamente non era neanche necessario. Dopotutto era un uomo adulto e pienamente autorizzato a lasciarsi andare dopo ore e ore di lavoro, se era quello che desiderava.

"Le scuse non servono, signore," rispose. "Ho solo pensato che volesse sapere com'era andato l'incontro con il professor Medwin, ecco tutto. Niente che potesse aspettare fino ad oggi, comunque."

"Ci puoi scommettere che voglio sapere," disse Connor assumendo appieno la sua professionalità. "Andiamo nel mio ufficio dove potrai raccontarmi tutto. Abbiamo un sacco di tempo prima che Carrick e il suo agente arrivino da Birmingham."

Connor e la Clay si armarono di due caffè in bicchierini di plastica dal distributore automatico che si trovava nel corridoio ed entrarono in ufficio chiudendosi la porta alle spalle.

Mentre il rumore quotidiano della stazione di polizia veniva risospinto nell'oblio dietro alla porta chiusa, si sedettero ciascuno da una parte della scrivania di Connor e lui fece cenno all'agente, facendole così capire che poteva iniziare il suo rapporto.

"Bene, penso che la prima cosa che dovrei dire è che sono piuttosto certa che possiamo eliminare del tutto l'idea che il professor Medwin sia il nostro assassino. Prima cosa: il motivo per cui lavora da casa è che è in sedia a rotelle. Soffre di sclerosi multipla e nell'ultimo anno è a malapena uscito da casa sua. È di certo un genio nel suo campo, ma dubito che sia stato in grado di somministrare il veleno a delle persone in diversi luoghi con la velocità che il nostro assassino ha usato nel giro di un giorno soltanto."

"Avrebbe potuto avere un complice," disse Connor, aggrappandosi ad un ultimo filo penzolante. Sapeva ovviamente dentro di sé che Medwin non era mai stato seriamente un sospettato: non c'era niente in assoluto a legarlo alle vittime.

"Signore, mi creda, non è stato lui. È corretto e onesto, lo giurerei, ed è stato decisamente utile ieri."

"Vai avanti, sergente, impressionami," disse Connor con un sorriso sul volto e nella voce.

"Bene, prima di tutto l'aconito non è così difficile da procurare. È stata una bella sorpresa quando il professor Medwin mi ha detto che migliaia di persone probabilmente hanno quella roba che gli cresce in giardino in tutto il mondo, non solo qui in Gran Bretagna, e neanche sanno di cosa sono realmente in possesso. Ad ogni modo, si presenta sotto diverse varietà, ma una cosa che tutte hanno in comune è che possono essere usate per produrre il letale veleno. Il veleno in sé di solito si ottiene dalla radice della pianta, anche se pure i fiori possono avere un effetto pericoloso se ingoiati.

Per quanto riguarda la natura fisica di questa roba, l'aconito può essere ridotto in polvere o trasformato in forma liquido da bere o anche iniettare in vena, oppure può essere seccato e polverizzato in modo da ricavarne pastiglie o – e questa è stata la migliore intuizione del professor Medwin riguardo alla natura delle morti delle nostre vittime – la polvere può essere messa in capsule, anche piccole capsule a rilascio temporizzato, tali da permettere al nostro assassino di trovarsi lontano dalla scena del crimine quando il veleno entra in azione."

"Ah!" disse Connor. "Bravo professore. Perché non ci ho pensato io? Ovvio, ha completamente senso. L'assassino, chiunque lui o lei sia, può aver costretto le vittime a ingerire una capsula contenete il veleno per poi passare direttamente al successivo della lista. Ma, e questo è il grande 'ma', Lucy, se è andata così, perché le vittime non si sono rifiutate di ingoiare la capsula? Anche se le avessero assunte, non pensi che l'avrebbero detto a qualcuno?"

"Sì, certo, è quello che ho detto anche io, ma il professore ha avuto un'altra idea."

"Oh sì?" proseguì Connor. "Dimmi cosa pensa il nostro colto professore, Lucy. Sono proprio curioso di sapere la sua teoria."

"Beh, signore, non doveva per forza essere una capsula nel verso senso della parola, come sicuramente capirà anche lei. Il professore ha suggerito che il veleno sia stato nascosto in un involucro digeribile lentamente, anche qualcosa di semplice come carta da zucchero o carta di riso, e poi inserito in un altro cibo in modo tale che la vittima non potesse sapere di aver ingerito quella roba. Allo stesso modo avrebbero potuto iniettarlo in un prodotto alimentare. L'assassino avrebbe potuto nascondere il veleno in una barretta di cioccolato per esempio, in un dolce alla crema, o..."

"Va bene, va bene, capisco," disse Connor. "Devo dire che il tuo professor Medwin mi piace. Pare che ci abbia dato se non altro delle ipotesi su cui lavorare, anche se questo non ci porta ancora vicini all'identificazione dell'assassino."

"Mi spiace non concordare con lei, signore, ma credo di sì invece," esclamò la Clay.

"Davvero?" chiese Connor.

"Assolutamente sì. Secondo il professore, sebbene l'aconito grezzo sia semplice da ottenere, renderlo un veleno nella forma necessaria per uccidere tutte quelle persone avrebbe richiesto almeno una modica conoscenza professionale o tecnica. Il professor Medwin pensa che quando e se troveremo l'assassino, si rivelerà essere qualcuno con delle particolari nozioni di medicina o farmacia."

"Stai dicendo che stiamo cercando un dottore o uno scienziato pazzo, sergente?"

"È una possibilità, signore, ma piuttosto probabile secondo quello che il professore mi ha detto."

"Sono d'accordo con te, sergente. Penso che il tuo pomeriggio sia stato molto più produttivo del mio, questo è certo. Mentre aspettiamo che arrivi Carrick, perché non vai al tuo computer e vedi se riesci a trovare qualche storia o qualche caso simile nel passato che coinvolga gente di professione medica o farmaceutica? Vedi anche se abbiamo qualche registro da qualche parte riguardante medici che possono essere stati depennati per uso improprio di veleni e che potrebbero quindi avere del rancore nei confronti della società. Potrebbe non essere molto, ma è pur sempre un punto di inizio."

"Vado subito, signore," disse la Clay alzandosi dalla sua sedia e prendendo la cartellina con gli appunti del suo incontro con Medwin.

"Cerca di scoprire quello che riesci prima che Carrick arrivi," le disse Connor mentre lei scompariva dietro alla porta.

Dopo che la Clay se ne fu andata dal suo ufficio, Sean Connor si appoggiò allo schienale della sua sedia e cercò di valutare quelle poche conoscenze che aveva raccolto fino a quel momento. Chiunque avesse ucciso le quattro vittime si era mosso rapidamente e con professionalità, questo era certo. Connor sapeva che il veleno era generalmente un modo molto personale di uccidere e che veniva spesso associato alle donne. Tutte e quattro le vittime erano morte con tremenda agonia e non avevano lasciato indizi di cosa o chi avesse dato loro il veleno. Più ci pensava e più Connor continuava a tornare alla parola 'personale'. Doveva esserci qualcosa di profondamente personale sia sulla relazione dell'assassino con le vittime che sulla rapporto delle vittime tra loro e questo avrebbe indirettamente portato al movente dell'assassino. Era lì, sapeva che c'era. Era qualcosa appena fuori dalla loro portata, qualcosa che non aveva ancora colto dall'intero scenario del caso. Se solo avesse potuto metterci sopra un dito, Connor sentiva che avrebbe svelato il caso. Ma per adesso quel minuto indizio, il legame che stava cercando, restava schivo, a debita distanza, in attesa che qualcosa accadesse, come il tempo stesso, reale o no, senza forma né sostanza.

Prima che se ne rendesse conto le lancette dell'orologio erano quasi arrivate alle dieci e lui fu risvegliato dai suoi pensieri da un colpo alla porta. Quando la Clay fece entrare nel suo ufficio l'ispettore detective Charles Carrick e il sergente detective Lewis Cole, Connor sperò che la loro presenza potesse perlomeno annunciare l'arrivo della cavalleria!

"Dovremmo fare qualcosa, raccontare a qualcuno quello che sappiamo," disse Michael Stride dal suo solito posto sul divano.

"Ma cos'è che noi *sappiamo*?" chiese sua sorella Angela che sedeva in una poltrona davanti a lui. "Quello che è successo è avvenuto anni fa e non è possibile che abbia dei legami con quello che sta succedendo adesso Mikey. Stai reagendo in modo esagerato."

"Non m'importa," continuò il fratello. "Potrebbe sempre esserci un collegamento. Non si sa mai. Se almeno lo raccontassimo alla polizia, può darsi che loro trovino qualcosa che metta in relazione i due casi."

"Oh, per favore Mikey, non essere così sciocco. Come fa qualcosa che è successo trent'anni fa ad essere in collegamento con questi omicidi casuali? Sono sicura che Mary sarà d'accordo con me. Abbiamo già subito abbastanza tragedie nella nostra famiglia, no? Perché andare a rivangare il passato quando invece dovrebbe starsene morto e sepolto?"

Michael Stride si appoggiò ai cuscini che aveva dietro alla schiena e sospirò pesantemente. Le sue disabilità lo rendevano dipendente dalle sue sorelle e sapeva che Angela aveva probabilmente ragione. Se sia lei che Mary non vedevano la necessità di andare dalla polizia, allora aveva poca scelta se non accettare la loro decisione. Sapeva che non l'avrebbero mai abbandonato, ma discutere con loro le avrebbe solo messe contro di lui e Michael aveva sempre avuto dentro di sé il profondo timore di come sarebbe stata la vita se le sue sorelle non fossero state lì a prendersi cura di lui. Sapeva benissimo che senza il loro costante supporto sarebbe probabilmente finito in una residenza per disabili impersonale e priva di anima, o peggio sarebbe stato ricoverato permanentemente. Nessuno dei due scenari aveva per lui la minima attrattiva.

"Pensavo solo che potevamo offrire un aiuto, tutto qui," disse sottovoce, sapendo già di aver perso.

"Senti Mikey, ne parlo con Mary quando torna a casa, va bene? Vediamo cosa ne pensa lei e poi decidiamo il da farsi, d'accordo?"

Michael annuì.

"Dopotutto," proseguì Angela, "trent'anni è quasi una vita fa, Mikey. Non ci possono essere in assoluto dei motivi per cui la polizia possa essere interessata a ciò che è successo a noi. Erano altri tempi, era un altro mondo, e questo è oggi, Mikey. Il tempo è passato, e siamo cambiati anche noi. Sono sicura che nessuno di noi vuole dover rivivere quei vecchi ricordi, vero?"

Se Angela Stride avesse potuto ficcarsi nella testa di suo fratello, si sarebbe accorta che quei 'vecchi' ricordi erano ancora freschi nella sua mente. Non passava un solo giorno senza che gli orrori del passato si dispiegassero, spesso in un terribile moto a rallentatore, nel mondo cieco e spesso dilaniato dal dolore di Michael. Nessuna delle sue sorelle poteva neanche minimamente immaginare cosa significasse vivere come lui, sapendo che la sua vista gli era stata rubata non dalla nascita, da un incidente o da un malattia, ma proprio da quegli eventi che ora Angela pareva volersi assicurare di seppellire per sempre. Per Michael Stride la causa della sua cecità, lo shock che l'aveva privato della vista, non poteva essere sepolto neanche per un giorno. Ad ogni modo sapeva che adesso non era il momento di cercare di discuterne o di tentare di spiegare i suoi sentimenti per l'ennesima volta a sua sorella. Dopotutto sia Angela che Mary avevano la loro salute e la loro forza, non erano state colpite dalla cosa come lui. Sapeva anche che sebbene gli volessero bene e si occupassero di lui ogni singolo giorno, sarebbe arrivato il momento in cui l'avrebbero visto come un ingombro, un peso sulle spalle, e che lui avrebbe dovuto fare il possibile per evitare che si arrabbiassero con lui, o pensassero che fosse un tipo 'difficile'.

Quindi Michael non disse niente a sua sorella e non avrebbe detto nulla a nessun altro, e poi, a parte per le sue sorelle, veniva in contatto con pochissimi estranei al giorno d'oggi, se non per occasionali visite all'ospedale. Dopotutto anche le sue necessità di carattere medico venivano tenute sotto controllo da sua sorella Mary, anche se era certo che la cosa non fosse del tutto etica. Però, ancora, nessuno conosceva lui e il suo vissuto medico meglio della sua sorella maggiore, che aveva sempre fatto del suo meglio per lui, o no? Ora era nel suo reparto e Michael sapeva che quando fosse tornata a casa Angela e lei avrebbero parlato e si sarebbero trovate d'accordo, prendendo nota delle sue preoccupazioni e mettendole subito da parte. Del resto lui cosa sapeva? Era solo il fratello storpio!

Fece un altro cenno verso Angela. Sapeva quando era opportuno tacere e sua sorella parve soddisfatta della sua sottomissione, quindi gli chiese subito:

"Tazza di tè, Mikey? E qualche biscottino?"

"Uhm, sì grazie, sorella," rispose. Un ulteriore discussione sull'argomento era così messa a tacere ed Angela Stride uscì dalla stanza andando in cucina, dove il borbottio del bollitore presto raggiunse le orecchie di Michael insieme al rumore di biscotti che venivano disposti su un piatto: il suo udito era diventato molto più fine da quando la sua cecità l'aveva colpito tanti anni fa. Nel giro di pochi minuti sua sorella tornò in salotto e mise il piatto di biscotti a facile portata per lui sul tavolino. Delicatamente gli prese la mano e la guidò verso la tazza.

"Stai attento, Mikey. Scotta."

Appoggiandosi allo schienale del divano con il suo tè in mano, Michael Stride concluse che non avrebbe più fatto cenno alla questione degli omicidi a meno che sua sorella non ne avesse parlato al ritorno di Mary a casa. Presto Angela cambiò argomento parlando del prossimo appuntamento di Michael in ospedale. Era fra un mese, ma per ora era sicuramente di interesse fintanto che la vita in casa Stride era tornata in tutti i sensi 'normale'.

LA MORTE DI CIOCCOLATO?

LA STRETTA DI MANO CHE ACCOMPAGNÒ IL PRIMO incontro tra Sean Connor e Charles Carrick fu come quella tra due vecchi amici che si vedono dopo lungo tempo. Era ferma e calda, e creato a questo modo il collegamento fisico tra loro, fu come se i due ispettori avessero anche stabilito un mutuo legame psicologico grazie a quel breve contatto.

I sergenti Cole e Clay furono pure inclusi nelle presentazioni e, senza perdere troppo tempo in formali preamboli, la riunione ebbe inizio.

"Brutto affare, il giudice," disse Carrick, "eppure è un altro da aggiungere alla lista, eh?"

"Direi di sì," rispose Connor. "Non abbiamo ancora nessuna pista concreta. Niente dalla vostra parte?"

"Beh, tutto quello che posso dirti è quello che abbiamo trovato ieri pomeriggio. Ho mandato il sergente Cole a Liverpool a sentire la vedova di David Arnold e, beh, guarda, sarebbe meglio se raccontassi direttamente tu, Lewis," disse Carrick facendo un cenno al suo sergente.

"Giusto, signore," disse Code schiarendosi la gola prima di cominciare. "La signora vive fuori Liverpool in un posto che si chiama Prescot. Era devastata quando sono arrivato lì, come possiamo ben immaginare. Pare che suo marito conducesse l'espresso Penzance regolarmente. Apparentemente era uno dei suoi tragitti preferiti. Non era un semplice macchinista, ma un vero fanatico del settore ferroviario, innamorato dei treni da quando era bambino. Ad ogni modo, il giorno prima di morire era uscito di casa la mattina, aveva condotto il treno locale Liverpool-Manchester e poi aveva preso il Manchester-Truro fino alla costa meridionale. Con questo il suo turno terminava, quindi poi aveva preso un treno da Truro a Penzance, dove aveva passato la notte in una pensione di cui si serviva sempre quando faceva quel giro. Si chiama 'La Casa Sbilenca' e i ragazzi del posto stanno controllando le cose lì adesso. La mattina della sua morte era andato direttamente da lì a Penzance, dove aveva timbrato per il lavoro ed era salito sull'espresso prendendone i comandi. La moglie gli ha parlato la sera prima della sua morte. Era nella sua stanza nella pensione e secondo lei tutto sembrava regolare. Ora signore," disse Cole piegando la testa di lato e chinandosi verso Connor come se stesse per rivelare qualcosa di importante, il che era effettivamente vero. "È a questo punto che potremmo effettivamente avere qualcosa per le mani."

Cole fece una pausa d'effetto.

"Vai avanti, ragazzo, per l'amor del cielo," disse Carrick con gioviale fermezza.

"Sì, signore, scusi signore," disse Cole.

"Bene, come stavo dicendo, quando David Arnold è arrivato alla stazione ha parlato con il supervisore che era di servizio in ufficio. Gli ha detto che era sorpreso di trovare fuori dalla stazione di mattina così presto qualcuno che distribuiva campioncini di cioccolata pregiata. Disse che quella donna avrebbe fatto meglio ad aspettare fino a tardi, quando ci sarebbe stata più gente attorno alla stazione. Non ha detto se avesse preso o mangiato qualcuno di quei cioccolatini, ma, e questo è ciò che penso essere significativo, signore, quando Arnold ha lasciato l'ufficio il supervisore ha mandato la sua assistente, una giovane impiegata di nome Deborah Vale, a vedere questa donna. È infatti pratica comune per chiunque desideri usare la zona della stazione per fini commerciali, chiedere un permesso al capostazione. Ovviamente la donna non era autorizzata a stare lì. Ad ogni modo, quando la signorina Vale è andata a vedere, la donna era sparita. L'ha cercata attorno alla stazione per cinque minuti, ma non c'era segno di nessuno che distribuisse cioccolatini gratis. Deborah Vale, essendo una ragazza intraprendente, ha addirittura controllato le strade attorno alla stazione. Magari le sarebbe piaciuto ottenere anche qualche dolciume per sé, ma ad ogni modo non c'era nessuna donna. Ipoteticamente quella donna ha dato al macchinista qualcosa e poi se l'è data velocemente a gambe scomparendo dalla scena del crimine, così per dire."

"Dannazione, sergente," disse Connor. "E avete avuto tutte queste informazioni dalla vedova?"

"Sì, signore. Pare che il supervisore fosse un vecchio amico di David Arnold e lo conoscesse da anni. Si scambiavano bigliettini d'auguri per Natale e cose del genere, e ad ogni modo è stato lui a chiamare la signora Arnold per porgerle le sue condoglianze e dirle tutte queste cose. Prima che lo chiediate, abbiamo chiesto alla polizia di Penzance di parlare con il signor Beattie, e lo stanno facendo in questo momento. Se ci dovesse essere dell'altro, ce lo diranno, ma lo dubito."

"Ben fatto, sergente," disse Connor, che poi si girò a guardare Charles Carrick.

"Direi Charles che tu e il tuo sergente Cole avete trovato più in un pomeriggio di quanto noi siamo riusciti a raccogliere qui dal primo giorno. Una donna, lo sapevo! La mia patologa aveva anche suggerito che il veleno è tradizionalmente un'arma femminile."

"Non sappiamo per certo che questa 'donna del

cioccolato' sia l'assassino, no?" chiese Carrick, portandosi dalla parte della cautela.

"No," disse Connor, "ma scommetto un anno della mia pensione che ha qualcosa a che vedere con il caso, anche se non dovesse essere l'effettivo omicida. Solo che pare strano, una donna che offre cioccolatini gratis alla stazione così presto la mattina e poi scompare prima che la folla dell'ora di punta inizi ad arrivare."

"E," disse Lucy Clay unendosi alla conversazione, "il semplice fatto che Arnold abbia parlato della donna al supervisore mi induce a pensare che il macchinista abbia *effettivamente* preso uno o magari più di quegli omaggi, altrimenti perché parlarne?"

"Proprio quello che penso anch'io, sergente," disse Carrick.

"Peccato che non ci sia una descrizione," disse Connor.

"Vero," confermò Carrick, "ma almeno abbiamo un punto da cui partire."

"Certo che sì," convenne Connor con il collega del West Midlands. "Ora, se solo sapessimo da dove iniziare per cercare questa donna."

"Beh," disse Carrick, "il nostro sergente Cole qui ha chiesto alla polizia di Penzance di aiutarci facendo seguito al loro interrogatorio con il supervisore della stazione e la sua impiegata con un giro delle pensioni locali, dei bed and breakfast e degli alberghi. Lavorando sulla teoria che l'assassino deve essere qualcuno che viene da fuori città, se il caso è collegato a quelli di Richmond, possiamo probabilmente pensare che questa donna, se è un'assassina o almeno una complice, dovrebbe aver passato la notte da qualche parte, e se non aveva amici o parenti in città, allora un albergo potrebbe essere stata l'unica opzione. Le donne single che trascorrono una notte da sole in una stanza d'hotel non dovrebbero essere molte, quindi se dobbiamo controlleremo tutti coloro che erano registrati in qualsiasi albergo della città nella notte prima della morte di David Arnold.”

“Potrebbero comunque essere parecchie,” disse Connor al collega.

“Lo so, ma le controlleremo lo stesso.”

“Spero solo che arriveremo da qualche parte con questo caso prima che il bastardo colpisca ancora,” disse Lucy Clay.

“Pensa davvero che lui o lei colpirà ancora, sergente?” chiese Carrick all’assistente di Connor.

“Ovviamente spero di no, signore,” rispose la Clay, “ma ho questa orrenda sensazione che chiunque stia facendo questa cosa non abbia ancora finito, ecco tutto.”

“Spero che lei si sbagli, sergente,” disse Charles Carrick. “Spero davvero che lei si sbagli.”

“Mi scusi, signore,” disse Lucy Clay a Charles Carrick con un’espressione pensierosa in volto.

“Sì sergente?”

“Pare che stiamo ipotizzando che questa donna, chiunque lei sia, non fosse della zona di Penzance, giusto?”

“Penso sia una buona ipotesi, sergente,” rispose. “Dati gli omicidi avvenuti qui a Richmond, penso che sia stata solo di passaggio a Penzance, con il semplice scopo di somministrare il veleno a David Arnold. Dubito che sia una della città, anche se ammetto che potrei sbagliarmi. Solo il tempo ce lo dirà.”

“Quindi,” continuò Lucy, “anche se si fosse registrata in un albergo o B&B a Penzance, c’è comunque la possibilità che abbia usato nome e indirizzo fittizi. Certo non avrebbe rischiato di essere rintracciata dalla polizia come sembra che stiamo facendo noi ora.”

“Capisco il punto, sergente,” disse Carrick, “e c’è anche la possibilità che questa donna, chiunque lei sia, non abbia niente a che vedere con l’uccisione di David Arnold, anche se la considero un’opzione remota.”

Mentre gli investigatori continuava la loro conferenza nell'ufficio di Sean Connor, la luce del sole si riversava dalla finestra e Connor stesso non poté fare a meno di sentirsi come se, sebbene non avessero fatto molti passi avanti, ci fosse un piccolo bagliore di luce che illuminava l'indagine. Come con tutti i casi del genere, il successo o il fallimento nel capire chi ne fosse l'esecutore spesso si trovava tra gli indizi o fatti più insignificanti. Connor pensò che forse quell'avvistamento da parte del defunto di una potenziale venditrice fasulla che dispensava cioccolatini la mattina presto, poteva rivelarsi essere la chiave del caso. C'era ancora molta strada da fare, lo sapeva, ma sentiva che ora avevano qualcosa per le mani e lui e gli altri avrebbero presto trovato altri collegamenti che alla fine avrebbero legato insieme l'intero caso.

Un trillo si fece sentire dalla tasca della giacca di Charles Carrick. Prese il telefono dal suo posto, aprì lo sportellino, guardò lo schermo e poi si scusò, alzandosi dalla sedia e andando alla finestra, dove continuò la sua conversazione a voce bassa. Anche Connor e gli altri abbassarono le loro voci mentre Carrick alternava dialogo e ascolto – soprattutto il secondo – fino a che, un paio di minuti dopo, chiuse la conversazione e tornò alla sua sedia da dove si rivolse agli altri che sedevano in trepidante attesa. Quando parlò, non restarono delusi.

"Era il dottor Gary Hudson, il patologo capo a Birmingham," disse, fornendo il nome completo di Hudson per conoscenza di Connor e della Clay. "Basandoci su ciò che abbiamo scoperto sulla donna del cioccolato gli ho chiesto di controllare di nuovo il contenuto dello stomaco di Arnold, e indovinate un po'?"

"Cioccolato?" chiese Connor.

"Cioccolato!" disse Carrick trionfante. "Tracce microscopiche a dire il vero, ma nientemeno che cioccolato. Arnold aveva vomitato nella cabina e tutte le tracce contenute là dentro erano contaminate da olio, polvere e grasso sul pavimento e dalle suole dei suoi stivali, ma lo stomaco ha decisamente messo in luce alcune piccole tracce. All'inizio Hudson aveva pensato che fosse stato ingerito la sera o la giornata prima della morte, vista la quantità, ma ora si rende conto che potrebbe essere stato mangiato la mattina stessa e che il resto sia stato espulso quando Arnold ha vomitato."

"Almeno abbiamo l'arma del delitto di uno dei casi," disse Connor.

"La morte di cioccolato," disse Lucy Clay, usando il nome del popolare dolce che non sfuggiva all'attenzione degli uomini.

"Molto adatto Lucy," disse Connor.

"E molto vero, per come suona," disse Carrick.

"C'è ancora una grossa domanda cui dobbiamo rispondere ovviamente," disse Lewis Cole, che aveva pensato in silenzio mentre gli altri parlavano.

"E di cosa si tratta, sergente?" chiese Connor.

"Ecco, signore, potremmo anche avere un'idea di come sia stato ucciso il macchinista del treno, e pensiamo di sapere che questa 'donna del cioccolato' sia coinvolta, ma considerando che tre delle quattro vittime vivevano qui a Richmond e che David Arnold è stato probabilmente avvelenato prima di lasciare Penzance anche se viveva a Liverpool, abbiamo pur sempre il problema di capire dove viva l'assassino. È qui a Richmond, forse a Liverpool o a Penzance come abbiamo detto ma eliminato come improbabile? Ovviamente c'è la possibilità che l'assassino viva in un qualsiasi altro luogo e che sia venuto in visita a Richmond come ha fatto per Penzance."

"Buon Dio, Cole, potresti aver ragione!"

L'esclamazione veniva da Sean Connor.

"Lucy," disse girandosi verso la Clay, "cerca delle informazioni per le strade. Voglio che gli alberghi ei B&B della zona vengano controllati per vedere se delle donne da sole vi abbiano pernottato per una o due notti prima degli omicidi qui. C'è una possibilità che l'assassina abbia distribuito le sue dosi mortali nello stesso modo che a Penzance, sempre che la 'donna del cioccolato' sia effettivamente l'assassina."

Senza dire una parola di più, Lucy Clay si alzò e uscì dall'ufficio. Avrebbe fatto in modo che una squadra di agenti fosse al lavoro nel giro di quindici minuti.

"Un primo incontro molto produttivo, vero Sean?" chiese Charles Carrick quando la riunione giunse al termine.

"Decisamente Charles, grazie per averci portato la prima informazione veramente utile," rispose Connor.

Aveva dato al collega del West Midlands una copia dei file sugli omicidi di Richmond. Comprendeva tutto ciò che lui e la Clay avevano appreso sulle vittime fino a quel momento, e anche una copia dell'interrogatorio che Lucy Clay aveva condotto con il professor Medwin. Come Connor aveva detto a Carrick, non c'era molto in termini di informazioni concrete contenute nella cartella di Richmond, ma forse con il tempo e con il lavoro combinato delle squadre di detective qualcosa avrebbe potuto assumere una nuova importanza che fino a quel momento era loro sfuggita. Carrick e Cole promisero di leggere e digerire ogni parola della cartella dopo pranzo, e poi sarebbe stato il momento per la polizia di Birmingham di tornare alla loro base. Da allora in poi comunque i due ispettori avrebbero lavorato insieme, sial al telefono che con regolari incontri fino a che il caso non fosse stato risolto.

Sia Connor che Carrick sapevano che era solo questione di tempo prima che i tasselli di questo caso iniziassero ad andare al loro posto. Nel caso di David Arnold sentivano di avere ora il 'come'. Adesso mancavano solo il 'chi' e il perché'.

Se e quando avessero potuto dare risposta a quelle domande anche in relazione alle vittime di Richmond, avrebbero avuto il loro assassino, ma come entrambi sapevano, per il momento la 'donna del cioccolato' ea ancora là fuori da qualche parte, forse con una scorta letale di deliziosi dolcetti. Quindi, fino a che non avessero dato un nome e un volto alla signora e fino a che non si fosse riusciti a portarla davanti alla sua giusta punizione, nessuno della lista – se effettivamente ne aveva una – poteva considerarsi al sicuro.

Ma per adesso era ora di pranzo, e che fosse per programma o no, Connor notò che nessuno dei quattro presenti attorno alla sua scrivania quella mattina ordinò il delizioso dolce al cioccolato offerto dal menu della mensa.

CONVERSAZIONE DOPOCENA

Finito il pranzo i quattro investigatori si riunirono ancora una volta nell'ufficio di Sean Connor. Sarebbe stato un breve scambio dato che Carrick e Cole dovevano partire per tornare a Birmingham entro la metà del pomeriggio. Avevano pur sempre la loro indagine da portare avanti nel West Midlands e la loro squadra stava aspettando il loro ritorno per scoprire cosa i due uomini avessero appreso dai loro corrispettivi di Richmond riguardo al caso.

Quando si furono seduti attorno alla scrivania di Sean Connor, fu lui stesso a dare voce al punto che era nelle menti di tutti da quella mattina e che c'era necessità di discutere prima che le due squadre si separassero.

"C'è ovviamente uno scenario che dobbiamo seriamente considerare," iniziò, "ed è che abbiamo più di un assassino coinvolto in questo caso. Dopotutto le morti di Sam Gabriel, Virginia Remick e David Arnold hanno avuto tutte luogo lo stesso giorno nel giro di un paio d'ore l'una dall'altra, ed è quasi impossibile che un assassino sia potuto essere in due o tre posti nello stesso momento per somministrare le dosi di veleno letale. Se ipotizziamo che sia stata questa 'donna del cioccolato' a dare il cioccolatino avvelenato a David Arnold allora, a meno che non avesse dato a Gabriel e alla Remick il giorno prima una dose con azione molto controllata e ritardata nel tempo, dobbiamo pensare che qualcun altro fosse a Richmond per somministrare il veleno."

Lucy Clay smise di giocherellare con la ciocca della sua corta frangia bionda, che Connor sapeva essere suo comportamento caratteristico quando era profondamente immersa in pensieri. Era rimasta in silenzio per quasi tutto il tempo da quando erano tornati in ufficio. Ora, dopo aver riflettuto tra sé e sé per quella che era sembrata un'eternità, parlò.

"A dire il vero, signore, se date un'occhiata agli appunti del mio interrogatorio con il professor Medwin, lui in effetti ha avanzato la possibilità che l'assassino abbia usato un meccanismo ritardante per la dispersione del veleno. Se l'assassino ha una sufficiente conoscenza medica e farmaceutica – e il professore crede che tutto ciò che è accaduto a tutt'oggi punti verso questa probabilità – allora lui o lei potrebbe aver ridotto l'aconito in piccole pillole dissolvibili e averle sigillate all'interno di una sorta di capsule del genere che spesso vengono prescritte come medicine. Lui o lei potrebbe essersi addirittura procurato delle capsule a lento scioglimento tipiche da bancone farmaceutico, come l'ibuprofene, averle svuotate del contenuto originario e averci messo dentro il veleno, insieme a un catalizzatore per ritardare il rilascio del contenuto o almeno permettere una dispersione più lenta dell'aconito nell'arco di più ore. Se abbastanza piccole, queste capsule possono essere state nascoste in un cioccolatino e la vittima potrebbe averle ingoiate senza neanche rendersene conto."

"Capisco," disse Carrick, "e ovviamente, se è così, allora potremmo essere alla ricerca di più di una persona. L'assassino potrebbe essere come un ragno seduto al centro di una rete, e questa donna e forse altri sono i suoi 'angeli della morte', chiamiamoli così, mandati a consegnare i suoi pacchi di veleno ai bersagli ovunque lui li direzioni."

"Quindi potremmo essere alla ricerca di qualcuno che non si trova né a Richmond, né a Liverpool, né a Penzance," aggiunse il sergente Lewis Cole.

"Maledizione," disse Connor, "quanto può ancora peggiorare questo dannato caso? Già non stiamo andando da nessuna parte e ora ci stiamo ponendo altre domande per cui non ci sono risposte."

Gli altri sapevano tutti che Sean Connor aveva ragione. Più a fondo scavavano nel caso e più opzioni di confusione ne sorgevano. Stavano cercando più assassini o un assassino con una squadra di complici propensi a fare quello che lui o lei voleva, consegnando il veleno alle vittime?"

"Un'altra cosa," disse Charles Carrick, "è il modo di consegnare il veleno alle vittime. Nel caso di David Arnold e Sam Gabriel è fortemente probabile che abbiano potuto accettare un cioccolatino da una bella donna. Lo stesso si può dire della signora Remick. Del resto la maggior parte delle donne che conosco amano il cioccolato, ma cosa possiamo dire del giudice Tolliver? Da quanto ne sappiamo usciva raramente da casa sua, e il suo domestico avrebbe saputo se qualcuno avesse consegnato qualcosa al vecchio il giorno della sua morte."

"Aspettate un momento," disse Connor, poi si rivolse al suo sergente.

"Lucy, nessuno ha chiesto a DeVere se ci sono state chiamate in casa nel giorno in cui il giudice Tolliver è morto?"

"Sì, signore. Gliel'ho chiesto io stessa, ma mi sono appena resa conto, pensando a quello di cui stiamo discutendo, che non gli ho chiesto se ha ricevuto visite il giorno *precedente* alla morte. Come ho potuto essere così stupida da non pensare di chiederglielo? Oh, lui era uscito di casa per un'ora per andare a fare la spesa, quindi lì c'è stata una minima opportunità per l'assassino, ma riparlerò con DeVere non appena avremo finito qui."

"Non è colpa tua," disse Connor. "A quel punto dell'indagine ancora non sapevamo della possibilità di capsule temporizzate. Dimmi, il professor Medwin ha detto altro riguardo alla sua teoria delle capsule? Per esempio, perché non sono state rilevate dagli esami post-mortem?"

"Questa è una risposta facile da dare," rispose lei. "Di solito le capsule stesse sono fatte di una gelatina granulare completamente dissolvibile che scompare senza lasciare traccia di essere stata ingerita. Nel commercio sono apparentemente conosciute come capsule a involucro duro, e sono fabbricate ad alto livello di tolleranza e accuratezza in accordo con l'utilizzo finale. Una volta ingerite diventano quasi impossibili da rintracciare. Se non fosse stato per il professore, non avremmo mai saputo cosa cercare."

"Molto scaltro," disse Carrick. "Quindi penso sia bene ipotizzare che stiamo cercando qualcuno con una conoscenza piuttosto specifica."

"Senza dubbio," convenne Connor.

"Il telefono sulla scrivania di Connor iniziò a suonare. Lui rispose con uno sbuffo: "Pensavo di aver chiesto che non volevo essere disturbato," disse al malcapitato che stava dall'altra parte della linea.

"Scusi ispettore," rispose la voce impersonale di una donna. "È la dottoressa Nickels. Ha detto che era di vitale importanza e che doveva parlarle subito."

"Va bene, passamela," disse Connor calmandosi all'istante e pensando che in effetti quella donna aveva fatto uso di un buon senso di iniziativa per disturbare il suo incontro. La maggior parte dei centralinisti avrebbero seguito le sue istruzioni alla lettera. Questa ragazza, chiunque lei fosse, aveva invece capito l'importanza della chiamata e aveva rischiato di subire la sua ira per aiutarlo. Più tardi l'avrebbe rintracciata e ringraziata personalmente.

"Catherine," disse quando prese la linea.

Catherine Nickels parlò a Sean Connor per circa due minuti mentre l'ispettore diceva a malapena una parola ogni tanto, limitandosi ad annuire qua e là e confermando qualsiasi cosa la patologa gli stesse riferendo.

Alla fine riagganciò dopo aver augurato alla dottoressa un buon pomeriggio ed averla ringraziata per l'informazione. Si girò verso gli altri e annunciò:

"La dottoressa Nickels mi ha appena detto che il giudice Tolliver aveva abbastanza aconito in corpo da uccidere un cavallo, o meglio, due cavalli. Le altre vittime avevano ricevuto tutte una dose letale, ma niente che si avvicinasse apparentemente a questa quantità. Chiunque abbia fatto questo voleva di certo assicurarsi che non ci fosse alcuna possibilità che il giudice Tolliver sopravvivesse all'attacco. Secondo Catherine Nickels è stato assolutamente un caso di omicidio brutale."

Carrick rimase seduto a considerare l'ultima informazione per un momento prima di rispondere.

"Sai, Sean, ho la sensazione che il giudice possa essere la chiave di tutto. È stato un giudice di corte suprema per anni, giusto? Forse dovremmo cercare qualcuno con dell'astio contro quel poveraccio."

"Sì," aggiunse Cole, "e forse le altre vittime sono collegate al giudice per mezzo di un caso che lui ha trattato."

"Questa è la teoria migliore che abbiamo per il momento," disse Connor apparentemente soddisfatto. "Va di certo a pennello con quello che abbiamo scoperto finora e potrebbe anche spiegare perché il giudice abbia ricevuto una dose così tremenda di veleno, se è stato lui a far chiudere dentro qualcuno che si è sentito trattato troppo duramente o danneggiato, tanto da commettere un omicidio. Dobbiamo guardare nei fascicoli dei casi del giudice, scoprire in cosa è stato coinvolto negli ultimi, diciamo, dieci o quindici anni di carriera. Questo significa tornare indietro di una ventina d'anni, dato che penso fosse in pensione da almeno cinque."

"Ci faccio subito lavorare alcuni uomini, signore," disse Lucy Clay determinata.

"Bene, e assicurati che passino in rassegna i criminali, le famiglie dei criminali e le vittime," rispose Connor. "Potrebbe sembrare stupido, ma questo assassino potrebbe addirittura essere una vittima che si è sentita tradita dal giudice, perché magari ha permesso che qualche malvagio bastardo la passasse liscia dopo un crimine e che sente che la giustizia non sia stata servita in modo appropriato."

"Potrebbe essere una lista molto lunga," disse la Clay.

"Hai idee migliori, sergente?" chiese Connor.

"No, signore, lasci fare a me. Metto al lavoro qualche uomo," rispose Lucy.

Quando la riunione fu conclusa qualche minute dopo e Connor, Carrick, Clay e Cole si strinsero la mano, l'investigatore di Birmingham si rivolse a Connor un'ultima volta prima di andarsene.

"Sai, Sean, penso davvero che ci troviamo su qualcosa con il collegamento di Tolliver. Forse l'assassino ci stava mandando un messaggio con quella dose eccessiva di veleno somministrata al giudice. Sai, come a volerci far drizzare le orecchie e prendere nota del fatto. Forse vuole che facciamo il collegamento tra il giudice e un caso passato. Forse l'assassino sta giocando con noi per condurci dove lui o lei vuole."

"Può darsi, Charles, ma l'unico posto dove quel bastardo andrà è dritto in galera quando metteremo le mani su di lui, o lei, insieme alla donna del cioccolato e molti altri di questi 'angeli della morte', se esistono."

Carrick e Cole si congedarono dagli investigatori di Richmond e Lucy Clay andò ad organizzare la ricerca nei fascicoli del giudice Tolliver e anche a parlare con il domestico riguardo a possibili visite o chiamate il giorno precedente alla morte dell'uomo.

Sean Connor tornò a sedersi nel suo ufficio e pensò

agli eventi della giornata e alla riunione con Carrick e Cole. Sapeva che erano due brave persone e che poteva fidarsi di loro perché trattassero il caso con la massima professionalità e diligenza, come lui e la Clay avrebbero fatto qui a Richmond. Connor aveva anche la sensazione che stavano andando da qualche parte e che la ricerca tra i casi del giudice Tolliver poteva essere la chiave per risolvere il caso. Era un uomo che faceva affidamento sul suo istinto e in quel momento tutti i suoi istinti gli dicevano che lui e gli altri erano arrivati, con un diligente lavoro investigativo, all'unica teoria praticabile per le morti delle quattro vittime. Sperava solo che sarebbero stati in grado di trovare un legame tra il giudice e l'assassino prima che qualcun altro cadesse vittima del veleno letale che anche il quel momento poteva essere in attesa all'interno di una capsula dall'aspetto innocente, mascherato da invitante cioccolatino o sotto forma di qualsiasi altro cibo gustoso che fungesse da trappola per l'ignara vittima successiva.

Solo il tempo l'avrebbe detto nel caso dell'ultimo scenario, e il tempo, come Sean Connor ben sapeva, non era per niente dalla sua parte. La teoria suonava corretta, questo lo sapeva, ma fino ad ora non aveva abbastanza pezzi per mettere insieme la sua teoria. Se avesse saputo ciò che doveva ancora venire fuori dal caso dell'avvelenatore di aconito, Sean Connor non si sarebbe sentito così sicuro delle sue abilità da pensare di poter portare il caso a una valida conclusione. Ma allora, come sapeva dalle sue esperienze più amare, conoscere il come e il perché non l'avrebbe necessariamente condotto a scoprire il chi?

Per ora però avrebbe dovuto procedere lentamente, un cauto passo alla volta. Poco fa avevano delle domande, ma nessuna risposta. Ora almeno erano quasi sul punto di rispondere ad alcune di quelle domande più basilari. Per lo meno questo era quello che pensava in quel momento. Guardando fuori dalla sua finestra e osservando il parcheggio inondato dal sole là sotto, si concesse un attimo di relax, chiuse gli occhi e respirò profondamente. Poi, con la determinazione portata al massimo, Sean Connor si alzò dalla sua sedia, lasciò l'ufficio e uscì dall'edificio senza parlare con nessuno. Aveva del lavoro da fare, e sapeva dove andare.

95

TÈ DEL POMERIGGIO CON GLI STRIDE

"Ho detto di no e intendo dire no, e questa è la mia ultima parola sull'argomento, Mikey. Ora possiamo lasciar perdere, per favore?"

Michael Stride era abbastanza sorpreso dalla tirata della sorella maggiore. Era abituato a un tono più contenuto da parte di Mary, con la sua professione di medico e tutto il resto. Era solitamente molto flemmatica e di norma non avrebbe mai alzato la voce, in particolare con Mikey. Ora però sembrava arrabbiata con lui, anche se non riusciva esattamente a capire perché dovesse essere così aggressiva nei suoi confronti.

"Senti Mary," iniziò, ma sua sorella lo interruppe subito.

"No, senti tu Mikey. Ho avuto una giornata lunga e pesante, poi arrivo a casa e Angela mi dice che vuoi andare a rivangare il passato di nuovo per portare altro dolore e vergogna addosso a questa famiglia. Beh, adesso te lo dico: non te lo permetto. Hai capito?"

Michael certo non aveva bisogno della vista per immaginare sua sorella paonazza in volto per quello scoppio d'ira. Sentiva di avere poca scelta se non acconsentire alla sua domanda e arrendersi, almeno per il momento.

"Va – bene, Mary. Mi spiace. Pensavo solo che potevamo fornire delle informazioni utili, qualcosa che potesse essere di aiuto, tutto qui."

"Come che cosa, Mikey? Avanti, dimmi cosa potremmo mai fare per aiutare la polizia? È successo *trent'anni* fa, Mikey, e sappiamo tutti com'è andata allora, o no? Merda, già sei stato sfortunato di tuo nascendo con una gamba sola, che poi non ti è di molto aiuto, e poi la perdita della vista per lo shock dovuto a cosa è successo. No, non permetterò che accada di nuovo. Il passato è passato e può restarsene sepolto per sempre per quanto ti riguarda. Allora, è chiaro? Non voglio più sentire parlare di questa storia di andare dalla polizia."

"Penso che tu l'abbia chiarito abbastanza, grazie Mary," rispose lui sentendosi in quel momento più inutile che mai. Michael certo non aveva bisogno che sua sorella gli ricordasse la sua incapacità o la sua dipendenza quotidiana da lei e da Angela. Era già sufficientemente consapevole delle sue disabilità e anche se avrebbe desiderato che la sua vita avesse preso una strada del tutto diversa, Michael non aveva altra scelta che andare avanti assecondando i desideri di sua sorella se voleva continuare a vivere un'esistenza relativamente pacifica e piena di cure e attenzioni.

Mary parve calmarsi. Anche lei era cosciente di aver parlato forse con eccessiva durezza a suo fratello, che non aveva idea di quanto lei ed Angela avessero sacrificato negli anni per potersi prendere cura di lui, almeno nella mente di Mary. Però sapeva anche che non era colpa sua e la sua compassione per lui lentamente iniziò a prevalere sulla rabbia. Mary attraversò la stanza e si sedette accanto a suo fratello sul divano, mettendogli delicatamente un braccio attorno alle spalle.

"Mi spiace, Mikey," gli disse sottovoce nell'orecchio. "Non avrei dovuto dire quelle cose. Sono state crudeli e penose, e non erano necessarie. Ti prego di perdonarmi, fratellino."

Michael allungò la mano oltre il grembo di sua sorella e le prese la mano sinistra.

"Va tutto bene, Mary, veramente," le disse. "So che è difficile per te, e fai così tanto per prenderti cura di me. Non voglio rendere le cose difficili per te né per Angela. Dovresti saperlo. Stavo solo pensando al nostro dovere civile, ma ovviamente hai ragione. Quale collegamento può esserci tra ciò che è successo quando eravamo bambini e quello che sta accadendo oggi? Non ne parlerò più, davvero."

Mary gli strinse la mano e si alzò dal divano. In verità, anche se amava suo fratello, spesso si sentiva a disagio quando gli stava così vicino come in quel momento. Sapeva che non avrebbe dovuto sentirsi così, ovviamente, ma non poteva farne a meno, provava sempre quella sensazione. Provare quei sentimenti la faceva sentire in colpa, provava per sé un sentimento di odio a sentirsi così nei confronti del fratello menomato, e questo la induceva a cercare di evitare al meglio momenti come quello.

"Angela," chiamò, sapendo che sua sorella poteva sentirla dato che si trovava in cucina. "Penso che Mikey sia pronto per mangiare adesso."

Angela entrò frettolosamente nella stanza portando un vassoio con il pasto pomeridiano di Mikey. Prendeva sempre un panino con qualcosa di fresco da bere a quell'ora del giorno, e Angela aveva già tutto pronto quando Mary era arrivata a casa. Aveva detto alla sorella della conversazione avuta con Mikey quella mattina, e Mary le aveva fatto tenere il pasto da parte fino a che non avesse discusso con suo fratello. Ora che la discussione era chiusa, la conduzione casalinga poteva tornare alla normalità, sempre che la vita in casa Stride si potesse considerare tale.

"Ecco qui, Mikey," disse Angela mettendogli il vassoio in grembo. "Tutto come piace a te."

"Grazie sorella," rispose lui afferrando il panino al pollo che lei gli aveva posato davanti. Non c'era nient'altro da dire, almeno per ora.

IL PASSATO È MESSO DA PARTE

SEAN CONNOR TORNÒ A CASA SUA IN PERIFERIA POCO prima delle sette quella sera. Tra lui e Lucy Clay avevano messo in moto i vari fili che sperava avrebbero fornito loro un trampolino di lancio da cui far partire l'indagine. L'ispettore capo Lewis aveva dato la sua benedizione fornendo altri tre investigatori che potessero lavorare con Connor e la Clay, quindi in aggiunta al numero di agenti in divisa che già lavoravano senza sosta ai diversi compiti collegati all'indagine, Sean Connor ora aveva una squadra di oltre trenta agenti che virtualmente lavoravano a tempo pieno al caso. Per le sei aveva esaurito il quantitativo di lavoro produttivo ottenibile per quella giornata, quindi aveva preso la decisione di terminare la giornata e tornare a casa.

Ora sedeva nella sua cucina con un bicchiere di whiskey di malto ghiacciato in mano, le scarpe tolte al volo e ora buttate nell'angolo della stanza e i piedi appoggiati a una sedia.

Dopo appena due sorsi al suo drink, Connor venne disturbato dal suono del campanello. All'inizio fu tentato di lasciar perdere, di ignorare chiunque avesse deciso di invadere quel suo piccolo spazio personale e di libertà che si era concesso nel mezzo di un'indagine sempre più frustrante. Quando però il campanello suonò di nuovo, questa volta più a lungo della prima volta, Connor maledisse la sua sfortuna rimettendo i piedi sul pavimento da cui li aveva sollevati da così poco tempo e, ignorando le scarpe sparpagliate in due diversi punti della stanza, andò alla porta con l'ira che gli montava dentro. Aprì la porta e si trovò davanti nient'altro che il volto sorridente della patologa Catherine Nickels.

"Catherine," disse con genuina sorpresa.

"Ciao Sean, ho telefonato alla stazione e mi hanno detto che eri andato a casa. Ho pensato che se venivo direttamente qui ti beccavo prima che ti preparassi per andare a dormire. Non ti spiace, vero?"

"Certo che no," le rispose, sinceramente felice di vedere l'attraente dottoressa sulla soglia di casa sua. La sua precedente scontrosità sembrò svanire in un istante quando le fece cenno di entrare e seguirlo, cosa che lei fece ed entrambi si trovarono comodamente seduti nel salotto di Sean Connor, lui su una poltrona e lei sul divano di fronte.

Era un passato un po' di tempo dalla sua ultima visita, e Connor si chiedeva se questa volta lei lo fosse venuto a trovare per lavoro o per motivi personali. In verità sperava che fosse l'ultima. Dal suo divorzio, Catherine Nickels era stata l'unica donna che aveva messo piede in casa sua a livello sociale, e per troppo poco tempo. Ora, sperando che la sua domanda ricevesse risposta negativa, Sean chiese alla dottoressa:

"Si tratta del caso, Catherine? Hai scoperto qualcosa di importante?"

"Non essere sciocco Sean. Se fosse stato per questo ti avrei telefonato. No, ho solo pensato che mi sembravi un po' stanco, un po' 'consumato' l'altro giorno quando sei venuto all'obitorio. Ho pensato che avessi bisogno di qualcuno che ti tirasse un po' su, ecco qua. Per questo sono qui. Mi spiace intromettermi nella tua serata, e puoi anche dirmi di andarmene se vuoi, ma ho pensato che un po' di compagnia ti avrebbe fatto piacere. Potremmo farci una chiacchierata, magari berci qualcosa e se ti va di prendere qualcosa da mangiare, indiano o cinese, basta dirlo. Per me va bene tutto."

"Facciamo alla romana," disse Connor, "e vada per il cinese." Si rese conto che stava sorridendo apertamente per la prima volta da tanto tempo. Era felicissimo che Catherine fosse capitata lì così all'improvviso. La prospettiva di condividere la sua serata con una bella donna, mangiando e bevendo, era il miglior sprazzo di luce che finalmente filtrasse nella sua vita sempre più noiosa e cupa da un po' di tempo.

Detto questo, Catherine parve rilassarsi un po' di più al suo posto sul divano, accavallando le gambe e appoggiandosi ai morbidi e comodi cuscini sparpagliati a caso e bevendo il brandy che Connor le aveva appena passato. Si era ricordato che era il suo bicchierino preferito.

Connor era abituato a vederla con il camice bianco o peggio ancora macchiato, le braccia e le mani sempre ricoperte di vari fluidi e cose simili che erano parte del suo lavoro. Vederla ora seduta sul suo divano con un abito elegante, i capelli ben spazzolati e sciolti sulle spalle piuttosto che raccolti al solito dietro alla nuca perché non fossero di intralcio con i suoi esami, e senza il suo camice bianco addosso, gli fece capire quanto fosse realmente bellissima. Riuscì appena a trattenersi dal farle un aperto complimento riguardo alle gambe che si muovevano con agile elasticità mentre le accavallava prima in un senso e poi nell'altro, la gonna che si alzava a rivelare un po' più di pelle. Forse quello non era il momento giusto per un'osservazione del genere.

Si concesse di pensare all'ultima volta che si erano trovati in quella stanza, ma era successo sei mesi prima e Connor era stato colpito da un nervosismo quasi adolescenziale in quell'occasione, incapace di parlare e molto goffo, fino a che Catherine aveva battuto in ritirata fuggendo da casa sua dopo meno di un'ora. Forse questa volta sarebbe stato diverso. Lo sperava.

Tre ore più tardi sentì che la serata si stava rivelando qualcosa di simile a un successo. Non aveva spaventato e fatto fuggire la bella patologa ed erano riusciti ad evitare di discutere del caso cui lui stava lavorando, o di parlare della sua ex-moglie. Catherine sapeva, quasi per istinto come anche per sentito dire da conoscenti in comune, che per Sean era molto difficile parlare di ciò che era successo tra lui e Marylin, e lei non aveva per niente intenzione di aprire vecchie ferite che potevano rovinare il loro tempo insieme. I due avevano trovato molti punti in comune tra loro e Connor, dopo aver mangiato insieme uno sfrigolante pasto a base di cibo cinese, era riuscito a trovare il coraggio di sedersi sul divano accanto a Catherine.

Alla fine il detective sentì che era il momento di sperimentare il detto 'la fortuna premia gli audaci', e con un po' di esitazione allungò un braccio e prese la mano di Catherine nella sua. Con suo immenso sollievo lei non fece nessun tentativo di tirarla via. Gli permise invece di stringerla e ricambiò dandogli il segnale che stava aspettando. Girandosi a guardarla, usò la mano libera per girarle la testa in modo che potessero guardarsi negli occhi. Non vedendo alcun segno di resistenza, Sean prese la sua vita tra le mani e si chinò verso di lei. Neanche questa volta Catherine si ritrasse, e poi le loro labbra si incontrarono. Sean Connor non toccava una donna da quando aveva divorziato e Catherine gli aveva già detto che da un po' di tempo non c'era nessuno di speciale nella sua vita. Si baciarono con una passione nata proprio dal desiderio stesso di un bacio che avrebbero ricordato probabilmente per molto tempo, anche se nient'altro fosse successo quella sera.

Nessuno di loro disse una sola parola per quella che parve un'eternità. Dopo aver smesso di baciarsi, rimasero semplicemente seduti a guardarsi negli occhi per un po', fino a che Sean prese l'iniziativa e mise la mano sulle gambe di Catherine. Quando scese a toccarle il ginocchio, lei si immobilizzò un secondo, ma poi, quando la sentì rilassarsi di nuovo, permise alla mano di risalire sotto alla gonna del suo completo elegante che ora stava iniziando a perdere un po' della sua iniziale compostezza.

"No, Sean, per favore. Non qui," disse Catherine rompendo improvvisamente il silenzio che li stava avvolgendo.

"Scusa," disse Connor, tirando rapidamente via la mano e sedendosi indietro, estremamente mortificato. "Pensavo..."

"Va tutto bene, davvero," gli disse. "Solo pensavo che potremmo essere più comodi se andassimo di sopra, ecco tutto. Ce l'hai un letto lassù, o no, ispettore detective?"

"Assolutamente sì," disse Connor con il sollievo che sprizzava dalla sua voce, "o almeno c'era l'ultima volta che ho guardato."

Non dissero molto altro mentre Sean Connor la prendeva per mano e tutti e due si allontanavano lentamente dal salotto, salivano le scale ed entravano nella camera da letto che un tempo Sean condivideva con l'ormai dimenticata ex moglie. Mentre i due cadevano l'uno tra le braccia dell'altro e calava il buio, Sean Connor e Catherine Nickels trovarono l'unione che entrambi non avevano avuto nelle loro vite per molto tempo, e mentre la notte lasciava spazio alla luce della mattina seguente, si strinsero ancora e poi, prima ancora che se ne rendessero conto, il sole aveva sostituto la luna e un nuovo giorno di lavoro si presentava davanti ad entrambi.

Sean preparò la colazione mentre Catherine si faceva una doccia. Poco dopo i due stavano insieme sulla soglia dove lei si era presentata poco meno di dodici ore prima, anche se ora sembrava fosse stato molto tempo fa.

"Dovremo sicuramente rifare questa cosa prima o poi," disse Catherine.

"E presto, se non hai niente in contrario," rispose Connor un po' formalmente, l'iniziale goffaggine che trapelava di nuovo un po' nella loro relazione alla fredda luce del giorno.

"Puoi scommetterci," rispose lei. "Ti chiamo stasera dopo lavoro, se ti va."

"Sì, grazie Catherine."

"Va bene, ora devo proprio andare. Ho tutti i vestiti stropicciati per la nostra serata sul divano e devo correre a casa a cambiarmi. Ai miei colleghi verrebbe un colpo se mi vedessero in questo stato," disse ridendo.

"Allora vai, veloce," le rispose con lo stesso tono, "prima che ti arresti per averti trovato a bighellonare sulla soglia di casa mia."

Mentre stava in auto andando al lavoro, il cuore di Sean Connor era più leggero che mai da quando Marilyn lo aveva lasciato. Il giorno che aveva innanzi lo salutava e lui vi si approcciava con un nuovo luccichio negli occhi.

ELEMENTARE, ISPETTORE CONNOR

Lucy Clay fu la prima a vedere la diversità del suo principale quella mattina. Qualcosa nel suo portamento mentre camminava nel settore open space del commissariato andando verso il suo ufficio lo tradiva. Del resto anche lei era una detective.

"Mi sembrate il gatto che si è mangiato la crema questa mattina, capo," gli disse sorridendo. "C'è qualcosa che dovrei sapere?"

"Buongiorno Lucy," le rispose. "Se devo dirtelo, ho avuto una serata molto piacevole in compagnia di una bella donna, e mi sento al settimo cielo."

"Fantastico, signore, ed era ora, se il commento non la offende. Chi è allora la fortunata, sempre che non sia un segreto?"

"Come dici tu sergente, un segreto di stato o almeno il mio piccolo segreto per il momento. Per rispetto della donna tengo la mia vita sentimentale privata per adesso, se non ti dispiace."

"Come preferisce, signore," rispose la Clay sorridendo al suo capo e sentendosi in parte contenta che lui avesse qualcos'altro con cui occupare il suo tempo a parte il lavoro. Lei forse più di qualunque altro era cosciente della mania lavorativa che si era impossessata della vita di Connor dopo il suo divorzio. Sapeva che gli avrebbe fatto bene sviluppare una nuova vita sociale, e se fosse riuscito a trovare un po' di romanticismo strada facendo, allora Lucy Clay non poteva che essere felice per lui.

Passarono il resto della mattinata a scartabellare infinite carte nel tentativo di decifrare alcuni scampoli di indizi dalle dichiarazioni che loro e la squadra erano riusciti a raccogliere fino a quel momento. C'era poco che potesse definirsi utile, e frustrazione ed esasperazione stavano iniziando ad infiltrarsi nella loro giornata. Non erano giunte altre notizie da Charles Carrick a Birmingham, quindi Connor aveva concluso che l'indagine nel West Midlands era giunta a un simile punto di stasi. Mentre lui e la Clay si stavano tracannando la terza tazza di caffè della mattina, un battito alla porta portò una sorta di benvenuto sollievo da parte della documentazione cartacea.

L'agente Tim Kelly quasi cadde oltrepassando la porta, tanto era l'entusiasmo di comunicare le informazioni che aveva ottenuto.

"Sì, agente, dov'è l'incendio?" scherzò Connor con il giovane investigatore.

"Mi scusi, signore, è solo che pensavo lei avrebbe voluto immediatamente quest'informazione."

"Ok, ragazzo, sputa il rospo," disse Connor.

"Ecco, sono stato dietro ai dettagli controllando gli alberghi della zona alla ricerca di questa 'donna del cioccolato' di cui ci avete detto, e ho chiamato il Regency Hotel vicino alla stazione. La receptionist lì ricordava una donna che ha pernottato lì la notte prima della morte di Sam Gabriel e della signora Remick."

Connor rizzò le orecchie. Ora il giovane investigatore aveva tutta la sua attenzione.

"Continua, ragazzo," lo incoraggiò.

"Bene, signore. Ecco, la receptionist, una certa signorina Reynolds, mi ha detto che una donna si è registrata alle sette circa di quella sera. La signorina

Reynolds se la ricorda molto bene perché è stata l'unica persona da sola a registrarsi durante il suo turno quel giorno. Le uniche altre stanze che aveva assegnato erano stata a una coppia di anziani e a un paio di rappresentanti di un produttore di copertoni che condividevano la stessa stanza per risparmiare. Ad ogni modo, è stata in grado di darmi una buona descrizione della donna e le ho chiesto di venire alla stazione di polizia dopo lavoro per aiutare l'addetto all'identikit a fare una bozza."

Connor era impressionato ma non disse nulla. Sapeva che Kelly non aveva finito.

"L'altra cosa è che la signorina ricorda anche che la donna era piuttosto agitata, come se fosse spaventata o nervosa per qualcosa. Era un po' furtiva, per usare le mie parole e non quelle della signorina Reynolds, e continuava a guardarsi alle spalle come se qualcuno la stesse inseguendo, o come se si aspettasse che qualcuno sbucasse improvvisamente dietro di lei."

Quella era la migliore notizia che Connor avesse ricevuto fino ad allora riguardo all'indagine. Sapeva anche istintivamente che c'erano altre informazioni vitali che Kelly stava trattenendo per la fine del rapporto.

"Abbiamo un nome, Kelly?" chiese, incapace di contenersi più a lungo.

"Ce l'abbiamo, signore. Ovviamente potrebbero essere un nome e un indirizzo falsi, ma la signorina Reynolds mi ha permesso di guardare il registro. La camera è stata presa a nome della signorina Shirley Holmes, e l'indirizzo," Kelly fece una pausa per controllare il suo taccuino,

"Non dirmi, Kelly, l'indirizzo era Baker Street, Londra?"

"Giusto, signore, ma come fate a saperlo?"

"Chiunque sia, ha un certo senso dell'umorismo, questo glielo concedo," disse Connor. "Pensaci, ragazzo. Shirley Holmes? Pensa 'Sherlock' e poi mettilo insieme all'indirizzo Baker Street, e hai il grande detective della letteratura in persona. Ci sta prendendo in giro, Kelly, ecco cosa sta facendo."

"Dannazione, mi spiace signore. Avrei dovuto pensare..."

"Non preoccuparti, Kelly. Perché avresti dovuto pensarci? Hai ottenuto un nome ed era di quello che avevamo bisogno. E la descrizione?"

"Sulla quarantina, vestita elegantemente con un tailleur blu, capelli biondo cenere ha detto la signorina Reynolds, anche se ha affermato che secondo lei erano tinti. Non ricordava il colore degli occhi, ma ha detto che era più o meno alta come lei, il che sarebbe all'incirca un metro e sessanta."

"Fantastico, agente, questo ci dà qualcosa con cui andare avanti e restringe l'indagine di un pochettino. È stata davvero molto intelligente, e se non mi sbaglio, il falso nome e l'indirizzo sono stati dati apposta. Sapeva che avremmo controllato gli alberghi, e questo potrebbe essere il suo modo di prenderci in giro."

"Lo so, signore. Avrei pensato io stesso al collegamento tra Holmes e Baker Street. È così dannatamente ovvio quando ci si pensa."

"Ho detto di lasciar perdere. Almeno quando questa receptionist verrà qui potremo avere un'idea di chi stiamo cercando. Hai fatto un buon lavoro, davvero. Ci hai forse portato la pista migliore in questo caso. Quindi ti prendi una bella pacca sulla schiena, Kelly. Davvero, bel lavoro. Il controllo degli alberghi da parte della polizia di Penzance non ha ottenuto niente, quindi hai un punto di vantaggio sui ragazzi di lì."

Tim Kelly arrossì. Non era abituato a ricevere delle lodi così esplicite dall'Ispettore che generalmente era piuttosto aspro. Ovviamente il buon umore che era derivato a Connor dalla notte trascorsa con Catherine Nickels si stava allargando al suo atteggiamento nei confronti dei giovani ufficiali della sua squadra. Erano abituati che fosse cortese, ma un po' distaccato a volte. Kelly non poteva ricordare l'ultima volta che aveva visto l'Ispettore così rilassato, soprattutto considerato il pesante carico dell'attuale indagine per omicidio multiplo.

"Grazie, signore," fu tutto ciò che riuscì a dire mentre Connor gli sorrideva, e poi aggiunse:

"Ti lascio il compito di supervisionare l'incontro della receptionist con il ritrattista quando arriverà qui, Kelly. Assicurati solo di farmi avere il disegno non appena sarà pronto, va bene? E chiedile se ricorda nient'altro che possa essere di aiuto. Non sto insinuando che tu non abbia condotto il primo interrogatorio accuratamente, ma sai bene quanto me che i testimoni spesso ricordano le cose più tardi, dopo averci potuto pensare. Cerca di assicurarti che non le sia sfuggito nulla che possa servire all'indagine."

"Lo farò, signore," rispose Kelly, e si congedò dall'ispettore e da Lucy Clay.

Quando la porta si chiuse dietro a Kelly, Lucy Clay spezzò il silenzio dopo aver ascoltato pazientemente tutto il suo rapporto a Connor senza interrompere né fare commenti.

"Pensa di averla trovata, allora, signore?"

"Questa donna per lo meno coincide in parte con il profilo della 'donna del cioccolato', Lucy. Nome e indirizzo falsi, comportamento furtivo e sospettoso: potrebbe davvero essere quella che stiamo cercando. Spero solo che la receptionist ci possa dire di più."

"Quindi forse siamo diventati fortunati."

"Forse, sergente, forse," borbottò Connor. "Però, come ho detto prima, potrebbe essere solo un corriere per il veleno, un agente di consegna. Il vero assassino potrebbe essere il suo capo, qualcuno di cui neanche conosciamo ancora l'esistenza. Tutta la faccenda è come un complicato puzzle dove tutti i pezzi più importanti mancano ancora."

"Per lo meno adesso abbiamo alcuni pezzettini da cui partire, signore," disse Lucy con ottimismo.

"Assolutamente, sergente, li abbiamo assolutamente," ripeté Connor, permettendosi così in effetti di condividere l'aria di ottimismo della sua collaboratrice.

La sua serata e successiva notte con Catherine avevano ovviamente avuto un effetto molto positivo su di lui, e lo sapeva. Si appuntò mentalmente di chiamarla non appena si fosse liberato per concordare un altro incontro quella sera. Nel frattempo aveva del lavoro da fare, un sacco di lavoro, e mentre Lucy Clay se ne andava per continuare le sue indagini, Connor si diresse verso l'ufficio esterno dove la sua squadra di agenti stava ancora scartabellando i casi passati del giudice Tolliver. Connor aveva la fortissima sensazione che la risposta all'attuale scia di omicidi fosse fermamente radicata nel passato e che i registri di corte di Tolliver contenessero gli indizi che avrebbero portato all'arresto della 'donna del cioccolato', come Connor ormai la chiamava ufficialmente, almeno nella sua testa. C'era ancora la possibilità che lei fosse una mera pedina che operava sotto il controllo di una vera mente nascosta dietro agli omicidi, ma per ora lei era l'unica opzione che gli si presentava, e qualcosa era pur sempre meglio che niente.

La stanza era un alveare di attività e Connor decise di parlare a ciascuno degli agenti presenti. Sapeva che facendoli sentire personalmente coinvolti nel caso e facendo loro sapere che lui aveva grossa fiducia nelle loro capacità, avrebbero lavorato con il doppio dello zelo per trovare lo sfuggente indizio, o indizi.

Dopo mezz'ora trascorsa in mezzo alla squadra di investigatori e ufficiali in uniforme e dopo essersi assicurato che nessuna carta fosse stata trascurata nel tentativo di trovare un collegamento tra il giudice e l'avvelenatore, Connor tornò nel suo ufficio, si allargò la cravatta e sollevò la cornetta del telefono sperando che Catherine non fosse immersa fino a metà braccia nelle interiora e nel sangue di un cadavere. Fu fortunato e dopo una breve ma intensa conversazione con la patologa, Connor si trovò ad aspettare con trepidazione la cena di quella sera nel più esclusivo ristorante italiano.

Pensava che le cose stavano andando positivamente, almeno in un aspetto della sua vita. Ora, se solo quella fortuna avesse voluto protendersi anche verso l'indagine...

LA DONNA CUI LA POLIZIA SI ERA ABITUATA A riferirsi come 'la Donna del Cioccolato' era seduta comodamente nella sua poltrona. Sollevò il bicchiere di chardonnay bianco e se lo portò alle labbra prendendone un lungo sorso e permettendosi di rilassarsi. Gli ultimi pochi giorni erano stati colmi di eventi, con ovviamente la vittoriosa conclusione della prima parte del suo piano. Si concesse un breve momento di soddisfazione cercando di immaginare la frustrazione e la costernazione che dovevano essere palesi nelle menti di coloro che avevano il compito di rintracciarla. Era totalmente sicura di aver ricoperto le tracce sufficientemente bene, anche se avevano qualche idea sul suo coinvolgimento negli omicidi di Gabriel, della Remick e di Tolliver, non avrebbero comunque potuto capire chi lei fosse né come collegare a lei le vittime.

In un certo senso era dispiaciuta per loro. Dovevano di certo essere lì a tirarsi i capelli adesso, per scoprire il movente degli omicidi, e quello ovviamente era il bello di tutta la faccenda. Per quanto riguardava il mondo e la polizia, lei non poteva avere assolutamente nessun collegamento e quindi nessun movente per nuocere ad alcuna di quelle vittime.

Distese le gambe e si rese conto di essere stata seduta nella stessa posizione per troppo tempo. La gamba destra era rossa dove la sinistra vi era stata appoggiata sopra per almeno venti minuti. Aveva sognato a occhi aperti e si era rivista gli omicidi, i momenti in cui aveva consegnato le dosi fatali ai poveri ignari idioti che aveva avuto come bersagli. Erano stati così felici quando si era avvicinata loro, e così cortesi nell'accettare i suoi doni. Dopotutto aveva spiegato a ciascuno di loro che era nuova di quel lavoro e doveva fare una buona impressione sul suo capo o sarebbe finita di nuovo disoccupata, e aveva il suo bambino di cui prendersi cura e... oh, sì. Così facile.

Il trillo del telefono sul tavolino in ingresso la fece risvegliare dai suoi ricordi e si alzò dalla sedia per andare a rispondere a quell'aggeggio infernale. Era seccata per non aver portato il telefono nella stanza con sé. Quel dispositivo era un cordless del resto e avrebbe potuto metterlo vicino alla poltrona così da non doversi alzare interrompendo il suo relax per rispondere. Il pensiero di lasciarlo dov'era senza neanche rispondere, lasciarlo suonare fino a che avessero riattaccato, non le passò neanche per la mente per una semplice ragione. Sapeva chi c'era dall'altro capo del telefono.

Era proprio quello che pensava e la Donna del Cioccolato ascoltò attentamente le istruzioni mentre la voce dall'altra parte del filo le parlava in modo rapido e conciso, lasciandole poco tempo per rispondere se non per annuire con un "Sì" o un "Uh uhu..." Si accertò comunque di prendere degli appunti sul taccuino vicino al telefono. Non voleva che niente andasse storto, né dimenticare dei dettagli importanti.

Il valore delle sue azioni fu ampiamente dimostrato quando, alla fine della conversazione quasi monologata, l'altra persona le chiese di ripetere le istruzioni che aveva appena ricevuto. Facendo riferimento ai suoi appunti, la Donna del Cioccolato ripeté le istruzioni parola per parola. Soddisfatta la voce disse un semplice, "Bene, sarò di nuovo in città dopodomani," e riattaccò.

Prendendo il taccuino dal tavolino in ingresso, tornò alla sua comoda poltrona. Subito si rilassò di nuovo sui cuscini e accavallò le gambe ancora una volta, questa volta con la destra sopra alla sinistra, non volendo procurarsi un altro segno rosso. Quindi lesse e rilesse le note scritte a mano durante la telefonata che aveva appena concluso. Prendendo un altro sorso di vino si rese conto di averlo lasciato lì per troppo tempo: il contenuto del bicchiere era caldo, troppo caldo per essere bevuto. Se c'era una cosa che proprio odiava, era il vino bianco caldo. Mise gli appunti sul tavolino lì vicino e andò velocemente verso la cucina. Quando fu tornata in salotto si fermò ad ascoltare ai piedi delle scale. C'era completo silenzio nella casa, a parte il quieto ticchettio della pendola che si trovava subito dietro alla porta d'ingresso. Non proveniva un solo rumore dal piano di sopra, e la cosa era un bene. Non avrebbe voluto che lui sentisse nulla: meglio che restasse all'oscuro sia della chiamata che del suo coinvolgimento negli omicidi. Lo avrebbe lasciato dormire per un'altra ora prima di svegliarlo, se già non si fosse alzato da solo.

Tornando ai suoi appunti, li lesse un'altra volta. Le sue istruzioni erano chiare e concise. In cima alle parole che aveva scritto sulla pagina c'era un nome, e due luoghi. La prima di quelle città era la località della sua prossima fornitura di cioccolatini, lasciati in fermoposta all'ufficio postale, e la seconda era il luogo del suo successivo 'cliente', come lei stessa ora chiamava le vittime.

Con un profondo sospiro di soddisfazione, la Donna del Cioccolato si appoggiò allo schienale della poltrona, prese un sorso più grande del solito dal suo bicchiere di chardonnay fresco appena versato e iniziò i preparativi mentali per i due giorni successivi. C'era molto da fare e lei ora stava agendo in base a una rigida tabella di marcia cui bisognava attenersi precisamente perché ogni cosa andasse per il verso giusto.

Mentre Charles Carrick tornava da sua moglie e dai suoi due bambini quella sera e mentre Sean Connor e Catherine Nickels sedevano a godersi la loro cena a 'Il Ristorante Italiano' più o meno alla stessa ora, erano ignari che mentre loro continuavano a cercare l'assassino delle prime quattro vittime, la Donna del Cioccolato, seguendo le istruzioni che aveva appena ricevuto, si stava preparando a colpire di nuovo.

La seconda fase del caso stava per avere inizio!

Ignari degli sviluppi a casa della Donna del Cioccolato, Sean Connor e Catherine Nickels sedevano uno di fronte all'altra ad un tavolo d'angolo in 'Il Ristorante Italiano'. La serata era stata un vero successo per quanto riguardava Connor, la cena superba – *lui adorava gli spaghetti alla Bolognese* – e Catherine aveva fatto del suo meglio per apparire splendida. Pareva brillasse di luce propria in un piccolo abito nero nuovo di zecca – *così lui pensava* – legato in vita e con un orlo che arrivava giusto sopra al ginocchio: metteva perfettamente in risalto la sua figura. Connor era stato particolarmente sorpreso dal suo ovvio tentativo di impressionarlo quando si erano incontrati alla porta del ristorante, e Catherine era stata tanto cortese da ricambiare il complimento ammirando la sua maglietta a V e i suoi eleganti pantaloni blu. Ovviamente non erano nuovi, ma era da un po' che lui non li indossava o li metteva, quindi averli addosso per un appuntamento con una bella donna era stata una gran cosa per lui.

Ora, mentre sedevano sazi dopo un dessert di profiterole ripieni di crema fresca e sorseggiavano i loro cappuccini, la candela al centro del tavolo si era quasi consumata del tutto e la loro conversazione si spostò verso gli argomenti che avevano accuratamente evitato durante la cena.

Nonostante fossero due professionisti che si conoscevano da alcuni anni e nonostante le loro età, si erano sentiti come due ragazzini allo sbaraglio al primo appuntamento quando la serata aveva avuto inizio. Beh, dei tre incontri almeno questo primo appuntamento era stato accurato. Avevano attentamente evitato di parlare della notte precedente passata insieme o del prospetto di replicarla. In breve, dopo la passione della notte prima, erano entrambi un po' insicuri di quanto velocemente ciascuno di loro volesse che quella fase della loro relazione avanzasse.

"La scorsa notte, vedi, è stata fantastica per me," disse Connor esitante.

"Anche per me, Sean," rispose Catherine sorridendogli.

"Non ero certo se magari questa mattina avessi avuto dei ripensamenti, sai, quando sei arrivata al lavoro e ci hai pensato un poco."

"Perché mai avrei dovuto farlo? Siamo entrambi adulti Sean Connor, e possiamo fare quel diavolo che vogliamo. Almeno, io penso di poterlo fare, tu puoi dire lo stesso? Non sei ancora legato al tuo passato, o sì?"

Connor si sentì punto da quell'ultima osservazione e sapeva che Catherine non voleva mettere alcuna malizia nel commento.

"Non sono per niente legato," rispose. "Pensavo solo che potessi non aver pensato che la scorsa notte andasse com'è andata e non volevo che credessi che mi sono approfittato in qualche modo di te."

"Onestamente, Sean, sei uno sciocco. Non ti sei per niente approfittato di me. Forse si potrebbe dire un po' il contrario. Ascoltami. Sarai anche un grande investigatore, ma sembra che tu non sappia molto di donne o di come funzionino le relazioni. Siamo in due in questa cosa, e io sono piuttosto felice di come stanno andando le cose. Mi piace la tua compagnia e penso che a te piaccia la mia, quindi non cercare di analizzare come mi sento o se voglio stare con te o meno. Credimi, ispettore detective, se non volessi essere qui non ci starei, ed è tutto quello che c'è da dire."

Allungò un braccio dall'altra parte del tavolo e Catherine allungò il suo permettendogli di stringere con fermezza ma delicatezza la sua mano sinistra. La candela al centro del tavolo alla fine si era spenta e nella luce soffusa del ristorante poco illuminato, con voce bassa Sean Connor mormorò delle semplici parole:

"Bene, allora è tutto chiarito. E adesso, da te o da me?"

Mentre Connor e Catherine Nickels stavano uscendo dal ristorante a Richmond, Charles Carrick e sua moglie Lizzy erano nella cucina della loro modesta casa da tre stanze e Solihull ai confini della città di Birmingham. Lizzy aveva avuto un sacco di domande per Charles quella sera: era sempre fortemente interessata ai suoi casi e gli offriva sempre il proprio sostegno con un'opinione personale se sentiva di poter aiutare suo marito a risolvere i casi sui quali stava lavorando. Questa volta però anche lei era stupefatta per gli eventi che erano accaduti sia a Richmond-on-Thames che alla New Street Station. Carrick era sempre attento a non divulgare niente di confidenziale a sua moglie, lei stessa un ex agente di polizia, ma non aveva dovuto nasconderle molto in questo caso, dato che c'erano comunque pochissime informazioni disponibili. Le aveva detto della Donna del Cioccolato e dell'albergo come gli aveva raccontato Sean Connor al telefono quel pomeriggio. Pareva che alla receptionist fosse stato chiesto di fare un doppio turno, quindi non sarebbe potuta andare alla stazione di polizia fino al giorno successivo per aiutare il ritrattista a mettere insieme un identikit della donna.

"Non riesco a vedere la legna per gli alberi, Charles," disse a suo marito."

"Eh?" chiese lui un po' distratto.

"Beh," proseguì lei, "sembra che tu abbia un assassino, o degli assassini, che usano un veleno piuttosto maligno per le loro vittime. Quello che non hai chiaro è il movente o qualsiasi cosa che nel momento attuale colleghi le vittime tra loro. Dici che questo giudice potrebbe avere qualcosa a che vedere con la faccenda, ma attualmente non lo sai ancora, giusto?"

"Fino a qui, giusto," disse Carrick.

"Poi hai questa donna nell'albergo. Potrebbe o non potrebbe essere quella che cerchi, ci hai pensato?"

"Certo, Lizzy."

"Immaginavo. Beh, a me sembra che tu debba scavare il più a fondo che puoi nel passato delle vittime, non solo in quello del giudice."

"Eh?" Carrick era incuriosito da come la mente di sua moglie funzionasse a volte. Sapeva essere diretta e incisiva come un missile balistico diretto verso il suo bersaglio.

"Senti Charles, non sto criticando te o l'ispettore Connor a Richmond, ma come ho detto, legna e alberi."

Carrick era ancora perplesso. Non riusciva a capire dove sua moglie stesse andando a parare con la sua teoria. Lizzy andò avanti:

"Senti, tu e il signor Connor sembrate tutti mettere le vostre uova in un unico cesto seguendo i casi precedenti del giudice. Di certo devi capire, Charles caro, che non era solo lui quello con un passato. Tutte le vittime avevano una storia e può darsi che qualcosa nel loro passato li colleghi all'assassino e al giudice, o solo al giudice e a chissà che altro. Sto solo dicendo che il giudice stesso non è per forza il motivo, o il catalizzatore che ha dato l'avvio agli omicidi."

"Come al solito hai ragione, Lizzy," rispose suo marito, "ma sai bene quanto chiunque altro che dobbiamo partire da qualche parte. Sono sicuro che Connor ha pensato le stesse cose, ma il giudice è un buon punto di partenza, almeno per il momento."

"Lo so, Charles. Ricordati solo che non deve per forza essere considerato la chiave che vi serve per aprire la scatola."

Charles Carrick sospirò e guardò amorevolmente la donna che era sua moglie da quindici anni, oltre che la madre dei suoi figli. Aveva rinunciato alla sua carriera nella polizia per sposarlo quando lui era un sergente, non molto prima della sua promozione nel rango degli investigatori, ma non aveva mai perso il suo intuito da detective. Adorava aiutarlo a teorizzare i suoi casi e non aveva mai smesso di stupirlo con l'accuratezza dei suoi punti di vista.

Ora la guardava negli occhi, sorridendole come faceva quando cercava di portare a chiusura la 'conferenza sul caso'. Provava un travolgente senso di amore e desiderio per la sua bellissima moglie, e aveva altre cose in mente al posto dell'aconito o dell'avvelenamento al cioccolato.

"Va bene, Miss Marple," rispose. "Sono sicuro che hai ragione, e sono certo che andremo a cercare nel passato di tutte le vittime come dato di fatto, ma hai ragione tu, mia dolce ragazza, qualcun altro potrebbe essere il vero motivo dietro a tutto questo, piuttosto che il giudice come tutti tendiamo a pensare adesso. Mi accerterò di passare i tuoi commenti al mio stimato collega signor Connor a Richmond domattina, ma ora, mia cara ragazza, i bambini sono quasi addormentati e fuori è buio, e sono stufo di lavoro da poliziotti per oggi."

Senza dire un'altra parola, o permetterle di parlare per rispondere, Charles Carrick prese sua moglie per mano, la portò fuori dalla cucina nel corridoio spegnendo le luci mentre avanzavano, poi la spinse giocosamente da dietro e la guidò su per le scale.

A miglia di distanza da Birmingham, la Donna del

Cioccolato posò sul comodino il romanzo rosa che stava leggendo, ascoltò per un minuto per accertarsi che il silenzio nella casa fosse totale e poi, soddisfatta di non sentire nessun movimento dalla porta accanto, spense la luce, tirò su la coperta fino al mento e fece sprofondare la testa nel comodo cuscino. Nel giro di pochi secondi era addormentata.

ANGELA STRIDE SI DESTÒ DAL SUO PROFONDO SONNO E sentì l'inconfondibile colpo di tosse di suo fratello. La sua stanza era lì accanto e lei teneva sempre la porta aperta di notte in modo da poterlo sentire se avesse chiamato. La luce del sole che filtrava attraverso la tenda le disse che fuori era già giorno e che almeno Mikey aveva dormito tutta la notte. Uno dei suoi problemi era che, senza una gamba e privato anche della protesi per la comodità durante la notte, e per di più con la cecità, spesso aveva difficoltà a girarsi nel letto. Dato che era caduto numerose volte in passato, questo gli aveva generato un istinto interiore tutto personale che lo portava a stare sempre sdraiato nella stessa posizione, su un lato, fintanto che gli si congestionavano i polmoni portandolo a spasmi di tosse come quello di adesso.

Angela si alzò, si gettò addosso la veste da camera e si diresse rapidamente verso la stanza di suo fratello. Le ci vollero meno di cinque minuti per alleviare la sua tosse, con un bicchiere d'acqua e un miscuglio tonico che Mary aveva raccomandato per quell'uso. Aiutò Mikey a vestirsi e poi lo aiutò a salire sul montacarichi che lo portò al piano di sotto in modo più agevole e dignitoso.

Sul fondo gli mise in mano le stampelle e lui si diresse verso il salotto utilizzando il passo sicuro dato dall'ottima conoscenza dell'ambiente, andando a sedersi sul divano.

"Per il momento rilassati, Mikey. Vado in cucina qualche minuto e poi avrai la colazione pronta prima ancora che te l'aspetti."

"Grazie, sorellina. Lavori sodo per prenderti cura di me, e io lo apprezzo, lo sai."

"Ehi, è quello che facciamo, no Mikey? Tutti quanti badiamo reciprocamente a noi stessi."

"Beh, tu e Mary lo fate comunque," rispose lui. "Non c'è molto che io possa fare per voi due, ti pare? A proposito di Mary. Quando dovrebbe tornare? Oggi o domani?"

"Adesso, Michael Stride, smettila di parlare così. Ci aiuti solo standotene qui, e dove saremmo senza il tuo aiuto con tutte quelle ingegnose soluzioni dei cruciverba? Sei proprio la persona giusta, Mikey, quando si tratta di quelle cose. Senza il tuo aiuto io e Mary rimarremmo con tutti quei buchi vuoti ogni volta che facciamo un cruciverba. Per quanto riguarda Mary, dovrebbe essere di ritorno dal convegno medico domani e poi ci faremo una cenetta succulenta per festeggiare il suo successo. Non capita tutti i giorni che tua sorella faccia una conferenza di fronte a un sacco di altri dottori, sai. È un vero onore per lei."

"Certo che sì," disse Michael che era fiero della sua sorella maggiore ma che era ancora un po' arrabbiato con lei per essere stata dura con lui l'altro giorno. Quando Angela scomparve in cucina ad affaccendarsi con la colazione per lei e suo fratello, Michael Stride se ne rimase seduto a rimuginare sui suoi pensieri segreti riguardanti cosa gli sarebbe piaciuto fare se ne avesse avuto l'occasione. Sentiva ancora che avrebbe dovuto dire qualcosa a qualcuno. Sarebbero potute essere delle informazioni senza valore, ma magari anche no. Il problema era che le sue sorelle avevano invariabilmente sempre ragione su tutto e lui avrebbe dovuto escogitare un modo per fare la cosa giusta senza destare i loro sospetti. Era in momenti come quelli che Michael Stride veramente disprezzava la sua disabilità. Essere cieco e limitato all'uso di una sola gamba sana facevano apparire piuttosto limitate le sue opzioni, quindi per il momento fece l'unica cosa che poteva fare. Rimase seduto a pensare, in attesa, fino a che si presentò un mezzo.

Angela tornò nella stanza dieci minuti più tardi con un vassoio pieno di toast appena imburrati, marmellata di fragola su un piatto con un coltello per spalmarla e una caraffa di caffè caldo fumante. Lo versò per entrambi, mise due cucchiaini di zucchero nella tazza di Mikey, uno nella propria, e poi spalmò due fette di toast con la marmellata e le mise su un piatto che passò a Mikey.

"Ecco qui, Mikey," disse con un sorriso gioioso sul volto, che Mikey mai avrebbe visto.

"Grazie, sorellina," rispose lui.

Mentre mordeva il toast e assaporava l'appiccicosa dolcezza della marmellata di fragole sulla lingua, la sua mente era solo per metà concentrata sulla colazione che sua sorella gli aveva preparato. L'altra metà stava galoppando grazie all'idea che aveva appena avuto. *C'era* un modo di fare ciò che secondo lui andava fatto, ma la grossa domanda era: poteva farlo nel tempo che aveva a disposizione per se stesso senza tradirsi e quindi compromettere la sua promessa a Mary e, cosa più importante ancora, darle motivo di perdere di nuovo la pazienza con lui?

Angela fissava il fratello che sembrava essere a milioni di miglia di distanza.

"Va tutto bene, Mikey?" gli chiese con un briciolo di preoccupazione nella voce.

"C'è qualcosa che non va nel toast?"

"No, va tutto bene," rispose Michael tornando in un attimo alla realtà.

"Stavo solo pensando, sorellina. Solo pensando, tutto qui."

IL VOLTO DI UN'ASSASSINA?

"CE L'HO SIGNORE!" TIM KELLY FECE LETTERALMENTE irruzione nell'ufficio di Connor senza neanche curarsi di bussare.

"Kelly?" disse Connor, uno sguardo sorpreso in volto mentre il giovane agente, rendendosi contro della sua mancanza di contegno, se ne stava un po' timidamente sulla soglia con un pezzo di carta in mano. Connor stava un po' sognando a occhi aperti, rivivendo un'altra notte di calore e amore tra le braccia di Catherine Nickels. Stentava a credere alla sua fortuna.

Kelly riconquistò rapidamente il suo contegno e andò verso l'ispettore porgendogli il pezzo di carta.

"L'identikit, signore, il ritratto ideale della Donna del Cioccolato, ecco qui. La signorina Reynolds è stata molto d'aiuto. È arrivata presto questa mattina sapendo quanto importante fosse fare questa cosa per noi."

Connor prese il pezzo di carta dalla mano di Kelly e guardò fisso e a lungo l'immagine prodotta dal ritrattista in risposta alla descrizione fornita dalla receptionist. Il volto che lo fissava era quello di una donna sulla quarantina con i capelli di un colore indeterminato lunghi fino alle spalle, anche se Kelly prima aveva affermato che la receptionist li aveva descritti di un biondo cenere. A Connor parve che avesse degli occhi profondamente tristi che scrutavano da sotto la frangia che le arrivava alle sopracciglia. La bocca era morbida, quasi gentile nell'aspetto, il naso piccolo che contribuiva alla sensazione che si trattasse di una persona amichevole e affettuosa piuttosto che l'assassino a sangue freddo che stavano cercando. Se quella era un'immagine della Donna del Cioccolato, e lei era veramente l'assassina delle almeno tre e forse quattro vittime di cui finora sapevano, allora il suo aspetto certo celava la sua capacità di essere spietata e calcolatrice nella distribuzione delle sue merci letali.

Mentre Connor continuava a fissare l'immagine, Kelly parlò.

"Ho chiesto in particolare alla signorina Reynolds se ricordava qualcos'altro, come voi avete richiesto, e le è venuta in mente una cosa. Pare che la donna insistesse per pagare la stanza in anticipo quando ha fatto la registrazione, il che è insolito, e ha pagato in contanti. La signorina Reynolds l'ha trovato un po' strano dato che al giorno d'oggi la maggior parte dei clienti paga con carta di credito. Ad ogni modo, non è questa la cosa grossa di cui si è ricordata. Mi ha detto che quando ha chiesto alla donna se volesse essere svegliata presto la mattina o se desiderasse fare l'ordine per la colazione, la donna le ha detto che non sarebbe rimasta per colazione perché aveva un treno da prendere e sarebbe quindi partita molto presto. So che non è molto, signore, ma ho pensato potesse essere significativo. Oh sì, un'altra cosa. Ho chiesto alla signorina Reynolds se avesse visto la donna partire dall'albergo, ma finiva il turno a mezzanotte e non era lì la mattina. Aveva preso l'iniziativa e aveva chiesto al receptionist che l'aveva sostituita se ricordava di aver visto la donna della stanza 14 andarsene, e lui ha detto di no."

"Ben fatto, Kelly. Sembra una ragazza sveglia e piena di risorse. Potrebbe avere senso annotarsi lo snodo ferroviario, ma potrebbe trattarsi addirittura di un tentativo di depistare dei segugi come noi se ci avvicinassimo troppo, ma è pur sempre qualcosa su cui procedere. Possiamo controllare con la stazione locale e vedere se qualcuno si ricorda di aver visto una donna che corrisponda alla descrizione salire su un treno la mattina delle morti, ma questo non spiega come abbia fatto a consegnare le dosi letali di aconito a Gabriel, alla Remick e a Tolliver, se già aveva lasciato la città. Ad ogni modo hai fatto un buon lavoro, giovane Kelly. Ora, fuori e vediamo cos'altro riesci a portarmi."

"Sì, signore," disse Kelly lasciando l'ufficio con Connor immerso nei suoi pensieri.

Poco tempo dopo Connor venne raggiunto da Lucy Clay e i due discussero le implicazioni delle informazioni che Kelly aveva ottenuto dalla receptionist dell'albergo.

"Non è tanta roba con cui andare avanti, vero signore?"

"Quasi niente," acconsentì il sergente Connor. "Ma per il momento è pur sempre un'altra traccia, seppur molto flebile, e fino ad ora è tutto quello che abbiamo per proseguire in questo dannato infernale caso. Non è un problema per me dirtelo, Lucy, sto diventando veramente frustrato a ogni svolta. Pare semplicemente che non stiamo andando da nessuna parte."

"E la receptionist, signore? Pensa che le sue informazioni siano accurate e affidabili?"

"Beh, Lucy, guardiamo le cose in faccia. Non è veramente stata in grado di dirci molto, quindi non penso ci stia mentendo o si stia inventando qualcosa, se è questo che intendi dire. Kelly sembra aver fatto un buon lavoro con lei. Dubito ci possa essere molto altro che avrebbe potuto dirci, e sì, penso sia la migliore testimone che abbiamo. È abituata a vedere la gente al bancone della reception ed è probabilmente molto brava nel leggere il linguaggio del corpo e i gesti, se la mia esperienza di receptionist di alberghi vale qualcosa. Spero solo che le sue doti di riconoscimento facciale siano buone e che quel ritratto che ha fatto fare al ritrattista sia una rappresentazione relativamente accurata della donna che stiamo seguendo."

Lucy Clay rimase un momento a pensare, ripassando nella sua mente le informazioni che Kelly aveva ottenuto così come Connor gliele aveva riportate. Alla fine le sorse in testa una domanda che stava iniziando a tormentare anche Connor, e chiese al suo capo:

"Pensa veramente che abbia lasciato la città quella mattina, signore?"

"No, sergente. Penso che abbiamo per le mani un personaggio molto intelligente e molto sospetto che sapeva che prima o poi l'avremmo rintracciata in quell'albergo, e che ha ideato una storia convincente per il personale dell'albergo con lo scopo di depistarci. Credo anche che la donna in questo ritratto avesse tutte le intenzioni di andare a trovare le vittime una per una per somministrare il veleno e che probabilmente viva da queste parti. Questa burla dell'albergo è stata un chiaro depistaggio per confonderci, ecco cosa credo. Senti, Lucy, voglio che porti una squadra di medici forensi all'albergo. So che è probabilmente troppo tardi per trovare qualcosa di utile, ma voglio che la stanza 14 e la reception vengano perlustrate con un pettinino a denti fitti. Ci saranno sicuramente stati altri ospiti in quella stanza dopo la Donna del Cioccolato, ma possiamo fare dei passi avanti eliminandoli dalle nostre indagini se la ricerca mettesse in luce qualsiasi genere di indizio."

"Sto andando, signore," disse Lucy alzandosi dalla sedia.

"Un'altra cosa prima che tu vada," disse Connor.

"Sì, signore?"

"Mentre vai manda un paio di ufficiali in divisa alla stazione ferroviaria. Faremo meglio a controllare la storia del treno da prendere nel caso ci sia qualcosa di vero. Fa loro interrogare quanto più personale ferroviario possano trovare e che fosse di servizio quella mattina. Fagli portare e mostrare delle copie dell'identikit e vediamo se qualcuno si ricorda di aver visto la donna. È un tiro lungo, e non credo ci porterà da nessuna parte, ma faremo bene a non lasciare nessuna carta da girare, se capisci cosa intendo dire."

"Avete proprio ragione, signore. Mando Harcourt e Stoner, sono bravi uomini. Stanno investendo molte ore su questo caso, signore. Vogliono davvero vedere catturato quel bastardo."

"Tutti noi lo vogliamo, sergente," disse Connor quando lei fece un passo per andarsene.

Quando raggiunse la porta, Lucy si girò per parlare all'ispettore prima di uscire.

"Signore? Lo prenderemo, lo so."

Connor annuì.

"Puoi scommetterci la vita, sergente Clay."

"Ah, signore, e..."

"Sì?"

"Penso ci sia una macchia di rossetto sul vostro colletto, signore. Ho pensato doveste saperlo, sapete signore, giusto in caso..."

Connor arrossì.

LA MECCANICA DELL'OMICIDIO

FERMANDOSI SOLO AL PRESTABILITO PUNTO DI raccolta per prendere la sua scatola letale di dolcetti pieni di aconito, la Donna del Cioccolato si diresse verso l'indirizzo designato a Guildford come spiegato nelle istruzioni. In qualità di credibile rappresentante di un grosso produttore di dolciumi, dotata di parrucca e carta d'identità finta, non ebbe alcun problema a convincere l'edicolante Arminder Patel delle sue credenziali. Quando spiegò che si trovava nella zona per promuovere una nuova linea di cioccolatini di lusso, il signor Patel si presentò inizialmente sprezzante nei confronti della sua parlantina da venditrice, pensando che il costo del prodotto sarebbe stato troppo alto da permettergli di poter guadagnare su di esso. Le suggerì di provare alcuni più grossi distributori indipendenti, dato che lei stessa aveva già detto che le più grandi catene di supermercati erano già 'a bordo'.

Quando comunque lei lo informò che era autorizzata a dargli una fornitura della nuova linea per un mese e completamente gratis, seguita da un mese a metà del consueto prezzo di vendita, l'uomo rizzò le orecchie. Aveva quasi abboccato all'amo, ma c'era un ultimo ostacolo da oltrepassare. Arminder Patel non si sarebbe mai sognato di accettare un nuovo prodotto senza provarlo lui stesso.

"Ma certo, deve provarli comunque, sono assolutamente deliziosi," disse la donna portando la mano nella valigetta e tirandone fuori quella che descrisse come la sua 'scatola dei campioni'.

Offrì la scatola all'edicolante, che vide all'interno solo tre cioccolatini.

"Ho avuto una mattinata intensa," gli spiegò lei.

La Donna del Cioccolato ovviamente sapeva che tutti e tre i cioccolatini erano imbevuti di un letale miscuglio di aconito. Non contava proprio quale avrebbe scelto.

"Mmm, eccellente," disse Patel mentre il cioccolato gli si scioglieva in bocca, e allungò una mano per prenderne un altro.

Soddisfatta che il suo compito fosse stato completato con successo, la donna ora mise in scena l'ultimo atto della sua interpretazione, facendo firmare a Patel un 'contratto' per la fornitura del nuovo prodotto. Arminder Patel appose la sua firma sulla linea tratteggiata e lei si congedò dall'uomo che aveva adescato con un cenno della mano e un 'Grazie tante, buona giornata signor Patel.'

Guidando a velocità stabile in modo da non attirare attenzioni indesiderate su di sé, la donna si fermò solo per seguire le sue istruzioni e liberarsi del cioccolatino restante. Fu facile sciogliere la confezione avvelenata semplicemente aprendo il cofano dell'auto e mettendo il cioccolatino sul motore bollente. Un semplice colpo di genio e l'arma del delitto veniva resa introvabile in un momento. Meno di un'ora dopo aver lasciato l'edicola di Patel la Donna del Cioccolato imboccò la stradina fuori dal suo tranquillo appartamento fuori città, spense il motore della vecchia Volvo che possedeva da tempo immemore e fece per entrare in casa. Un rumore dall'alto le fece girare la testa e ruotare gli occhi in su. Lì, tra i rami più bassi della betulla che si trovava davanti alla porta di casa sua, un uccello nero stava cantando allegramente. Lei sorrise e si sentì come se stesse andando tutto alla grande.

Una volta in casa, appese il cappotto all'attaccapanni nell'ingresso e si diresse al piano di sopra per cambiarsi togliendosi la pseudo uniforme da rappresentante e indossare qualcosa che la rendesse più riconoscibile come se stessa. Sentì il rumore della radio o della televisione provenire dal salotto e capì che lui sarebbe stato lì seduto ad aspettarla quando fosse scesa di sotto. Non aveva preoccupazioni che la disturbasse. Non si spostava mai dalla sua sedia fintanto che la fame non aveva la meglio su di lui, ed era ancora presto per il pranzo. Sarebbe andata da lui quando fosse stata pronta, ma per ora aveva le sue priorità.

Nella sua stanza si levò rapidamente la giacca, la camicetta e la gonna che avevano fatto da suo travestimento per la mattina, le appese ordinatamente nell'armadio e poi si mise addosso un semplice maglioncino leggero con il collo a polo e un paio di pantaloni della tuta neri. Si guardò allo specchio. Pensava di essere piuttosto attraente, ma c'era un ultimo lavoro che andava fatto per sradicare il personaggio dell'assassina che era andata a far visita al signor Patel quella mattina. Le ci vollero meno di cinque minuti per togliersi il trucco e tornare ad essere quella che appariva di solito: ordinaria, anonima, proprio come voleva sembrare.

Scese silenziosamente le scale con i piedi scalzi e spinse la porta del salotto aprendola. Lui stava ascoltando la radio, la schiena rivolta verso di lei e il volume della musica un po' troppo alto. Dubitava che l'avesse anche solo sentita tornare a casa. Gli si avvicinò alle spalle e gli mise una mano su un braccio. Lui fece un salto sentendo quel contatto, poi si rese conto che era lei e abbassò il volume della radio che teneva in mano.

"Mi spiace, non ti ho sentita entrare." *Lei lo sapeva bene.*

"Nessun problema, sono a casa adesso. Posso portarti qualcosa?"

"Una tazza di tè sarebbe perfetta."

"Subito, che tazza di tè sia," rispose lei allegramente.

"Il tuo viaggio di compere è andato bene? Hai trovato quello che volevi?" le chiese.

"Oh sì," rispose lei. "Ho preso tutto quello che volevo."

Mentre il bollitore iniziava a fischiare con l'acqua in ebollizione nell'ordinato appartamento di periferia nel viale alberato e il tintinnio dei cucchiaini sulla ceramica segnalavano il tradizionale bicchierino inglese, a trenta miglia di distanza il suono delle sirene avvisava dell'arrivo della polizia e di un'ambulanza nel negozio di Arminder Patel. Erano stati chiamati da un cliente dell'edicola che aveva scoperto lo sfortunato proprietario che boccheggiava e si contorceva in agonia sul pavimento del suo negozio. I poliziotti furono i primi ad arrivare e i paramedici giunsero solo qualche minuto dopo fermandosi con fischio di freni fuori dall'edicola.

Erano arrivati entrambi troppo tardi. Arminder Patel esalò l'ultimo respiro mentre due ufficiali in uniforme attraversavano la porta del negozio. C'era ben poco che i paramedici potessero fare, sebbene tentassero qualsiasi cosa a loro disposizione per cercare di estrapolare un battito cardiaco dal corpo contorto che ora giaceva immobile. I dolori della morte avevano lasciato Arminder Patel rannicchiato in posizione fetale, le ginocchia piegate che quasi gli toccavano il mento. Mentre caricavano il suo corpo nell'ambulanza e lasciavano la scena della battaglia recentemente persa da Patel con la grama mietitrice, nella casa della Donna del Cioccolato la porta del salotto si spalancava e lei rientrava nella stanza.

"Il tè è pronto," disse con voce trillante.

NUOVI PIANI

"IN CONCLUSIONE, IL SOGGETTO È UN UOMO DI ventidue anni in buone condizioni fisiche, nessun segno di malattia. Giles Temple è stato vittima di un incidente stradale ed è stato dichiarato morto sul posto dal medico del sevizio di emergenza. La causa della morte sono traumi multipli alla testa e busto, coerenti con l'incidente. Erano evidenti quattro singole fratture del cranio e il soggetto aveva accusato una grossa emorragia cerebrale. C'erano anche danni a fegato, milza e diverse costole fratturate, il bacino rotto ed entrambe le gambe con fratture multiple sopra e sotto al ginocchio. Nel corpo erano presenti tracce di una droga vietata di classe A, vale a dire eroina, in quantità tale da potersi considerare in sé causa sufficiente dell'incidente in cui il soggetto era il conducente e unico occupante del veicolo."

Catherine Nickels spense il microfonino che registrava le sue parole mentre conduceva il suo lavoro di giorno in giorno. Assistita da Gunther portò il lettino con i resti dello sfortunato Giles Temple nella stanza fredda e fece scivolare il corpo sul suo temporaneo giaciglio. Dopo essersi tolta di dosso la 'divisa' – il camice verde che costituiva il suo abbigliamento da lavoro quotidiano – si lavò e tornò verso il proprio ufficio.

Seduta alla sua scrivania rimuginò per un minuto sullo spreco di vita con cui aveva a che fare ogni giorno. Il giovane di cui aveva appena eseguito l'autopsia era agli albori della sua giovinezza, appena uscito dall'adolescenza, e avrebbe dovuto desiderare una vita lunga e produttiva. Invece, grazie all'uso delle droghe che erano il degrado così detestabile della società moderna, il suo corpo caldo e vibrante era ora un involucro freddo e privo di vita disteso in una fredda sala mortuaria, e i suoi genitori avrebbero pianto per sempre la perdita di loro figlio.

Cacciando dalla mente i pensieri sulla follia della giovinezza, tornò al soggetto che aveva occupato la sua testa per la maggior parte della mattinata, prima di doversi mettere al lavoro sui resti di Giles Temple. Sapeva che Sean Connor si stava arenando nel caso dell'avvelenatore dell'aconito e aveva pensato ad un modo per poterlo magari aiutare nella sua ricerca di risposte. Si decise e si allungò verso il telefono.

Il dottor Gary Hudson fu sorpreso di ricevere la chiamata della sua collega di Richmond. Catherine aveva ricevuto una copia del suo rapporto sull'autopsia del corpo di David Arnold, che Charles Carrick aveva portato con sé quando aveva fatto visita a Connor, e Gary Hudson pensò inizialmente che il rapporto stesso fosse il motivo di quella chiamata. Forse la dottoressa voleva confrontare i suoi appunti.

"No, a dire il vero dottor Hudson, non è proprio per questo," gli disse quando lui le chiese se quella fosse effettivamente la ragione per la sua telefonata.

"La prego, mi chiami Gary," le rispose. "Mi ha incuriosito, dottore. Cosa posso fare per lei?"

"Farai meglio a chiamarmi Catherine allora, Gary. A dire il vero volevo discutere con te più in dettaglio l'uso dell'aconito."

"Vai avanti," disse Hudson, chiedendosi dove Catherine volesse portarlo.

"Beh, ci ho pensato. Chiunque ci sia dietro a questa faccenda, ovviamente ha un certo livello di conoscenza farmaceutica, giusto?"

"Giusto," disse Hudson.

"Bene. La polizia sta lavorando sulla teoria che una delle vittime, probabilmente il giudice Tolliver, sia la chiave per la soluzione del caso. Pensano potesse essere coinvolto in un caso che ha lasciato scontento qualcuno tirandoselo contro, anche se non hanno ancora trovato nessun collegamento tra il giudice e le altre vittime."

"Quindi dove andiamo a parare, Catherine?" chiese Hudson.

"Semplicemente questo," disse Catherine. "L'uso dell'aconito come veleno è raro, e lo sappiamo entrambi. La polizia sta facendo del suo meglio, ma non c'è alcuna certezza che qualcuno dei casi del giudice abbia coinvolto dell'aconito. Potrebbe semplicemente essere l'arma scelta dall'assassino."

"Capisco cosa intendi dire."

Hudson stava iniziando a seguire il ragionamento di Catherine e aveva una buona idea di dove sarebbe andata a parare con la sua teoria. Le sue parole successive non fecero che confermare i suoi pensieri.

"Tu e io abbiamo accesso a un vasto database di documenti medici, sia passati che recenti. E se riuscissimo a trovare qualche esempio in cui l'aconito sia anche solo citato negli archivi delle autopsie, sia nei nostri attuali database che negli schedari della storia forense passata, diciamo di venti o trent'anni fa?"

"Stai dicendo che forse la polizia non sta guardando nel posto giusto?"

"Quello che sto dicendo, Gary, è che se riusciamo a trovare riferimenti alla presenza di aconito in qualsiasi quantità nei registri forensi o negli archivi storici, potremmo anche essere in grado di dare alla polizia una seconda linea d'indagine da perlustrare."

"E ovviamente," disse Hudson, "abbiamo accesso non solo agli archivi criminali ma anche a quelli che coinvolgono il contatto accidentale con il veleno."

"O i suicidi," aggiunse Catherine.

"Ma di certo la polizia andrà a guardare tutta questa roba," disse Hudson.

"La polizia," continuò Catherine, "sta cercando un collegamento tra l'aconito e l'assassino. Quello che sto dicendo, Gary, è che potrebbe esserci un collegamento tra l'aconito e le vittime, da una fonte e in un modo a cui la polizia non ha ancora pensato."

"Se me lo chiedi, Catherine, devo dire che si tratta di una follia selvaggia," rispose lui un po' dubbioso. Non era certo che Catherine fosse sulla giusta pista e non sapeva se lui e lei fossero le persone adeguate per andare a mettere il naso in questa nuova traiettoria.

"Perché non passi semplicemente la tua idea all'ispettore in carica dalla tua parte e gliela lasci considerare?"

"Intendo fare anche questo, Gary, ma ha abbastanza materiale sul piatto al momento nel tentativo di mettere insieme tutti i pezzi del caso. Non penso che avrebbe il tempo o gli uomini a disposizione per aprire un'altra linea d'indagine fino a che non avrà esaurito quelle attuali. Come ho già detto, io e te potremmo semplicemente riuscire ad accedere a delle informazioni che la polizia non può ancora ottenere, e possiamo farlo senza infrangere nessuna regola etica."

Gary Hudson sapeva che Catherine aveva ragione. Diversamente da una relazione medico-paziente, non c'era nessun codice di confidenzialità tra un patologo e un cadavere. Qualsiasi scoperta qualcuno come Catherine o Gary accertasse nel corso del proprio lavoro, diveniva automaticamente di dominio pubblico. Tra loro avevano anche accesso a registri e informazioni che non sarebbero apparse in nessun computer della polizia. Le riviste mediche contenevano molto che sarebbe stato di interesse per la comunità medica senza avere la minima utilità per la polizia, e fu proprio questo a dare immediatamente a Gary un'idea, man mano che il suo precedente scetticismo riguardo alla teoria di Catherine evaporava.

"Ho pensato a qualcosa che potremmo fare."

"Avanti, Gary, "disse Catherine, felice che il college di Birmingham paresse essere adesso a bordo con la sua causa.

"Perché non redigiamo una sorta di storia dell'aconito e delle sue implicazioni durante gli ultimi, diciamo, cinquant'anni?" disse. "Potrebbe far emergere ogni sorta di cosa che noi o la polizia potremmo poi collegare alle vittime, o ai loro familiari, e potrebbe addirittura portare a un indizio sull'identità dell'assassino. Non c'è bisogno che sia completo come un documento medico a tutti gli effetti, ma sono sicuro che in due potremmo mettere insieme qualcosa in poco tempo."

"Eccellente," esclamò Catherine. "Come intendi procedure?"

"Facile," rispose Hudson. "Tu inizi dalle riviste mediche e io dallo storico dei casi. Usando i nostri computer e Internet non dovremmo metterci troppo: magari due o tre giorni per mettere insieme un rapporto decente."

"Perfetto," rispose Catherine con entusiasmo.

Nel frattempo, se la polizia risolve il caso e prende l'assassino, benone; altrimenti daremo loro quello che riusciremo a trovare. Potrebbe capitare che uno di noi vada a segno prima o poi, quindi potremo andare direttamente dalla polizia con quello che abbiamo scoperto."

I due patologi passarono altri cinque minuti a delineare il loro piano, poi, accordato di tenersi in contatto almeno due volte al giorno per darsi vicendevolmente rapporto dei propri progressi, si salutarono e tornarono ai loro affari quotidiani.

Gary Hudson era felice che Catherine Nickels l'avesse chiamato. Dopotutto avrebbe potuto fare questa cosa da sola, ma si era scomodata ad invitarlo 'a bordo', come diceva lei. Era contento di essere d'aiuto. Il compito di eseguire l'autopsia su David Arnold gli aveva lasciato un sapore amaro in bocca. Nessuno sarebbe dovuto morire come quel pover'uomo, e Hudson era ora determinato a fare tutto ciò che poteva per aiutare sia Catherine che la polizia, in qualsiasi modo. E poi preparare i documenti sarebbe stato un buon esercizio accademico e lui non vedeva l'ora di vedere cos'avrebbero scoperto insieme.

Catherine Nickels si concesse un momento o due per crogiolarsi nel suo trionfo. Era felicissima che il dottor Hudson si fosse unito a lei nel suo desiderio di aiutare e assistere il caso della polizia. Ovviamente non aveva potuto dire a Hudson che voleva aiutare in particolare Connor perché era legata a lui da una relazione romantica, comunque non era stato necessario.

Anche se non lo sapeva, Sean Connor ora aveva una squadra in più al lavoro per catturare l'avvelenatore dell'aconito. Catherine voleva che le cose stessero così fino a che lei e Hudson non avessero trovato qualcosa che valesse la pena di comunicare alla polizia.

Prima che potesse avere il tempo di accedere al proprio computer per iniziare la ricerca di informazioni, fu interrotta da qualcuno che bussava alla porta.

Gunther entrò con un'espressione preoccupata in volto.

"Cosa c'è Gunther?" gli chiese vedendo le rughe sulla fronte e rendendosi conto che doveva essere successo qualcosa di brutto.

"Catherine, per favore vieni. Avviamo un nuovo arrivo, un edicolante della zona, e da come sembra abbiamo a che fare con un altro caso di avvelenamento da aconito."

Catherine quasi saltò da dietro la scrivania, sparpagliando delle carte mentre usciva dalla stanza. Meno di cinque minuti dopo si trovò faccia a faccia con il cadavere di Arminder Patel. Per ora la sua ricerca avrebbe dovuto aspettare. Aveva un'autopsia da eseguire.

CONNOR SI STAVA DEPRIMENDO. ERANO PASSATI quattro giorni da quando la serie di omicidi era iniziata, e ventiquattr'ore da quando Catherine Nickels gli aveva confermato che Arminder Patel era l'ultima vittima dell'avvelenatore, e non erano stati compiuti passi avanti evidenti.

La perquisizione della stanza che si pensava essere stata recentemente occupata dalla Donna del Cioccolato al Regency Hotel non aveva portato alla luce niente che avesse valore forense. A parte il fatto che altre tre persone avevano occupato la stanza dopo la sospettata, la camera era stata pulita quotidianamente dal personale ed era quindi priva di qualsiasi elemento che potesse essere di utilità per la polizia. Ogni traccia di prove che potesse essere stata presente era sicuramente già corrotta quando la polizia forense era arrivata.

Poco o niente era emerso dalla parte di Birmingham. Charles Carrick si era scusato di cuore durante la loro ultima conversazione. Connor non era sorpreso. Dopotutto David Arnold non aveva nessun collegamento effettivo con Birmingham. Era un puro caso che fosse morto mentre il suo treno si fermava in quella stazione, no? Quella era una cosa nella quale Connor avrebbe chiesto a Carrick di indagare. Forse l'assassino voleva che il macchinista spirasse esattamente nel momento in cui l'aveva fatto. Forse Birmingham aveva un qualche significato per lui. Non sapeva come Carrick e Cole potessero stabilire un legame del genere senza grande conoscenza dei moventi dell'assassino, ma sarebbe stato di aiuto capire se David Arnold o qualcuno della sua famiglia avesse un collegamento con quella città, sia attualmente che nel passato.

Per quanto riguardava i controlli sullo storico dei casi del giudice, quello era ancora un lavoro in corso per la squadra di ufficiali che si trovavano a pochi metri da dove ora Connor sedeva pensando al caso nel suo ufficio. Avrebbe controllato con loro tra un minuto o due, ma prima di lasciare il suo ufficio prese la cornetta del telefono e chiamò Catherine. Non la vedeva fuori servizio da due giorni. Era stata così impegnata al lavoro che era sempre stata distrutta una volta arrivata a casa e si era scusata dicendogli che aveva bisogno di riposare. Connor aveva capito e aveva effettivamente visto un'espressione stanca e affaticata sul suo viso quando l'aveva incontrata all'obitorio il giorno prima. Ovviamente non sapeva della sua indagine parallela con Gary Hudson, né che stava alzata fino a tardi la notte facendo danzare le dita sulla tastiera del computer facendo ricerche in internet e prendendo appunti sui risultati dei suoi sforzi.

Felice di trovarla disponibile e ancora più contento quando lei accettò il suo invito a cena a casa sua quella sera, Connor si sentiva un po' meno depresso mentre si dirigeva verso l'ufficio principale portandosi davanti a una postazione computer dove Lucy Clay stava china sulle spalle di un agente che stava facendo scorrere informazioni sullo schermo del terminale.

Sentendolo avvicinare, Lucy si girò e lo salutò con un sorriso.

"Salve signore."

"Sergente," rispose. "Ancora niente?"

"No, signore, mi spiace. Stiamo passando ogni singolo caso affrontato dal giudice negli ultimi vent'anni e l'aconito non viene menzionato in nessuno di essi. Non solo questo, ma non ha presieduto a nessun caso di avvelenamento di sorta in tutto questo tempo. Non siamo neanche riusciti a legare nessuna delle altre vittime o i loro familiari con qualcuno di questi casi."

"Come abbiamo stabilito l'altro giorno, Lucy, il collegamento potrebbe non avere niente a che fare con l'avvelenamento da aconito. Quello potrebbe essere solo il metodo scelto dall'assassino per sistemare le sue vittime. Quello che dobbiamo cercare è un caso che in qualche modo metta insieme tutti gli eventi attuali. Ora che abbiamo anche il signor Patel nella lista delle vittime, la rete è improvvisamente ancora più grande. L'assassino può anche non rendersene conto, ma più gente uccide e più possibilità ci sono per noi di fare i collegamenti che ci servono per inchiodare questo bastardo omicida. Spero solo che ci riusciremo prima che muoia qualcun altro."

"Quindi cosa suggerite di fare, signore?"

"Se avete esaurito gli ultimi vent'anni senza portare niente alla luce che sia anche solo promettente, allora suggerisco di andare indietro di altri dieci anni, e poi di *altri* dieci e così via fino a che non troveremo qualcosa. È lì da qualche parte, Lucy, lo so. Dobbiamo solo trovarlo, e presto anche."

"Giusto signore. Andiamo John, hai sentito il capo," disse all'agente seduto al computer.

"Ok sergente," rispose il giovane mentre le sue dita iniziavano la loro incessante danza sulla testiera alla ricerca di informazioni che potessero servire a risolvere il caso.

Lucy Clay si girò a guardare Connor.

"E voi cosa farete mentre siamo qui, signore?"

"Tornerò a far visita al maggiordomo a casa del giudice Tolliver, Lucy. È stato con il giudice per molto tempo. È possibile che sappia qualcosa che neppure lui vede come importante o rilevante riguardo all'assassinio del giudice. Devo saperne di più sulla vita personale del giudice, come anche su quella legale."

"Pensa che potrebbe trattarsi più di una vendetta personale che di un caso che ha a che fare con un processo?"

"Non lo so, Lucy. Solo non sono sicuro che siamo sulla pista giusta, e parlare con DeVere potrebbe semplicemente convincermi di una cosa o dell'altra. Abbiamo controllato tutti i documenti a casa del giudice. Tu e gli altri avete scorso Dio solo sa quanti casi nello storico, e ancora non ci siamo avvicinati a trovare un minimo collegamento tra il giudice, le altre vittime e il possibile movente dell'assassino. A meno che questa faccenda non faccia riferimento a qualcosa che è successo molto tempo fa, allora deve trattarsi di qualcosa che non è relazionato ai registri della corte. Magari davvero tutto si concentra su qualcuno degli altri e non sul giudice. Lui potrebbe essere stato solo una figura di contorno in tutto questo. Veramente non lo so, e lo voglio dannatamente sapere."

"È buffo sa signore. Avete appena parlato di andare ancora più indietro negli anni. Beh, quando abbiamo interrogato gli amici e i vicini del signor Patel dopo il suo omicidio, uno dei vicini mi ha raccontato che la famiglia di Patel si è trasferita in questo paese più di quarantacinque anni fa, quando Arminder Patel era un bambino. In cosa avrebbe potuto trovarsi coinvolto così tanto tempo fa da metterlo a tutt'oggi in una lista della morte?"

"A meno che non avesse direttamente a che vedere con lui, sergente. Magari si trattava del passato di suo padre, di suo nonno o di qualcun altro nella sua famiglia, come potrebbe anche essere il caso delle altre vittime, compreso il giudice."

"Buon Dio, signore! Questo certo non ci aiuta a restringere il campo, no?"

"No, ho paura di no, ma dobbiamo iniziare a guardare a questa cosa da ogni angolatura, non importa quanto insolita o improbabile."

"Giusto, signore. Allora torno al lavoro. Spero che avrete un po' di successo con DeVere."

"Lo spero anch'io, Lucy. A più tardi."

Connor era già partito prima che Lucy potesse dire una parola di più. Lei scrollò le spalle, guardò la stanza dove la squadra era al lavoro e chiamò il giovane agente con cui stava lavorando prima che arrivasse Connor.

"John, voglio che tu mi vada a controllare una cosa."

IL RIENTRO DI MARY

MARY STRIDE PASSÒ ATTRAVERSO LA PORTA d'ingresso della casa che condivideva con suo fratello e sua sorella. Tutto era silenzioso e Mary si chiese dove fossero gli altri.

"Ciao," esclamò.

Nessuna risposta. Provò di nuovo.

"Mikey? Angela? C'è nessuno?"

Mary si sentiva innervosita da quel silenzio che rispondeva alle sue chiamate. La casa era generalmente un brulicare di attività quando c'era Angela, e Mikey aveva sempre la radio o la televisione accesa se si trovava da solo in casa. Non poteva vedere lo schermo della TV, ma gli piaceva ascoltare un sacco di programmi, in particolare notiziari e documentari. C'era qualcosa che non andava. Doveva essere così. Tutto il buon umore di Mary scomparve e venne sostituito da un senso di urgenza e timore. E se fosse successo qualcosa a Mikey e Angela avesse dovuto portarlo all'ospedale? No, non poteva essere, altrimenti Angela l'avrebbe chiamata per dirglielo.

Mary sapeva che Mikey non aveva appuntamenti medici in programma, quindi non c'era motivo per cui entrambi mancassero da casa. Non solo questo, ma Angela doveva essere a casa tutto il giorno e non sarebbe mai uscita lasciando Mikey da solo, quindi ovunque fossero quei due, dovevano essere insieme. Per un momento Mary pensò quasi che Mikey avesse convinto Angela a portarlo alla polizia per rivelare loro ciò che secondo lui dovevano sapere, ma poi pensò che non poteva essere così. No, Mikey aveva promesso di lasciar perdere, si erano scambiati un bacio e avevano fatto la pace, era finita. Nonostante il suo disagio fisico quando stava vicino a suo fratello, Mary gli voleva bene e sapeva che gliene voleva anche lui, e gli Stride non tradivano mai le reciproche promesse.

Tutti gli istinti di Mary le dicevano che c'era qualcosa di molto fuori dall'ordinario nella loro casa linda ma apparentemente abbandonata. Entrò in ciascuna delle stanza al piano terra e poi andò in giardino, sempre senza trovare alcun segno della presenza di suo fratello o di sua sorella. Tornò lentamente in casa e chiamò di nuovo, ricevendo in risposta solo il rumore del silenzio.

Si fermò con la mano posata sulla modanatura di legno alla base del corrimano delle scale, la testa leggermente piegata di lato, in ascolto. Non sentendo nessun rumore provenire dal piano di sopra, iniziò a risalire lentamente le scale. Lo scricchiolio del quarto scalino la fece sobbalzare, anche se lo aveva sentito innumerevoli volte prima.

"Datti una calmata, ragazza," si disse ad alta voce, e andò avanti fino a raggiungere il pianerottolo. La stanza dietro era la sua. Preferiva la pace che le dava dai rumori del traffico di passaggio e fece capolino con la testa oltre la soglia avendo subito conferma che era vuota. Passando accanto al bagno, Mary andò verso la camera di Mikey, la stanza più grande della casa, che lei e Angela si erano assicurate fosse specialmente equipaggiata per aiutarlo a gestire le sue disabilità. Spingendo lentamente la porta, prima percepì e poi vide la scena orribile che le si presentò davanti agli occhi.

Michael Stride giaceva sul suo letto, rannicchiato nella grottesca parodia di una posizione fetale. Gli occhi erano spalancati e tradivano l'orrore dei suoi ultimi momenti. Michael non poteva vedere in vita, ma era come se nella morte i suoi occhi, che avevano assistito all'orrore finale di quegli ultimi dolorosi momenti, avessero lasciato un segno di terrore nelle inutili pupille che sarebbero per sempre rimaste impresse nella memoria di Mary.

Lì vicino, sul pavimento accanto al letto di Michael, si trovava il corpo di sua sorella. Anche Angela era rannicchiata in quella posizione orrenda e Mary non poté fare a meno di notare che il braccio e la mano destri erano tesi come a voler raggiungere Mikey, tentando forse anche prima dell'ultimo respiro di aiutare il fratello che adorava.

Mary si sentì vacillare sulle gambe e senza neanche sapere cosa faceva, quasi agendo come un automa, andò tremante fino al letto e allungò una mano per controllare la pulsazione sul collo di suo fratello. Non sentendo nulla ripeté l'operazione con sua sorella. Erano entrambi morti, cosa che ovviamente sapeva già avendo visto i loro corpi. Non poté trattenersi. Improvvisamente non provò più alcuna repulsione nello stare vicina a Mikey. Si allungò, questa volta con entrambe le braccia, e strinse teneramente il corpo privo di vita di suo fratello abbracciandolo e singhiozzando, fino a che le lacrime non scesero a bagnargli il volto.

Passò un intero minuto e Mary si rese improvvisamente conto che in quel modo poteva compromettere le indagini della polizia sulla morte di Mikey. Lo rimise come l'aveva trovato e si avvicinò ad Angela, baciandola con delicatezza sulla fronte, con il volto che era ormai una maschera di lacrime.

Incapace di gestire l'orrore della sua scoperta, la dottoressa Mary Stride corse fuori dalla stanza. Non aveva bisogno di esaminarli accuratamente per capire che erano morti da un po' di tempo prima del suo arrivo a casa. Quasi cadde dagli ultimi cinque gradini e in fondo si fermò un momento nell'atrio, cercando di raccogliere i pensieri e respirare.

Doveva far agire il suo cervello professionale, prendersi carico della situazione, sapendo che doveva controllare le sue emozioni. Non toccare niente in casa, assicurati che non manchi nulla, e chiama la polizia. Sì, ovvio, doveva chiamare la polizia! Ricomponendosi, Mary ricordò di non toccare niente, neppure il telefono. Infilò invece la mano nella borsetta che era ancora appesa all'attaccapanni in ingresso, dove l'aveva messa quando era arrivata a casa solo pochi minuti prima, quindi prese il suo cellulare.

Compose il numero del servizio di emergenza e fu presto messa in contatto con l'operatore della polizia che le promise che qualcuno sarebbe arrivato lì nel giro di pochi minuti. L'operatore avrebbe anche chiamato un'ambulanza e dei paramedici, sebbene Mary spesse bene che era una semplice procedura di routine. Non c'era nulla che nessuno potesse fare per Mikey e Angela.

Quando udì il suono delle sirene che si avvicinavano, Mary Stride pensò tra le lacrime che forse avrebbe dovuto ascoltare Mikey, dopotutto. Sapeva cosa aveva ucciso suo fratello e sua sorella e ora avrebbe dovuto spiegare alla polizia perché non erano andati subito da loro, potendo così evitare tutto questo. Capì anche, mentre il senso di colpa le saliva dentro come un'ondata di alta marea, che suo fratello e sua sorella sarebbero potuti essere ancora vivi se l'avessero fatto.

Il passato era tornato per perseguitare Mary Stride, e insieme alle lacrime, al senso di colpa e al dolore, per la prima volta nella sua vita non aveva semplicemente paura, ma tanta, tanta paura.

UNA SVOLTA IMPROVVISA

LUCY CLAY ERA IL DETECTIVE PRINCIPALE QUANDO LE due auto arrivarono alla casa degli Stride. Aveva subito avvisato Connor non appena la chiamata di emergenza era stata divulgata all'ufficio della squadra omicidi. L'ispettore avrebbe deviato dalla destinazione che era nei suoi piani – la casa del giudice Tolliver – e già adesso si trovava sulla strada della scena dell'omicidio. DeVere poteva aspettare.

Mary Stride sedeva sull'ultimo gradino della scala quando Lucy entrò in casa. La primogenita di casa Stride stava singhiozzando sommessamente, le spalle piegate, e sollevò lo sguardo solo quando Lucy la toccò delicatamente su una spalla e le parlò sottovoce:

"Signorina Stride?"

"Sì," singhiozzò Mary.

"Ha effettuato una chiamata d'emergenza. Vostro fratello e vostra sorella: dove sono?"

"Di sopra," rispose Mary, incapace di andare oltre a frasi mono parola. La Clay comprese la sua reazione. La povera donna era sotto shock.

"Vieni con me," disse la Clay all'agente investigatore Simon Fox che aveva risposto rapidamente quando lei lo aveva afferrato per portarlo fuori dall'ufficio. Fox ne aveva avuto abbastanza di starsene chiuso là dentro ed era scattato all'opportunità di accompagnare il sergente a verificare quella chiamata.

Mentre i due detective salivano le scale, finalmente Mary Stride trovò la voce, almeno abbastanza per chiamare i due agenti:

"È tutta colpa mia. Avrei dovuto fare come aveva detto Mikey."

Lucy aveva già sentito parole simili pronunciate dai parenti addolorati di una vittima di omicidio e ora non era certo il momento per consolare Mary Stride, né per negare la sua affermazione. L'avrebbe fatto più tardi. Doveva vedere i corpi. Tutto quello che sapeva fino a quel momento era che l'operatore dell'emergenza le aveva detto che chi aveva telefonato aveva riportato che suo fratello e sua sorella erano stati assassinati. Aveva detto di essere un medico e che sapeva che si trattava di avvelenamento.

La scena che accolse Lucy e l'agente Fox era cambiata di poco rispetto a quella che aveva inizialmente aggredito lo sguardo di Mary dopo il suo arrivo a casa. La Clay capì non appena vide la posizione dei corpi che non ci sarebbe voluto molto per confermare che quei due sfortunati erano stati appena aggiunti alla lista di quelli che già si trovavano all'obitorio come risultato dell'opera dell'avvelenatore seriale.

"Torna al piano di sotto," ordinò a Fox, "e portami quassù il medico non appena arriva."

Il medico della polizia doveva dichiarare le vittime ufficialmente morte prima che gli investigatori potessero far spostare i corpi e tornare al piano di sotto al succo della loro indagine sulla scena del delitto.

Simon Fox fu più che contento di lasciare quella stanza. L'orrore di vedere lo stato delle due persone appena decedute in quelle posizioni così contorte era sufficiente per fargli desiderare di essere rimasto in ufficio a cercare indizi nel database del computer.

L'ispezione iniziale di Lucy Clay sulla scena del delitto non produsse niente di utile. Poté ovviamente accertare che le vittime erano morte orribilmente e con tutta probabilità per gli effetti del veleno, ma questo era tutto. La squadra forense, quando fosse arrivata, avrebbe eseguito una meticolosa ricerca per rintracciare prove, e se l'assassino aveva lasciato il minimo segno di un indizio, il proprio DNA o altri mezzi di identificazione, loro li avrebbero trovati.

Mentre Lucy Clay portava avanti la sua ricerca priva di frutti, al piano di sotto gli occupanti della seconda auto stavano eseguendo le procedure necessarie di sigillare l'accesso al giardino e la porta d'ingresso, identificare la casa come scena del crimine agli occhi di qualsiasi passante od osservatore. Il nastro adesivo giallo fu presto al suo posto e mentre Fox camminava avanti e indietro per il giardino aspettando l'esaminatore medico e trattenendo le sue personali sensazioni di nausea e repulsione, i due agenti della seconda auto stavano seduti e cercavano di consolare Mary Stride, che avevano accompagnato in cucina permettendole di accomodarsi su una delle sedie che si trovavano al tavolo. Si sentivano al sicuro concedendole di fare così, dato che era poco probabile che l'assassino fosse stato in quella stanza, e il tavolo e le sedie parevano non essere state toccate.

Quando Sean Connor arrivò sulla scena meno di quindici minuti dopo, i due agenti avevano sentito la storia estremamente incredibile che Mary Stride aveva raccontato e che uno di loro, il detective Sue Rawson, aveva avuto la prontezza di spirito di registrare sul suo notes non appena si era resa conto del significato di ciò che l'addolorata sorella delle vittime le stava riferendo.

Appena arrivato, Connor era subito andato al piano di sopra dove Fox gli aveva detto che avrebbe trovato Lucy Clay ad aspettarlo. Presente nella stanza c'era anche la dottoressa Sally Hawes, l'ufficiale medico di servizio che aveva immediatamente dichiarato morti tanto Michael che Angela Stride, permettendo così ai corpi di essere rimossi non appena la polizia avesse eseguito l'esame iniziale della scena del delitto. Con lei c'era anche un tecnico forense che Connor non aveva mai incontrato prima.

"Brutto affare, signore," disse Lucy Clay quando Connor si avvicinò all'uscio della porta dal pianerottolo.

Connor annuì al suo sergente e le passò oltre entrando nella stanza. Il tecnico forense era impegnato a fotografare la scena del delitto e il suo flash che balugìnava continuamente non faceva che deconcentrare Connor, cui pareva di essere appena entrato nella scena di un film horror.

"Capisco cosa intendi dire, sergente," rispose finalmente al precedente commento della Clay mentre guardava l'uomo con una gamba sola, la protesi che giaceva, staccata, sul pavimento, e la donna, entrambi sdraiati nelle orrende e contorte posizioni che riflettevano le agonie della loro morte.

"Cosa ne pensa, dottore?" chiese a Sally Hawes.

"Non lo sapremo fino a che non avremo gli esiti dell'autopsia, ovviamente, ma penso che anche lei converrà che abbiamo un altro caso di avvelenamento, ispettore. Scommetterei quasi la mia carriera che non appena andremo un po' più a fondo scopriremo anche che si tratta di aconito."

"No, dottore. Non è stato l'aconito il responsabile," disse Connor con un'espressione irritata in volto mentre parlava. "No, il responsabile di tutto questo è qualche fottuto bastardo. L'aconito è solo uno strumento, come una pistola o un coltello. Solo perché è organico non è diverso da qualsiasi arma."

"Sì, beh, questo lo so ovviamente. Intendevo solo dire che..."

"So cosa intende dire, dottore, e mi spiace. Non volevo essere maleducato. È un maledettissimo caso. Mi sta dando ai nervi. Qualsiasi cosa facciamo, semplicemente sembra che non riusciamo ad afferrare quale sia il dannato movente di questi omicidi, o chi ci sia alle spalle. Ogni volta che imbocchiamo una pista, andiamo solo a sbattere contro un muro. Mi sta facendo impazzire!"

Una voce dietro di lui interruppe la conversazione.

"Va bene se spostiamo i corpi adesso, ispettore?" chiese uno dei neo arrivati paramedici.

"Sì, va bene, nessun problema," rispose lui.

"Dov'è la sorella, Lucy?"

"Al piano di sotto con un paio di agenti. È in stato di shock."

"Sì, penso che lo sarebbe chiunque dopo essere arrivato a casa e aver scoperto quello che ha trovato lei. Vieni, andiamo a farci due parole. Ridaremo un'occhiata quassù dopo che avranno portato via i corpi e i ragazzi della squadra forense avranno finito."

Connor e la Clay scesero le scale e percorsero il corridoio fino alla cucina. Quando si avvicinarono alla porta si trovarono bloccati dalla minuta figura dell'agente Rawson.

"Salve agente. Ci sono problemi?" chiese Connor.

"Beh, signore," rispose lei, "prima che entriate penso che dovrebbe sapere quello che la donna là dentro mi ha raccontato."

Connor allungò un poco il collo per cercare di vedere oltre l'agente che gli sbarrava la strada, ma la vista era ostruita dalla schiena del secondo agente presente nella stanza, il detective Paul Bowers.

"Sono tutt'orecchi, agente," rispose Connor, e lui e la Clay si appoggiarono entrambi alla parete del corridoio mentre Sue Rawson iniziava a riferire dai suoi appunti.

"Senta signore, so che lei vuole veramente entrare là dentro e parlare di persona con la signorina Stride, ma mentre stavo con lei, la donna ha un po' blaterato. All'inizio pensavo che fosse un po' fuori di testa e facesse la melodrammatica, la conseguenza di uno shock, se intende quello che voglio dire. Ad ogni modo, improvvisamente mi sono resa conto che stava dicendo della roba piuttosto spaventosa e le ho chiesto di ricominciare, così ho scritto tutto. Per farla breve, la donna dice che le morti di suo fratello e sua sorella sono sua responsabilità e che se avesse ascoltato Mikey, come lo chiama lei, e avesse contattato prima la polizia avrebbe evitato gli omicidi dei due. Dice che è tutta colpa sua e che semplicemente non voleva rivangare il passato. Apparentemente questa famiglia ha uno scheletro piuttosto grosso nell'armadio, signore, e secondo Mary Stride è tornato a perseguitarla. Vede, all'inizio si rifiutava di credere che potesse esserci un collegamento tra allora e adesso, e continuava a dire a Mikey di lasciar perdere, quindi lui alla fine si è dimostrato d'accordo. Sembra un po' confusa e ha parlato un po' a vanvera, ma alla fine le è venuto fuori e basta."

"È venuto fuori cosa, agente?"

"Oh sì, signore. Dice di sapere chi è l'assassino dell'aconito."

"Cavolo!" dissero contemporaneamente Connor e la Clay, e tutti e due quasi spinsero a terra Sue Rawson passandole oltre ed entrando nella cucina per vedere per la prima volta Mary Stride e sentire la sua strana storia.

RIPENSANDO AL PASSATO

CONNOR E LA CLAY SEDEVANO DA UN LATO DEL tavolo di legno liscio che si trovava nella cucina degli Stride. Dall'altra parte c'era Mary Stride, pallida e visibilmente scossa mentre si trovava di fronte ai due investigatori. L'agente Rawson sedeva accanto a Mary e la consolava come necessario, mentre Paul Bowers stava a guardia della cucina con ordine da parte di Connor di non far entrare nessuno fino a che non avessero finito di parlare con l'addolorata dottoressa. In mezzo al tavolo stavano quattro tazze di tè fumante, preparato da Sue Rawson. Dopo aver presentato se stesso e Lucy, Connor aveva chiesto alla Rawson di mettere il bollitore sul fuoco e preparare qualcosa da bere per tutti loro nella speranza che questo aiutasse la povera donna a ricomporsi prima di chiederle di riportare la sua storia. Poteva vedere la condizione addolorata nella quale riversava, e sapeva che non le avrebbe cavato molto fino a che non si fosse un po' calmata. Lucy Clay sedeva al suo fianco, notes e penna in mano, pronta a registrare qualsiasi parola li potesse aiutare a risolvere il caso.

Mary Stride allungò una mano tremante e prese la tazza che la Rawson le aveva messo davanti. Era tutto ciò che poteva fare per portare la tazza alle labbra e fare un sorso del tè senza versarne fuori dal bordo o sui vestiti. Ci riuscì e il liquido caldo sembrò avere un istantaneo effetto calmante su di lei: la mano tremava un po' meno e lei ripose la tazza sul piattino.

Connor decise che era il momento giusto per spingere un pochino Mary.

"Dottoressa Stride? Quando siete pronta vorrei che ripeteste un po' di quello che avete già detto all'agente Rawson. Mi pare di capire che lei pensi che tutto questo sia colpa sua e che creda di sapere chi sia il responsabile di tutte le morti recenti avvenute qui in città e dintorni. Devo sentire la sua storia con le mie orecchie. Quando sarete pronta, per favore dottoressa, con il vostro tempo."

Mary Stride fece un respiro profondo nello sforzo di riconquistare un po' della sua compostezza professionale. Tirò su con il naso, prese un fazzoletto dalla scatola che era magicamente apparsa sul tavolo grazie all'avvedutezza della Rawson, e si asciugò le lacrime dal viso. Parve accasciarsi sulla sedia per un secondo e poi, con quello che probabilmente fu uno sforzo sovrumano per lei, portò le spalle prima in avanti e poi indietro, raddrizzò la schiena e iniziò.

"Sono io la responsabile di tutto questo, ispettore, perché se avessi ascoltato il mio povero fratello Mikey, avremmo potuto aiutarvi a porre fine a questa faccenda prima che le cose sfuggissero di mano, e lui ed Angela sarebbero ancora vivi. Vede, gli ho impedito di chiamare la polizia nonostante le sue paure e il suo desiderio di fare 'la cosa giusta', perché mi pareva che la nostra famiglia avesse sofferto abbastanza e perché pensavo che non potesse esserci un collegamento tra ciò che è successo così tanti anni fa e ciò che sta succedendo adesso. Ora so che mi sbagliavo. Ispettore, mio padre era Terence Stride!"

Pronunciò l'ultima frase come se si aspettasse che Connor capisse all'istante a chi si stava riferendo. Se quella era la sua speranza, si sbagliava.

"Mi spiace dottoressa. Non l'ho mai sentito."

"Oh, sì, forse è stato un po' prima dei suoi tempi, oserei dire. Io stessa avevo solo tredici anni quando tutto ha avuto inizio. Ad ogni modo, come ho detto mio padre era Terence Stride e trentatré anni fa venne accusato dell'omicidio di un uomo che si chiamava William Prentice."

Ancora nessun segno di riconoscimento da parte degli agenti di polizia.

"William Prentice era un investigatore privato specializzato in casi di divorzio, capite a cosa mi riferisco. Si procurava le foto sporche così popolari durante i processi a quei tempi in modo da provare l'infedeltà e via dicendo. Bene, un giorno il suo corpo fu trovato nel giardino di una casa in Fuller Road, a circa due miglia da qui. Ora non c'è più: l'hanno demolita quando hanno costruito il nuovo centro commerciale. Ad ogni modo, Prentice aveva un socio di nome Andrew Forbes, e lui raccontò alla polizia che Prentice stava indagando sul caso di adulterio di una donna che viveva in Braintree Close, a circa mezzo miglio da Fuller Road. Suo marito era convinto che avesse una relazione con un uomo sposato che viveva in Watson Street. Noi ovviamente viviamo in Watson Street, come ben sapete. Una testimone più tardi dichiarò di aver visto un uomo seguire Prentice qualche minuto dopo la mezzanotte nella sera della sua morte. Diede alla polizia una descrizione dell'uomo. Quella descrizione corrispondeva all'aspetto di mio padre, ispettore, e da quel momento in poi le nostre vite sono state ribaltate. La polizia venne ad interrogare tutti coloro che abitavano in Watson Street e quando videro mio padre sono certa che pensarono di avere il loro uomo. A rendere le cose più complicate, mio padre non aveva un vero alibi per la notte dell'omicidio. Era un tassista e secondo la sua dichiarazione se ne stava seduto nel suo taxi ad aspettare la chiamata del cliente successivo a bordo strada ad almeno tre miglia dalla scena dell'omicidio. Il controllo radio della compagnia di taxi per cui mio padre lavorava confermò che non c'erano state effettive chiamate in quel momento, ma ovviamente non potevano confermare la sua effettiva postazione.

Fu portato dentro per un interrogatorio nel quale negò con veemenza ogni connessione con l'omicidio. Negò anche di conoscere la donna che si trovava al centro dell'indagine di Prentice, cosa che lei confermò, ma la polizia pensò che stesse mentendo per cercare di salvare il proprio matrimonio. Pare che suo marito fosse un uomo violento e la polizia dette per scontato che avrebbe comunque negato la relazione per tentare di deviare la polizia dalla convinzione che lei stessa potesse essere coinvolta nell'omicidio. Ad ogni modo, si scoprì che Prentice era uscito nella notte dell'omicidio con la sua macchina fotografica, e quella macchina fotografica mancava. In effetti non venne mai trovata. Alla fine, posti di fronte alla mancanza di prove tangibili che lo collegassero all'uccisione, la polizia non ebbe altra scelta che liberare mio padre. Ma il danno era già stato fatto.

Quasi appena arrivato a casa, i pettegolezzi iniziarono la loro azione di assassinio. Sono sicura possiate capire cosa intendo dire. L'uomo di famiglia un tempo felice che era stato mio padre divenne un catalizzatore d'odio, ispettore. Ovunque andasse sentiva commenti sull'omicidio, le donne della zona iniziarono una campagna di insinuazioni e diffamazione, chiamandolo in ogni modo, da donnaiolo ad adultero ad assassino. Ovviamente mia madre non era immune a tutto questo ed era del tutto consapevole di cosa si diceva in giro, quindi il loro matrimonio iniziò ad arrancare.

Anche quando qualcun altro venne arrestato per l'omicidio e finalmente condannato, le pugnalate alle spalle, le diffamazioni e i bisbigli non si fermarono, fino a che mia madre non poté più sopportare la situazione.

Iniziò a credere che mio padre le fosse stato infedele, ispettore, ma ci credete? Dopo aver negato tutto e dopo la condanna di qualcun altro, lei credeva sul serio a tutte le bugie che erano state messe in circolazione su di lui e, alla fine, lo buttò fuori di casa. Ottennero il divorzio subito dopo e le nostre vite andarono di male in peggio.

Mio padre non poteva vivere senza mia madre, ispettore Connor, e tre mesi dopo il divorzio andò con l'auto in mezzo a un attraversamento ferroviario in piena notte e spense il motore. Il macchinista dell'espresso che lo colpì neanche lo vide con il buio che c'era. Rimase ucciso sul colpo, così ci dissero. Mio padre aveva lasciato un bigliettino nel piccolo appartamento a buon mercato che aveva affittato quando se n'era andato da casa, dove parlava di tutto l'amore per mia madre, e di come fosse innocente rispetto a tutto quello che si diceva di lui, e del suo amore per i suoi figli, ma aveva perso la testa, capisce ispettore. Non poteva più vivere né per la vergogna che quelle bugie avevano gettato su di lui, né senza mia madre, che era senza dubbio l'amore della sua vita. Il verdetto dell'indagine fu semplicemente 'suicidio per instabilità mentale', ma in realtà è stato assassinato ispettore: assassinato dalla campagna di orrende e feroci bugie e diffamazioni che quella lingue biforcute gli avevano indirizzato contro. Era un uomo innocente, portato alla morte dal pettegolezzo e dalle ciance."

Le lacrime sgorgarono nuovamente dagli occhi di Mary Stride e Sue Rawson, commossa dalla storia che la dottoressa aveva raccontato fino a quel momento, allungò una mano e la pose saldamente sul braccio sinistro di Mary. Lucy Clay prese un fazzoletto dalla scatola posata sul tavolo e lo passò alla donna piangente. Connor si rese conto che si trattava di una situazione molto stressante per Mary, che dopotutto aveva appena trovato suo fratello e sua sorella morti di sopra. La compassione gli impose di offrirle una pausa perché si ricomponesse prima di andare avanti con la storia. Lei rifiutò, desiderosa invece di proseguire e riportare il resto del racconto all'ispettore.

"Alla fine mia madre gli credette, ispettore Connor, ma era ormai troppo tardi. Si rese conto che lui le aveva sempre detto la verità e si reputò parzialmente responsabile per la sua morte. Le parve di averlo spinto lei stessa al suicidio e non poté più vivere con quella consapevolezza. Era una donna intelligente, ispettore: lavorava part-time per la Jordan Farmaceutici in qualità di assistente alla ricerca e sviluppo. Lavorava con veleni altamente pericolosi tutti i giorni, e tre settimane dopo la morte di mio padre tornò a casa armata di una fiala di veleno di aconito raffinato e la versò tutta in un bicchiere di brandy."

Mary Stride fece una pausa d'effetto mentre il significato della parola 'aconito' penetrava nei cervelli degli ufficiali di polizia, poi continuò.

"Sfortunatamente per lei, mio fratello, che era tristemente nato con una gamba sola, fu mandato a casa da scuola prima quel giorno, dato che stava poco bene, e fu spinto con la sua sedia a rotelle fino in casa dall'insegnante che l'aveva accompagnato. Entrambi sentirono i versi di dolore che accompagnarono la morte di mia madre provenire dal salotto. Quando l'insegnante ebbe portato Mikey fino alla stanza per vedere cosa stesse accadendo, si trovarono di fronte a mia madre che si contorceva per il dolore nella sua ultima e terribile lotta per respirare mentre il veleno compiva il suo orribile lavoro. Mia madre aveva deciso di morire a quel modo, ispettore, probabilmente come punizione per se stessa per aver indotto mio padre al suicidio, ma non avrebbe mai voluto che Mikey vedesse ciò cui assistette quel giorno, ne sono certa. La mente di Mikey semplicemente non poté sopportare la situazione, ispettore: aveva solo nove anni e la sua testa trattò il problema nel solo modo che poteva: gli chiuse la vista, gli occhi. Divenne letteralmente cieco a causa di ciò che aveva visto e provato. I dottori al tempo dissero che la cecità poteva essere temporanea, ma lo accompagnò per il resto della sua vita. Quell'orribile giorno si è verificato trentatré anni fa, ispettore. Capisce adesso quando dico che la mia famiglia aveva già sofferto abbastanza? Capisce perché non volevo che Mikey vi chiamasse?"

"Capisco la sofferenza, sì," disse Connor. "Ma non capisco cos'abbia a vedere con oggi, o perché suo fratello pensasse che ci fosse un collegamento tra allora e adesso."

"Certo, non ho ancora finite. Ricorda che le ho detto che qualcun altro fu condannato per l'omicidio di William Prentice. Si chiamava Stanley Miller e assomigliava un sacco a mio padre, quindi capisco perché la polizia all'inizio pensasse che l'assassino fosse mio padre. Come mio padre, Miller si dichiarò sempre innocente, ma il suo nome non venne mai cancellato. Fu attaccato e assassinato lui stesso da un compagno di cella che pensava di farsi così un nome. Sua moglie Fiona portò comunque avanti una battaglia per scagionarlo e riuscì a far annullare l'accusa un anno dopo la sua morte."

"Ancora non capisco..."

"Aspetti per favore, ispettore, ci sto arrivando. Dopo che Miller fu scagionato il caso venne riaperto, ma nessuno fu mai arrestato o condannato per l'omicidio di William Prentice. Trent'anni fa la sua vedova rilasciò quella che fu forse l'ultima serie di dichiarazioni alla stampa, giurando di fare giustizia per la morte di suo marito. Disse ai giornalisti che era convinta che sia la mia famiglia che Miller dovevano essere gli assassini, dato che la polizia di certo non avrebbe messo dentro due uomini sbagliati che combaciavano entrambi con la descrizione della testimone. Ovviamente aveva scordato che la testimone non aveva comunque realmente visto l'assassino, ma solo un uomo che seguiva Prentice poco prima della sua morte. Ad ogni modo penso solo che la signora Prentice stesse cercando di guadagnare qualche soldo per sé vendendo quelle ridicole storie alle testate, ma subito dopo quell'ultima storia ricevetti una lettera di minacce, anonima ovviamente, in cui le vite della mia famiglia venivano messe in pericolo. Diceva che eravamo tutti discendenti di un assassino e che anche se lui aveva imbrogliato la giustizia, i suoi peccati si sarebbero riversati su di noi e su tutti quelli che non erano riusciti a fare giustizia dell'assassino. Queste erano le parole che più o meno erano riportate sulla lettera, un qualcosa che suonava più o meno religioso. È stata Elizabeth Prentice a mandarla, ne sono certa, e non mi sorprenderebbe che avesse mandato lettere simili all'altra gente coinvolta nel caso.

Mikey ha capito tutto quando le morti sono iniziate a verificarsi recentemente e sono stata io la cieca a fermarlo impedendogli di dirlo a qualcuno, perché non credevo che avesse potuto aspettare tutto questo tempo per perpetrare la sua vendetta. Il giudice Tolliver è stato quello che ha convinto Mikey."

Connor era incuriosito e inorridito dalle cose che stava udendo, e le fece una domanda.

"Che collegamento aveva il giudice con il caso, dottoressa? È stato lui a presiedere al processo di Miller?"

"Oh no, questo l'avrebbe probabilmente scagionato. Miller fu dichiarato colpevole al suo processo, ricordi. Fu la corte d'appello a scagionarlo alla fine. No ispettore, il giudice Tolliver non era un giudice al tempo. Era una stella nascente, un avvocato destinato senza dubbio a uno scranno, e furono le sue intelligenti dichiarazioni legali ad assicurare l'assoluzione postuma a Stanley Miller. Per quanto riguarda la signora Prentice, questo mise Tolliver in chiara connessione con il diavolo e i suoi sudditi, e fu proprio lei a dirlo piuttosto fragorosamente in una di quelle ridicole dichiarazioni alla stampa. Se volete trovare il vostro assassino, ispettore, allora vi suggerisco di trovare Elizabeth Prentice. Non so cos'abbiano a fare gli altri con questa faccenda, ero solo una ragazzina al tempo, ma *deve* essere lei."

"Ma è stato un sacco di tempo fa, dottoressa Stride. Perché avrebbe dovuto improvvisamente decidere di iniziare ad uccidere della gente adesso? E perché pensa che dovrebbe usare l'aconito per farlo, solo perché sa madre l'ha utilizzato per, ehm, suicidarsi?"

Disse le ultime parole con più compassione possibile. Quella donna aveva sofferto abbastanza e lui non era certo che fosse sulla pista giusta.

"Oh, sì, mi scusi. C'è solo un'altra cosa che ho dimenticando di dire. C'era una strana coincidenza nel caso, cui prima non ho fatto cenno, ispettore, mi scusi. Vede, Elizabeth Prentice era capo del laboratorio di ricerca e sviluppo della Jordan. Mia madre lavorava per lei, indirettamente ovviamente, e come mia madre anche lei era – e sono certa che è ancora – un'esperta nella preparazione e nell'utilizzo dei veleni, incluso l'aconito. Per qualche motivo è tornata e ci vuole tutti morti!"

Mary Stride si accasciò sulla sedia, sentendo di aver detto tutto quello che poteva. A Connor bastava.

"Lucy, vai alla stazione di polizia. Procurami l'indirizzo di Elizabeth Prentice."

Il caso di Connor aveva finalmente preso vita. Finalmente aveva un nome!

L'INDIRIZZO SBAGLIATO

LASCIANDO LA SQUADRA FORENSE AL LAVORO PER raccogliere qualsiasi traccia di prova potessero trovare sulla scena del duplice omicidio, e con Mary Stride accompagnata dall'agente Rawson a curare il suo shock all'ospedale (e anche per proteggerla contro possibili attacchi da parte dell'avvelenatore), Connor e la Clay corsero nel traffico tornando alla stazione di polizia, aspettandosi di trovare almeno l'indirizzo di Elizabeth Prentice ad aspettarli. Era così, ma non come Connor avrebbe voluto o si sarebbe aspettato.

Mentre lui e la Clay uscivano dall'auto nel parcheggio della stazione di polizia, Connor vide che il suo superiore, il capo ispettore Lewis, li stava aspettando fremente sui gradini che conducevano all'ingresso principale. Qualcosa diceva a Connor che il capo ispettore stava aspettando qualcuno, e quello stesso istinto gli suggeriva che lui e la Clay erano l'oggetto di quell'attesa. Aveva ragione su entrambi i fronti.

"Salve signore," disse mentre lui e la Clay si avvicinavano al capo. "Ci stava forse aspettando?"

"Sì, Sean. Salve sergente," disse facendo un cenno a Lucy Clay. "Temo di avere delle brutte notizie per voi. Ero nella sala operativa quando è arrivata la vostra chiamata e i ragazzi mi hanno detto che avevate una nuova pista riguardo all'assassino dell'aconito, quindi ho aspettato per vedere cosa ne venisse fuori. Gli ci sono voluti meno di cinque minuti per scoprire dove si trovi la vostra sospettata. Elizabeth Prentice si trova attualmente sottoterra nel cimitero della Holy Trinity Church. È morta tre anni fa."

Connor rimase a bocca aperta, come anche il suo sergente, e ad entrambi ci vollero dieci secondi buoni per ricomporsi prima che Connor prendesse la parola.

"Com'è morta, signore? Lo sappiamo?"

"Un attacco di cuore, Sean, niente di sinistro temo. Sfortunatamente non può essere lei il vostro assassino."

"Ma la dottoressa Stride ne era così sicura," disse Lucy Clay. "Magari la signora Prentice aveva un figlio o una figlia che stanno portando avanti la vendetta della madre contro coloro che credono essere i responsabili della morte di William."

"Temo di non riuscire a seguirla, sergente," disse Lewis. "Venite dentro tutti e due. Ritiriamoci nel mio ufficio così potrete dirmi tutto su questo nuovo sviluppo."

Connor e la Clay ci misero circa quindici minuti per aggiornare il capo ispettore sugli omicidi di Mikey a Angela Stride e sulle dichiarazioni di Mary Stride che avevano chiaramente posto l'accusa sulla deceduta Elizabeth Prentice.

"Aspettate," ordinò Lewis mentre prendeva il telefono e digitava il numero interno della centrale operativa. Diede ordine all'agente che risposte di controllare la possibilità che Elizabeth Prentice avesse figli che, come la Clay aveva intelligentemente dedotto, potessero essere responsabili delle uccisioni per una qualche forma di vendetta contro la morte di loro padre tanti anni fa.

Mentre aspettavano Connor riportò rapidamente al capo ispettore tutto ciò che avevano scoperto fino a quel momento, che ammontava certamente a poco, come lui stesso prontamente ammise.

"Sembra che facciamo un passo avanti e poi subito due indietro, signore. Ogni pista ci porta in un vicolo cieco e questa volta pensavo davvero di avere qualcosa. Il collegamento era così forte, anche se c'è ancora un punto debole nella storia di Mary Stride."

"E quale sarebbe?"

"Lei stessa ammette di aver visto il collegamento tra le morti di suo padre, Stanley Miller e il giudice Tolliver, ma non ci ha saputo dare alcun indizio su come possano essere collegate le altre vittime. So che era giovane al tempo in cui tutto ciò che ha descritto è accaduto, ma sembra avere una buonissima memoria per i dettagli e sono certo che si sarebbe almeno ricordata i nomi dei coinvolti."

"A meno che le attuali vittime non discendano dal lato femminile delle famiglia coinvolte al tempo, signore," disse la Clay. "Con i matrimoni e così via nel corso degli anni, questo avrebbe dato loro cognomi del tutto diversi e il fatto certo spiegherebbe perché la dottoressa Stride non riconosce i loro nomi e non possa metterli in connessione con il caso."

"Ottima osservazione, sergente," disse Lewis. "Ci dia un'occhiata quando finiamo qui, d'accordo?"

"Certamente, signore," rispose Lucy sorridendo, compiaciuta che il capo ispettore desse credito alle sue ipotesi.

Il telefono sulla scrivania di Lewis suonò. Prima che avesse modo di suonare per la seconda volta lui sollevò la cornetta.

"Lewis," rispose, poi ascoltò senza interruzioni quello che la voce dall'altro lato del filo gli diceva. Qualsiasi cosa se ne dicesse, l'ispettore capo Lewis era un superbo ascoltatore, uno dei talenti che lo rendevano un poliziotto così in gamba. Non interrompeva mai qualcuno che parlava, preferendo ascoltare l'intero discorso prima di dare una sua personale risposta. Ora ascoltò per quasi un minuto intero mentre l'altra persona parlava, e alla fine disse semplicemente:

"Bene, grazie," e riagganciò.

"Elizabeth Prentice aveva un figlio e una figlia, James e Laura. Sfortunatamente sono rimasti entrambi uccisi dieci anni fa quando l'ultraleggero sul quale stavano volando, pilotato da James Prentice, si è schiantato sul versante di una collina mentre era in procinto di sorvolare i monti Pennini, diretto in Scozia. Non ci furono sopravvissuti. Mi spiace dire che pare che la signora Prentice sia un altro dei vostri vicoli ciechi, Sean."

Connor rimase a pensare per un minuto. Nessuno lo disturbò. Sia il suo capo che la sua assistente conoscevano l'abitudine di Connor di pensare profondamente riguardo a un problema prima di dire qualcosa su un argomento. Quando parlò, erano a stento parole di incoraggiamento.

"Avete ragione, capo. È un vicolo cieco, e sapete una cosa? Penso che tutto questo maledetto caso sia un vicolo cieco e che lo stiamo affrontando nel modo sbagliato."

Lewis e la Clay furono sorpresi quando Connor proseguì.

"Senta signore, abbiamo affrontato il caso fin dall'inizio dando per scontato prima di tutto che l'uso dell'aconito sia in qualche modo connesso con l'omicida o con una delle vittime. Forse non è così. Poi abbiamo pensato che le vittime fossero collegate, sia tra loro che con l'assassino o con qualcosa accaduto in passato. Forse non è così! E se – e ammetto che si tratta di un grosso 'se' –non ci fosse in assoluto alcun collegamento tra le vittime e l'assassino stesse semplicemente facendo questa cosa per divertimento? Il collegamento con l'infelice passato degli Stride potrebbe essere una mera coincidenza, una fottutissima coincidenza, ve l'assicuro, ma pur sempre una possibilità. Poi, ancora, potrebbe esserci un collegamento che ancora non abbiamo trovato e potrebbe non avere niente a che vedere con i casi passati del giudice Tolliver o addirittura niente a che fare con la legge. Potrebbe essere qualcosa di personale e di cui semplicemente non sappiamo nulla. Potrebbe essere qualcosa di così semplice e che non riusciamo a vedere, anche se magari è proprio davanti ai nostri occhi, e l'assassino potrebbe essere lì a prenderci in giro mentre andiamo a caccia di ombre dal passato che semplicemente non sono più lì."

Connor si fermò, cosciente che sia Lewis che la Clay lo stavano fissando.

"Sean," disse il suo capo, "se non ti dà fastidio che lo dica, sembra che tu abbia appena aperto ogni porta del manicomio e abbia lasciato liberi tutti i matti. Per quanto riguarda l'utilizzo dell'aconito, cosa mi dici della storia degli Stride?"

"Quella potrebbe essere una coincidenza, signore, o forse un altro vicolo cieco per depistarci di nuovo."

"Mi sembri stanco, Sean. Perché non ti prendi un paio di ore di riposo, magari vai a pranzo prima?"

"Senta signore, non sto andando fuori di testa. Penso veramente che dovremmo ripensare all'intero approccio a questo caso. Qualcuno si sta prendendo gioco di noi e non mi piacere essere trattato da maledetto cretino."

"Senti, Sean, è il tuo caso. Fai quello che pensi vada bene, d'accordo? Tenta e ottieni dei risultati, perché di certo ne abbiamo bisogno ed ero serio quando ho detto che mi sembri stanco."

Connor e la Clay lasciarono l'ufficio di Lewis e non appena la porta si chiuse dietro di loro la Clay si girò verso Connor, lo prese per un braccio e disse:

"Sa signore, penso che potreste avere ragione. Forse abbiamo trattato questa faccenda in modo sbagliato."

"Maledizione, Lucy, ne sono contento: per un terribile momento ho creduto davvero di essere impazzito e che Lewis avesse ragione a pensare che sto andando fuori di testa."

Lucy Clay lo guardò negli occhi e i due investigatori non poterono trattenersi. Scoppiarono a ridere e tutti gli occhi nella stazione di polizia si voltarono a guardarli mente entravano nell'ufficio di Connor e chiudevano la porta. Poi continuarono a ridere per almeno un altro minuto.

UN CAMBIAMENTO TATTICO?

"È stato lo stress, Sean, ecco tutto. Avevate bisogno entrambi di uno sfogo e la risata era il modo migliore per alleggerire la situazione."

Connor e Catherine erano stesi sul letto di lui dopo un'altra tranquilla e romantica serata insieme. Aveva aspettato fino a quel momento per raccontarle dell'attacco di risa che aveva travolto lui e Lucy Clay dopo che erano usciti dall'ufficio di Lewis.

"Non molto professionale da parte mia comunque, no?"

"Non essere troppo severo con te stesso, Sean. Siete stati molto sotto pressione durante questo caso, sia te che Lucy. Non è facile quando tutti gli indizi che pensate di aver trovato si rivelano inutili."

"Lo so, Catherine. Ero così sicuro che la signorina Mary Stride ci avesse dato qualcosa su cui lavorare quando ci ha raccontato la storia della sua famiglia. In effetti ancora non riesco a togliermi di dosso il pensiero che ci sia qualche collegamento tra gli Stride e ciò che sta succedendo adesso."

Catherine ci pensò un paio di minuti e poi, rendendosi conto di quanto Connor si stesse demoralizzando per il caso, decise che era giunto il momento di informarlo delle ore straordinarie di indagine che lei e Gary Hudson stavano impiegando sullo stesso.

Connor fu stupefatto ed estremamente grato quando lei gli spiegò l'intera situazione. Ora capiva perché non era stata disponibile per un paio di serate. E lui che aveva pensato che lo stesse scaricando!

"Perché non me l'hai detto prima?" le chiese quando ebbe finito.

"Non volevo che pensassi che stavamo lavorando alle vostre spalle, o che Gary ed io stavamo tentando di risolvere il tuo caso senza di te. Volevamo trovare qualcosa di concreto da mostrarti prima di far sapere sia a te che a Charles Carrick a Birmingham quello che stavamo facendo."

"E l'avete trovato?"

"Purtroppo non ancora. Quello che abbiamo fatto è stato chiedere ai computer di incrociare e mettere insieme ogni singolo riferimento all'aconito andando indietro fin dove possibile in questo secolo. Ci stanno ancora lavorando. Credo che potremmo riuscire a trovare un collegamento tra l'aconito e una situazione che non necessariamente appartiene al regno delle indagini poliziesche. Qualcuno magari ha portato avanti delle ricerche usando il veleno come esempio, e la cosa magari è stata catalogata nelle riviste mediche o nei saggi e non nei registri della polizia. Chiunque sia stato coinvolto in ricerche del genere potrebbe essere collegato al vostro caso, o anche no. Non lo sappiamo. Potrebbe essere una ricerca vana, ma pensavamo che potesse essere di aiuto. So che hai detto che l'uso di aconito potrebbe essere una coincidenza o una semplice scelta dell'assassino senza nessun riferimento storico, ma lo stesso deve esserci un modo per collegare quella persona all'aconito. Forse il modo giusto per arrivarci è questo. Non te l'avrei detto ancora, ma sembravi così giù di corda..."

"Non c'è più bisogno di dirlo," disse Connor prendendo la mano di Catherine tra le sue. Le mise un braccio attorno al collo e alle spalle e la strinse a sé. Si baciarono e la testa gli fluttuò piacevolmente mentre la teneva vicina, annusando il suo dolce profumo, sentendosi per un momento come se la tensione si stesse sciogliendo.

"Grazie," le sussurrò dolcemente in un orecchio. "Questa è veramente una delle cose più belle che qualcuno abbia mai fatto per me, davvero. Lo apprezzo più di quanto tu possa immaginare."

"Quindi non pensi che Gary e io abbiamo tramato alle tue spalle ficcando il naso dove forse non dovevamo metterlo?"

"Cavolo, no. Siete entrambi coinvolti nel caso a livello professionale, no? Questo vi dà ogni diritto di ricercare ciò che ha causato le morti delle vittime che vi sono state mandate per le autopsie. Per quanto mi riguarda ci state entrambi facendo un favore allargando l'obiettivo dell'indagine più di quanto potremmo fare da soli. Come dici tu, il dottor Hudson e te avete accesso a fonti di informazioni che noi non abbiamo ed è possibile che possiate trovare qualcosa che potrebbe tornare utile per risolvere questo dannato enigma di caso. Come ho detto a Lewis, ci sta sfuggendo qualcosa e non appena scopriremo cos'è quel qualcosa, saremo a metà strada verso la scoperta dell'assassino."

"Sean, hai pensato alla possibilità che l'assassino possa scegliere le vittime a caso?"

"Ci ho pensato, sì, ma sembra incredibile che qualcuno si prenda tutta questa briga di uccidere un certo numero di sconosciuti scelti così dalla folla. Se fosse così, perché uccidere quasi tutte le vittime qui a Richmond, e poi una dall'altra parte del paese come nel caso di David Arnold?"

Improvvisamente un pensiero colpì Connor come un fulmine a ciel sereno e lui saltò mettendosi seduto.

"Sean, cosa c'è?" chiese Catherine, sorpresa dal suo scatto improvviso.

"Scusami. Senti. E se stessimo affrontando il caso non solo dal punto di vista sbagliato, ma anche dal *luogo* sbagliato?"

"Scusa, non ti seguo."

"Senti, fino ad ora abbiamo dato per scontato che l'assassino abbia la sua base in questa zona, dato che la maggior parte delle vittime vive a Richmond o nei dintorni, giusto?"

Catherine annuì. Connor proseguì.

"Ora, e se capovolgessimo il caso? E se il vero o principale obiettivo dell'assassino fosse effettivamente David Arnold?"

"Il macchinista?"

"Sì. Per qualche motivo l'assassino va a Penzance, fornisce ad Arnold il cioccolatino letale e poi se la squaglia a Richmond e porta avanti una serie di omicidi a caso per depistarci dal reale movente, e quindi dal vero obiettivo?"

"In circostanze normali avresti ragione, Sean, ma devi ricordare che l'assassino non poteva trovarsi in due posti contemporaneamente. Sappiamo di fatto che qualcuno ha dato l'aconito a David Arnold nella mattina della sua morte, e chiunque sia quella persona, non sarebbe potuto tornare a Richmond in tempo per avvelenare Sam Gabriel e la signora Remick la stessa mattina."

"Vero," disse Connor, "a meno che non ci riaggianciamo alla mia precedente supposizione che ce ne siano due. Due assassini che lavorano insieme, Catherine. O almeno una mente principale e un complice che esegue gli ordini del cervello che sta dietro agli omicidi. Vedi, abbiamo lavorato finora sulla convinzione che ci sia un collegamento tra tutte le vittime e che questo porti a qualcuno o qualcosa che sia successo a Richmond o dintorni in passato. Quello che sto suggerendo è che le uccisioni potrebbero ancora essere collegate, ma che il collegamento non sia a Richmond, ma a Liverpool!"

"Liverpool?"

"Sì, Liverpool. David Arnold è stato avvelenato a Penzance, è morto mentre il suo treno arrivava a Birmingham, ma la sua casa è a Liverpool. Secondo le indagini di Charles Carrick pare che Arnold vivesse lì da sempre, quindi è corretto pensare che se lui fosse il bersaglio principale, allora sarebbe collegato a qualcosa che è successo lì e non a Richmond. Spiegherebbe anche perché Charles non ha trovato niente di utile nella sua indagine, che per ovvie ragioni è stata molto limitata. Lui è a Birmingham, la vittima viene da Liverpool e la polizia del Merseyside è stata sufficientemente di aiuto per Charles, ma sia lui che loro hanno lavorato sulla convinzione che Arnold fosse in qualche modo collegato a Richmond. E se non lo fosse? È questo che sto dicendo. E se il collegamento fosse invertito e ci fosse qualcosa che connette tutte le nostre vittime di Richmond a lui o a Liverpool?"

"Sean, quest'ipotesi è così forzata e fa talmente divagare qualsiasi possibile immaginazione, che alla fine risulta davvero superba! Per quanto sembri una follia, potresti effettivamente avere ragione. Potrebbe essere il motivo per cui niente sembra quadrare e per cui continuate a imbattervi in tutti quei vicoli ciechi di cui parli. Il motivo potrebbe proprio essere che le vie che dovreste percorrere si trovano a centinaia di miglia di distanza."

"Catherine, fammi un favore. Quando guarderai ancora nello storico dell'aconito e nelle sue implicazioni, per favore cerca di fare dei riferimenti incrociati con la città di Liverpool e vedi cosa ti dice il computer."

"Lo farò in mattinata e chiederò a Gary di fare quello che può anche da Birmingham."

"Grazie." Connor si rilassò, un rilassamento improvviso che lo portò ad adagiarsi sui cuscini, la testa appoggiata alla testiera del letto. Catherine si allungò verso di lui e si permise di piegare la testa di lato appoggiandosi alla sua spalla.

"Bene, pare che avremo entrambi una giornata impegnativa domani, ispettore," disse sorridendogli. "Ma fino ad allora, mi dica, ha altri programmi per il resto della serata?"

"Ma certo," le rispose tirandola vicino a sé con una mano e allo stesso tempo allungando l'altra verso il comodino per spegnere la luce.

ALEX GREGSON – UNA BOCCATA D'ARIA FRESCA

SEAN CONNOR DORMÌ MALE. IL SUO SOLITO TALENTO di spegnere la mente dal lavoro e di godersi una buona nottata di sonno lo aveva abbandonato: in qualche modo questo era un caso che semplicemente non poteva far addormentare di notte. Mentre si agitava e rigirava vicino al corpo dormiente di Catherine Nickels, si rese conto di quanto assurde sarebbero sembrate al suo capo le sue ipotesi della sera precedente, ed effettivamente stavano iniziando a risuonare insensate anche a lui stesso. Sicuramente nessuno sarebbe arrivato al punto di assassinare qualcuno di Liverpool e poi ammazzare altre cinque persone addirittura nel Surrey solo per creare una pista falsa per la polizia. Era troppo stupido detto a parole e anche se l'avrebbe riportato a Charles Carrick a Birmingham il giorno dopo, iniziava a vederla come una teoria illusoria. No, la risposta doveva essere da qualche parte a Richmond, doveva solo indagare meglio e più a fondo sulle vittime e sulle loro rispettive storie.

Arrivato al suo ufficio la mattina, rifletté sul fatto che l'estate stava volgendo al termine. I caldi raggi del sole dei giorni precedenti avevano lasciato il posto a un'atmosfera pesante e più fresca della quale si era accorto solo quando era arrivato al lavoro. Il cielo coperto e le nuvole che si stavano raggruppando erano in perfetta sintonia con l'umore di Connor, che stava diventando profondo come l'atmosfera deprimente che era calata sull'Inghilterra meridionale.

Chiamò Charles Carrick, il quale concordò con il fatto che la teoria liverpooliana di Connor fosse un tiro lungo. Acconsentì comunque generosamente a mandare il sergente Cole in città per collaborare con la sua controparte lì per esplorare nel passato di David Arnold a livello più approfondito rispetto a quanto avevano fatto prima. Non era così distante, disse Carrick, e a Cole sarebbe piaciuto avere la possibilità di un'altra giornata 'fuori', così come la descrisse lui.

Mentre se ne stava seduto a rimuginare sugli appunti apparentemente interminabili che avevano iniziato ad accumularsi ogni giorno che passava, si trovò a fissare l'identikit che il ritrattista della polizia aveva prodotto con l'aiuto della receptionist del Regency Hotel.

"Chi sei?" le chiese a voce alta.

"Parla da solo, signore?" sentì chiedersi da una voce proveniente dalla soglia. Non aveva sentito che Lucy Clay aveva silenziosamente aperto la porta del suo ufficio.

"Sergente, entra pure," le rispose, e fu allora che notò una figura alle spalle della Clay.

"Chi c'è con te?"

La figura minuta di una donnina in uniforme apparve da dietro Lucy Clay. Connor dovette ammettere con se stesso che non conosceva quella giovane agente. Forse era nuova?

"Signore, questa è l'agente Gregson. Alexandra Gregson. Ha delle informazioni che penso dovreste sentire. Ho suggerito che dato che era stata lei scoprirle, era corretto che fosse lei a parlarvene."

Connor sorrise ad Alex Gregson, cercando di metterla a suo agio. Era ovvio che era un po' timorosa nel trovarsi alla presenza dell'ispettore.

"La prego di entrare, signorina Gregson, e mi dica cos'ha scoperto."

Alex Gregson avanzò con un portablocco in mano, sicuramente contenente le preziose informazioni che aveva riportato all'attenzione della Clay. Sembrò esitare per un minuto e Lucy Clay la incitò verbalmente.

"Avanti, Alex, diglielo!"

"Sì, giusto. Beh, ieri il sergente Clay ci ha chiesto di studiare più a fondo nelle storie passate di tutti coloro che sono coinvolti sia direttamente che indirettamente nel caso. Io avevo il compito di analizzare i registri del vecchio caso Prentice e ho controllato e ricontrollato tutte le informazioni che avevamo trovato finora. Ho ripassato ogni cosa in nostro possesso e mi sono resa conto che c'era un'area che non avevamo esplorato."

Fece una pausa per prendere fiato.

"Avanti agente," insistette Connor.

"Beh, abbiamo scoperto che William ed Elizabeth Prentice avevano un figlio e una figlia che erano rimasti entrambi uccisi in quell'incidente con l'ultraleggero, ma dopo averlo scoperto, quel primo controllo è risultato come concluso, pensando ovviamente che non ci potessero essere altri collegamenti in quella direzione. Invece questa volta sono andata un po' oltre e ho scoperto che James Prentice, il figlio, si era sposato pochi mesi prima dell'incidente. La sua vedova è ancora viva, signore, e qui salta fuori un dato immensamente significativo, come spero tutti voi converrete. Margaret Alice Prentice è la proprietaria di un negozio specializzato di cioccolata e dolciumi a Penzance!"

Sean Connor quasi saltò dalla sua sedia per l'eccitazione. Afferrò il portablocco della Gregson, lo guardò, quindi si girò velocemente e lo mise sulla sua scrivania. Sean Connor fece il fortemente insolito gesto di prendere l'agente Alex Gregson per le braccia e baciarla sulla fronte.

"Agente Gregson, lei è senza dubbio la stella più luminosa in questa stazione di polizia. Ben fatto!"

La felice agente Gregson si riprese rapidamente dallo shock dovuto all'improvvisa dimostrazione emotiva del suo superiore e con profonda saggezza accettò il bacio di Connor nello spirito con cui era stato elargito.

"Sono felice di essere stata d'aiuto, signore. Grazie."

Connor prese di nuovo il portablocco dalla scrivania, afferrò la sua giacca che era appoggiata allo schienale della sua sedia e fece segno a Lucy Clay di seguirlo.

Mentre i due agenti attraversavano a tutta velocità la sala operativa con immensa sorpresa degli agenti che sedevano alle loro scrivanie e ai terminal dei computer, intenti a svolgere i loro compiti, Connor gridò a Lucy Clay che lo stava seguendo:

"Quanto lontana è questa maledetta Penzance?"

Cinque minuti dopo erano in auto diretti fuori città, e trecento miglia e oltre cinque ore dopo, lui e Lucy Clay arrivarono nella pittoresca località balneare di Penzance in Cornovaglia, dove individuarono presto la stazione di polizia che era sede lavorativa dell'ispettore Harry Sefton, con cui Lucy si era messa in contatto chiamandolo dall'auto mentre si avvicinavano alla città.

Sefton li salutò calorosamente mentre si sedevano nel suo piccolo ma moderno ufficio. Ora, pensò Connor, stavano per arrivare da qualche parte con questo caso fino ad allora dimenticato da Dio.

MARGARET (CONOSCIUTA NELLA ZONA COME MAGGIE) Prentice sedeva apparentemente spaventata nella sala degli interrogatori fornita da Harry Sefton. Lui, Connor e la Clay erano ora in piedi e guardavano la sospettata attraverso uno dei falsi specchi che permettevano di guardare la stanza da fuori. La sala degli interrogatori era ben illuminata ed era in forte contrasto con la stanza buia dove ora si trovavano gli agenti. Questo era parte del segreto effetto dei falsi specchi.

"Non assomiglia a un'assassina, no?"

Le parole vennero dall'ispettore Sefton dopo che ebbe osservato la donna per almeno venti minuti.

"Raramente ci assomigliano, no?" rispose Connor.

"No, suppongo tu abbia ragione, Connor. Hai intenzione di parlarle?"

"No. Lasciamola lì a sudare altri dieci muniti. Magari se sarà abbastanza spaventata ci dirà tutta la storia senza doverla spronare troppo."

"Secondo i due agenti che erano andati a prenderla al negozio, la donna li ha seguiti piuttosto tranquillamente. Pare fosse veramente sorpresa quando sono entrati e le hanno chiesto di accompagnarli alla stazione. Solo quando l'hai incontrata alla porta e le hai detto per cosa dovevamo interrogarla qui, ha iniziato ad andare un po' in panico."

"Il che dimostra semplicemente quanto fredda sappia essere," disse Lucy Clay. "Non aveva idea che fossimo sulle sue trace e probabilmente pensava che voleste parlarle per qualcosa di scollegato dal caso."

"È possibile," rispose Sefton, "anche se implicherebbe che potrebbe avere altro da nascondere oltre alle informazioni riguardanti questo vostro caso di avvelenamento."

"Magari è così," disse Connor intervenendo nella conversazione. "A questo punto non possiamo essere certi di quanto lei sappia o di quanto sia coinvolta, ma intendo scoprirlo, e velocemente. La cosa buffa è che non assomiglia per niente all'identikit che è stato fatto a Richmond. Questo potrebbe confermare la mia teoria che ce ne sono due."

"O magari prova che è innocente, signore," disse la Clay, e Connor la guardò accigliato. Lei non aggiunse altro.

Quando la porta della sala degli interrogatori finalmente si aprì per permettere a Connor e alla Clay di entrare, Meggie Prentice si girò di scatto per vedere chi stesse entrando nella stanza. La sua sedia era stata strategicamente posta in modo che avrebbe dovuto girarsi per vedere, andando quindi ad incrementare il suo turbamento nei confronti della presente situazione. Era più minuta di quanto Connor si era aspettato, forse poco più di un metro e cinquanta, con i capelli castano opaco tagliati corti a caschetto. Giudicò che dovesse avere tra i cinquanta e i cinquantacinque anni, il che significava che ne aveva probabilmente una ventina quando l'omicidio di Prentice era avvenuto. Era vedova da un po', e la cosa in parte si vedeva nell'aspetto leggermente trascurato che mostrava. Probabilmente non c'era un altro uomo nella sua vita, e probabilmente non ci sarebbe mai stato.

I due investigatori si sedettero su due sedia di fronte alla sospettata. Proprio quando Meggie Prentice pensava che il suo interrogatori stesse per iniziare, la porta si aprì un'altra volta. Questa volta non era certa se girarsi e guardare chi fosse arrivato o se concentrarsi sui due agenti che sedevano davanti a lei. Continuò a guardare la Clay, rifiutandosi di guardare Connor negli occhi, probabilmente credendo che avrebbe trovato maggiore empatia e comprensione in una donna. Si sbagliava, come presto avrebbe scoperto. Ai due investigatori di Richmond si unì ora l'ispettore Sefton, che prese una sedia da un angolo della stanza e si posizionò insieme a loro di fronte a Maggie. Se si era sentita a disagio e intimidita dalla vista dei due investigatori davanti a lei, ora stava ancora peggio con l'aggiunta di un nuovo poliziotto dall'altra parte del tavolo.

Gli investigatori fecero silenzio per quanto poterono nel premeditato tentativo di fare pressione sulla donna.

"C... cosa ci faccio qui? Perché mi avete fatto portare qui?" bofonchiò improvvisamente, la voce tremante che rivelava la paura che stava ovviamente provando.

"Penso che lei sappia molto bene perché si trova qui, signora Prentice," iniziò Lucy Clay. Lei e Connor usavano una tecnica di interrogatorio ben provata dove il sergente iniziava con le domande e Connor si introduceva quando aveva la sensazione che fosse necessario farlo. Questo era sempre utile per aumentare la pressione sul sospettato facendogli capire che Connor era il superiore e che quando parlava lui era per questioni di maggiore importanza rispetto alla routine di domande poste dal suo sergente.

"È qui per rispondere a domande relative all'omicidio di David Arnold."

"Omicidio? No, mai. Non ho mai ucciso nessuno. Non ho fatto niente."

"Oh, ma io penso di sì, signora Prentice. Vi siete avvicinata a lui la mattina presto nel giorno delle sua morte mentre andava al lavoro e lo avete in qualche modo convinto a prendere e mangiare un cioccolatino intriso di aconito. Lo avete ucciso con la stessa certezza di una pistola puntatagli contro premendo il grilletto. Lo scopriremo, che lo ammettiate o no. C'è una squadra di agenti di polizia e di tecnici forensi che sta perquisendo il suo negozio mentre stiamo parlando, quindi se lì c'è qualcosa, lo troveremo."

"Non troveranno niente, voglio dire, non c'è niente lì, io..."

"Ha distrutte le prove, è così?" chiese la Clay con una voce che dissuase Maggie totalmente dall'idea che avrebbe avuto un po' di appoggio dall'agente donna.

"No, certo che no, non c'è mai stato niente..."

"Mai niente a casa sua o nel negozio. È questo che intende dire, signora Prentice?"

Questa domanda veniva da Connor, che vide prima del solito una possibilità di arrivare alla giugulare nell'interrogatorio. Quella donna non era chiaramente una criminale di professione e secondo lui sarebbe stato relativamente facile piegarla. Stava già inciampando nel rispondere alle domande di Lucy Clay, che ovviamente erano costruite appositamente per incoraggiare la sospettata a fare questo.

"No, non è quello che intendo dire."

"Quindi erano a casa sua?"

"Sì, no, non lo so. Mi state confondendo. State cercando di imbrogliarmi."

"Non ho nessun bisogno di imbrogliarla signora Prentice. Per niente. Tutto quello che voglio è la verità e quella non dovrebbe essere così difficile per lei, no? Se non ha niente da nascondere perché dovrebbe pensare che io abbia addirittura bisogno di tentare di confonderla, per dirla con le sue parole?"

Connor sapeva che era vicina a crollare, a rivelare qualsiasi cosa sapesse sull'uccisione del macchinista.

"Tutto quello che volevo dire è che mi avete portata qui e mi avete accusata di omicidio, e non sapete nulla di me."

"Oh, ma noi sappiamo, Maggie." La Clay si riunì all'interrogatorio. "Sappiamo che era sposata con James Prentice, che era figlio di William ed Elizabeth Prentice. Sappiamo che suo marito è morto in circostanze tragiche e sappiamo anche che sua suocera aveva giurato vendetta verso coloro che lei pensava essere in qualche modo responsabili della morte di suo marito, cioè vostro suocero. Sappiamo che era un'esperta di veleni e che era a capo di un laboratorio dove lavorava la moglie di uno degli accusati dell'omicidio. Lui venne assolto e mai sanzionato, ma questo non impedì che vostra suocera lo pensasse colpevole, vero?"

"Non lo so. Ve lo dico. Non so di cosa stiate parlando."

"Sì che lo sa." Questo era Connor. "Voi avete somministrato a sangue freddo un veleno letale a un uomo che stava per far partire un treno nel quale si trovavano oltre cento passeggeri. Non vi siete fermata anche solo un minuto a pensare che sarebbe potuto morire mentre il treno viaggiava a più di cento miglia all'ora? Il suo omicidio a sangue freddo avrebbe potuto uccidere tutta la gente sul treno, ma per un colpo di fortuna il veleno non l'ha colpito se non quando ha fatto rallentare il mezzo alla fermata di Birmingham."

"Non sapevo che l'avrebbe ucciso... io..."

L'aveva in pugno!

"Sì, signora Prentice? Lei cosa?"

Maggie Prentice aveva perso, e lo sapeva. L'ultimo attacco verbale di Connor l'aveva costretta a rivelare il suo coinvolgimento. Sapeva che non c'era modo di tornare indietro e che avrebbe dovuto tentare di limitare i danni se voleva evitare una lunga sentenza di condanna al carcere.

"Pensavo che l'avrebbe fatto sentire male solo per un po'. Almeno lui aveva detto così."

"Chi Maggie? Chi le ha detto che l'avrebbe fatto stare male?"

"Non lo so," singhiozzò.

"Deve saperlo, Maggie," disse la Clay. "Non si va fuori ad ammazzare qualcuno per ordine di un completo sconosciuto. Si aspetta veramente che ci crediamo anche solo per un secondo, o vuole che io pensi ancora che ha fatto tutto da sola? Se vuole prendersi la colpa e andare in prigione per il resto della sua vita, allora facciamo così."

"È vero, suo serio. No so chi sia. Ecco, io..."

Maggie Prentice stava perdendo le parole. Si stava incriminando oltre con quasi ogni frase che le usciva dalla bocca. Questo era in parte dovuto all'esperta pratica di interrogatorio degli agenti e parzialmente alla sua ignoranza sullo stile di vita criminale, oltre alla sua incapacità di stare zitta. Fortunatamente per gli investigatori ancora non aveva chiesto di avere un avvocato. Mentre era sotto interrogatorio avrebbe dovuto fermarsi per chiedere il permesso di consultarsi con il suo legale prima di continuare. Connor era determinato ad ottenere tutte le informazioni dalla donna prima che ciò accadesse. Ma per il momento quello era decisamente un interrogatorio informale e Maggie Prentice non era stata messa in guardia, quindi tecnicamente la domanda di un legale rappresentante non era sorta.

Connor decise di puntare all'uccisione.

"Mi senta, signora Prentice, le faccio un'offerta unica. Neghi e non le darò altre possibilità. Se mi racconta tutto quello che sa dell'uomo che c'è dietro a questa faccenda, mi accerterò che lei venga imputata come elemento accessorio e non per l'omicidio in sé. Basta che mi dica la verità. Se non lo farà, allora le garantisco che non solo verrà accusata per questo omicidio, ma anche per i cinque che si sono verificati a Richmond."

"Ma non potete," gridò con la voce carica di paura. "Non sono neanche mai stata a Richmond, figurarsi se ho ucciso qualcuno. Pensavo fosse un gioco, ecco tutto. Beh, forse non proprio un gioco, ma un modo di farlo stare male così che capisse che era qualcosa di collegato al passato."

"Allora mi dica la verità," insistette Connor, "e perché e come l'uccisione di David Arnold abbia a che vedere con ciò che è successo a William Prentice così tanti anni fa."

Maggie Prentice era ora veramente sull'orlo del crollo totale. Le lacrime le scorrevano sul volto, tirava su con il naso e Lucy Clay le passò un fazzoletto da una scatola che si trovava sul tavolo tra loro. La Prentice si prese un minuto o due per asciugarsi gli occhi e soffiarsi il naso e poi fece un respiro profondo prima di continuare.

"James era un brav'uomo," proseguì riferendosi a suo marito. "Aveva intenzione di portare avanti la lotta di sua madre per avere giustizia per suo padre quando è tornato dalla Scozia. Aveva letto tutto ciò che riguardava il caso e aveva concordato con sua madre che il signor Stride o Stanley Miller dovevano aver ucciso suo padre. La legge non gliel'avrebbe fatta pagare, quindi era determinato a farlo da sé. Chiunque dei due fosse responsabile, sarebbe stato portato davanti alla giustizia. Era determinato a farlo."

"Quindi questo giustifica l'assassinio di gente innocente, vero?" chiese Connor.

"James non avrebbe ucciso nessuno, ispettore. Voleva solo che la verità venisse a galla, ecco tutto. Quando è morto, io in qualche modo mi sono accollata il compito di cercare di arrivare alla verità, ma non ero brava a trovare indizi e prove, o roba del genere. Me ne sono del tutto dimenticata fino a che, qualche settimana fa, mi è arrivata di punto in bianco una telefonata da parte di un uomo che ha detto di sapere chi aveva ucciso mio suocero e che poteva aiutarmi a fare patta. Disse che lo dovevo alla famiglia, a mio marito, a mia suocera, e soprattutto a mio suocero."

"Va bene, ma cos'ha a che vedere David Arnold con tutto questo?"

"Non si trattava di David Arnold in sé, ispettore, ecco perché ho creduto a quell'uomo quando mi ha detto che voleva solo farlo stare male per un po'. Veramente non pensavo che intendesse uccidere qualcuno. Il nonno di David Arnold era uno degli uomini che fornì a Terence Stride un alibi per la notte dell'omicidio. Era un commesso viaggiatore che si trovava in città quella sera e quando si presentò per dire che aveva bevuto al pub insieme a un uomo che corrispondeva alla descrizione di Stride e più avanti lo scelse da una serie di fotografie, la polizia non ebbe altra scelta che rilasciarlo, dato che era impossibile che fosse partito dal pub e fosse arrivato sulla scena dell'omicidio in tempo per uccidere mio suocero. Thomas Arnold tornò a Liverpool e probabilmente non pensò più al caso, anche se forse aveva fornito un alibi a un assassino. Morì un anno dopo e il padre di David Arnold è morto l'anno scorso, quindi il passaggio della colpa è arrivato a ricadere su David."

"Questa è follia," disse Sefton, spezzando infine il suo silenzio. "Lei non può andare in giro ad ammazzare o anche solo a cercare di fare del male alla gente solo perché pensa che ci siano delle relazioni con qualcuno che fornì un alibi all'uomo che si pensa fosse l'omicida di suo suocero. La legge ha assolto Terence Stride, quindi non ha alcun diritto di farsi giudice, giuria ed esecutore."

"La legge l'ha lasciato andare libero, e questo ha dato a me e alla mia famiglia questo diritto."

Gli agenti si guardarono tra loro mentre si rendevano conto che Margaret Prentice probabilmente era solo delirante e si prospettava la possibilità di una difesa per insania mentale.

Improvvisamente la Prentice fece silenzio e prima che Connor, la Clay o Sefton potessero chiederle il nome dell'uomo che le aveva telefonato e mettere in moto l'intero meccanismo, fece un profondo respiro, si appoggiò allo schienale della sedia e disse:

"Scusatemi, ma dovrei dirvi tutto questo da sola? Intendo dire, non dovrei avere un avvocato o qualcuno qui presente ad aiutarmi? Credo che non dirò nient'altro per ora, grazie."

Il momento era sfuggito. Connor aveva scommesso e perso, per il momento. Sarebbe presto tornato a Margaret Prentice. Sembrava aver dimenticato la sua offerta di pochi minuti prima. Avrebbe ritentato con la presenza dell'avvocato. Un buon legale le avrebbe sicuramente consigliato di collaborare in modo da minimizzare la colpevolezza. Parlò verso il registratore che si trovava a bordo stanza.

"Interrogatorio terminato alle due e quaranta. Gli ispettori Connor e Sefton e il sergente Clay lasciano la stanza in attesa dell'arrivo dell'avvocato della sospettata."

I tre agenti si alzarono e lasciarono Maggie Prentice seduta nella sala degli interrogatori da sola con i suoi pensieri. Poteva aspettare. Sapevano di averla in pugno. Era solo questione di tempo prima che la verità iniziasse a dispiegarsi.

UN ALTRO TASSELLO?

Giles Evans-Bailey sembrava essere esattamente ciò che era: un giovane e ambizioso avvocato di campagna con aspirazioni di grandezza che erano per il momento lontane dalle sue abilità legali. Appena agli inizi della lunga strada che avrebbe costituito la sua carriera legale, si era seduto a parlare con Maggie Prentice per oltre un'ora prima di lasciare la sala degli interrogatori per consultarsi con gli investigatori.

"La mia cliente è nuovamente pronta a parlare con voi," disse a Connor, che stava camminando impazientemente avanti e indietro nel corridoio della stazione di polizia mentre si svolgeva l'incontro tra l'avvocato e la donna. "Mi ha aggiornato sull'offerta che le avete fatto prima che venissi coinvolto nel caso, e nonostante il mio turbamento per esservi permessi di condurre un interrogatorio così lungo senza che la mia cliente avesse accesso a un rappresentante legale, l'ho informata che sarebbe nei suoi migliori interessi collaborare con le vostre indagini."

"Signor Evans-Bailey, prima di tutto la vostra cliente ci stava a malapena aiutando con le nostre indagini in una situazione informale. Non era sotto cautela e non è stato fino a che si è incriminata lei stessa con le sue ammissioni che siamo diventati effettivamente consapevoli del suo diretto coinvolgimento nell'omicidio di un uomo innocente. La mia offerta è ancora valida. Fintanto che lei sarà aperta e sincera con noi e ci racconterà quello che abbiamo bisogno di sapere per scoprire quale sia la persona che sta dietro all'omicidio di David Arnold e di altre vittime a Richmond, chiederò che venga accusata con il minimo della condanna che comunque le toccherebbe."

"Grazie, ispettore. Sono certo che la mia cliente sarà grata delle vostre considerazioni. Ora, se volete, la signora Prentice vi sta aspettando."

Maggie Prentice sembrava essere annichilita quando gli investigatori rientrarono nella stanza. Era sprofondata nella sua sedia e sembrava una donna del tutto distrutta. Qualsiasi disfunzione psicologica potesse esserci in atto nel suo cervello, la donna era completamente cosciente della gravità della situazione, questo era certo.

Connor, la Clay e Sefton ripresero posto e questa volta Giles Evans-Bailey era presente seduto accanto alla sua cliente. La sua inesperienza non lo rendeva una minaccia minore per l'indagine, dato che poteva molto tranquillamente suggerire alla cliente di non dire altro in qualsiasi momento durante l'intervista, e questo sarebbe stato di poco aiuto per catturare chiunque ci fosse dietro agli omicidi. Questa volta Connor prese l'iniziativa e iniziò l'interrogatorio della sua sola e unica sospettata.

"Ora, signora Prentice, sono sicuro che il suo legale le ha detto che la collaborazione è nei suoi migliori interessi."

La donna annuì.

"Tutto quello che voglio da lei a questo punto è un nome: il nome dell'uomo che lei dice l'abbia chiamata e che le ha fatto consegnare il cioccolatino fatale a David

Arnold. Potrà dirmi più tardi come le ha fatto avere i cioccolatini all'aconito e come lei esattamente abbia indotto David Arnold a mangiarne uno o più anche se penso di avere già la risposta a quest'ultima domanda. Per ora voglio solo quel nome. Se non è pronta a darmelo, allora l'affare è chiuso, e lei verrà accusata dell'omicidio di David Arnold e di complicità nei cinque omicidi che sono avvenuti a Richmond. A lei la scelta, Maggie. Si prenda pure il tempo che le serve prima di rispondere."

Maggie Prentice sospirò e parve perdersi nei suoi pensieri per un minuto. Si piegò verso Evans-Bailey e gli sussurrò qualcosa nell'orecchio. Gli investigatori, sebbene fossero seduti proprio di fronte alla coppia, non furono in grado di udire ciò che gli disse. L'avvocato fu il successivo a parlare.

"La mia cliente vi darà il nome che richiedete a condizione che dopo che l'avrà fatto voi assicurerete che le verrà fornita protezione."

"Protezione?" chiese Sefton.

"Sì. Teme che l'uomo in questione potrebbe cercare di organizzarsi per farle in qualche modo del male se dovesse capire che lei ha divulgato la sua identità. Considera l'uomo altamente instabile mentalmente."

Da che pulpito, pensò Connor tra sé e sé.

"Non si preoccupi, signor Evans-Bailey. Ci assicureremo che nessuno danno venga arrecato alla sua cliente mentre si trova in nostra custodia. Questo posso assicurarlo.

"Grazie, ispettore Sefton."

L'avvocato si girò verso la sua cliente, la guardò negli occhi e annuì.

Maggie Prentice fece un respiro profondo e si concesse un'ultima pausa per pensare prima di rivelare agli investigatori la cosa che più di tutto volevano da lei in quel memento.

"All'inizio non voleva dirmi il suo nome, ispettore.

Ha detto di sapere tutto quello che c'era da sapere sul caso e che era giunto il momento che qualcuno la pagasse per quello che era successo a William Prentice. La legge non aveva fatto nulla per trovare il suo assassino, e ora i familiari dell'assassino erano liberi di farsi gli affari propri senza alcuna macchia sul nome della loro famiglia. Non solo questo, ma anche le persone che avevano assicurato che il colpevole fosse libero erano a loro volta liberi di condurre le loro vite quotidiane come se niente fosse mai successo. Ha detto che i testimoni e i professionisti legali avevano mentito e imbrogliato per poter scagionare l'assassino, e che si trattasse di Stride o di Miller, ai suoi occhi erano ugualmente colpevoli. Ero d'accordo con lui perché era esattamente il modo in cui la pensavano mia suocera e mio marito, quindi immagino che per questo motivo gli sia stato così facile convincermi. Mi ha detto che aveva un modo in cui avremmo potuto fargliela pagare, così che William Prentice venisse finalmente vendicato. Ho risposto che non volevo neanche sentirne parlare se non mi avesse detto come si chiamava. Del resto avrebbe potuto essere chiunque, qualcuno che cercava di mettermi in trappola o che stava giocando un qualche stupido scherzo su di me e sul ricordo di un uomo morto. Alla fine l'ho convinto che se voleva il mio aiuto, allora doveva dirmi chi era. È stato a quel punto che mi ha detto il suo nome. Dovete capire che non l'ho mai visto da quando questa faccenda ha avuto inizio. Ricevevo le mie istruzioni per telefono e lui si assicurava che i cioccolatini venissero spediti al mio negozio come una normale consegna. Ha sempre usato un telefono a pagamento in modo che non potessi richiamarlo emi ha detto che mi avrebbe sempre chiamato da un posto diverso. Ha detto di abitare lontano da Richmond, ma non ha specificato dove. Per questo motivo ha detto che nessuno avrebbe mai saputo dove trovarlo. Non ho mai saputo dove o come contattarlo.

Mi chiamava sempre lui. Era tutto veramente facilissimo."

"Il nome, signora Prentice, ci dia il nome," chiese Connor.

"Oh, sì," proseguì lei. "Si chiama Andrew Forbes, ispettore."

Il nome fece risuonare un campanello d'allarme sia nella testa di Connor che in quella della Clay, sebbene nessuno dei due potesse subito collocarlo.

"Il nome è familiare," fu tutto ciò che Connor poté dire.

"Lo dovrebbe essere, ispettore Connor," disse Maggie Prentice con un ghigno malvagio e malizioso in volto. La follia stava prendendo possesso della sua personalità. Connor poteva quasi vederla e percepirla.

"Andrew Forbes era il socio di mio suocero William Prentice, e indovinate un po'? Era anche innamorato di mia suocera!"

Connor non disse niente per un minuto, poi fece un cenno con la testa alla donna, si alzò dalla sua sedia e chiese a Lucy Clay di seguirlo. Si girò verso l'ispettore Sefton.

"Vi prego di mettere questa donna sotto custodia," disse. "L'accusa è complicità in omicidio."

Sefton annuì.

Connor poi si girò di nuovo verso la donna che sedeva al tavolo.

"Io e il sergente Clay ce ne andiamo per ora, signora Prentice. Controlleremo ciò che ci ha detto e mi creda, se scopro che mi ha mentito, quell'accusa si trasformerà rapidamente in omicidio colposo, capisce?"

"Vi ho detto la verità, ispettore. Quello che ne farete sta a voi."

"Ho un'ultima domanda," disse Connor. "Conosce l'identità dell'altra Donna del Cioccolato?"

"Scusi?"

"La donna che ha consegnato il veleno alle vittime di Richmond, sa per caso chi sia?"

"Non ne ho per niente idea, ispettore. Non mi ha mai detto nulla di cosa stava facendo a Richmond, meno che meno di chi lo stesse aiutando."

La lasciarono lì seduta. Nel giro di pochi minuti Sefton l'avrebbe accompagnata alla stanza delle accuse dove il sergente di servizio avrebbe iniziato ad inserire Maggie Prentice nel sistema e nel lungo processo del meccanismo legale che avrebbe avuto termine con il suo processo e condanna.

Connor tornò nell'ufficio di Sefton da dove chiamò Charles Carrick a Birmingham per avvisarlo dell'ultimo colpo di scena.

"Finalmente," disse Carrick al telefono. "Ben fatto, Sean. Ora stiamo andando da qualche parte."

"Pensavo che dato che David Arnold è morto nel vostro territorio e dato che questa parte dell'indagine appartiene per lo più a voi, magari vuoi venire qui a parlarle di persona."

"Direi che potrei proprio farlo, Sean."

"Sono certo che Sefton qui sarà più che contento di farla trasferire sotto la vostra custodia se vuoi farla passare a Birmingham per l'ulteriore interrogatorio, e dove penso che verrebbe comunque processata."

"Sì, penso che sia una buona idea. Parlerò con l'ispettore Sefton tra pochi minuti dopo essere stato dal mio capo per dargli la buona notizia. Immagino che tornerai a Richmond adesso per cercare questo Forbes?"

"Di certo lo faremo," disse Connor con entusiasmo.

"Bene, allora ti lascio andare, e di nuovo complimenti Sean. C'è nient'altro che posso fare al momento?"

Connor pensò un momento prima di rispondere, e poi con un briciolo di frivolezza nella voce diede la sua risposta alla domanda di Charles Carrick.

"Penso che tu possa far tornare il tuo sergente Cole da Liverpool prima che le sue spese salgano troppo."

Con la risata di Carrick che gli risuonava nelle orecchie, ripose la cornetta e nel giro di mezz'ora lui e la Clay erano di nuovo in strada, all'inizio del lungo viaggio in direzione di Richmond, lasciando Maggie Prentice nelle capaci mani dell'ispettore Sefton.

INGORGHI E VICOLI CIECHI

Il viaggio di ritorno a Richmond divenne un tran tran interminabile per Connor. Con Lucy Clay al volante della Mondeo aveva poco da fare se non pensare al caso che alla fine sembrava aprirsi davanti a lui. Subito dopo aver lasciato la pittoresca località aveva telefonato alla stazione di polizia e aveva dato a Fox ordine di ricercare l'ultimo indirizzo noto di Andrew Forbes. Per ora non c'era nient'altro che potesse fare se non aspettare, e il suo umore non veniva di certo aiutato dal volume del traffico nelle strade. Nonostante il momento dell'anno, sembrava che ogni viaggiatore pendolare del Southwest avesse deciso di andare verso Penzance proprio quel giorno e che ora si stessero tutti dirigendo a casa nello stesso orario in cui lui e la Clay avevano deciso di fare ritorno in città. Roulotte, camion, addirittura lentissimi trattori sembravano essersi messi appositamente in fila per creare un ingorgo tale da far addirittura digrignare i denti alla mite Lucy Clay per la frustrazione di dover rallentare continuamente, con poche possibilità di sorpasso. Nel giro di poco il viaggio divenne un'agonizzante frustrazione.

Connor tornò a pensare all'interrogatorio appena concluso con Maggie Prentice. Avevano ottenuto quelle che sembravano essere alcune risposte, ma c'erano ancora molte domande aperte. La polizia locale di Penzance, avendola messa sotto sorveglianza e arrestata, l'avrebbe tenuta 'da parte' fino al giorno dopo, quando Carrick e Cole sarebbero arrivati da Birmingham per condurre un interrogatorio più intenso e approfondito con la donna. Connor doveva comunque ammettere che non pensava che Maggie Prentice sapesse molto più di quanto aveva già rivelato. Era vero, dovevano scoprire altri dettagli intricati di come avesse portato avanti l'avvelenamento di David Arnold, ma quello in sé avrebbe gettato ben poca luce sull'intricato mantra del caso. C'erano ancora molte cose che preoccupavano Connor. Faceva fatica a credere che qualcuno si fosse preso tutta questa briga per assassinare quelli che nella maggioranza dei casi erano contatti lontani o almeno distanti di due generazioni dagli originali elementi coinvolti negli eventi che facevano da contorno alla morte di William Prentice. O l'uomo che stava dietro agli omicidi era seriamente folle, o c'era un significato nascosto dietro alle uccisioni che fino ad ora era sfuggito alla polizia.

Lucy disse poco in risposta agli occasionali sbuffi di Connor o ai brevi commenti riguardo all'interrogatorio. Preferiva tenere gli occhi e la testa impegnati ad evitare di andare a sbattere contro un autoarticolato o a una lunga fiumana di veicoli che improvvisamente si comportavano come un serpente kamikaze con cinquanta paia di luci degli stop che si accendevano nello stesso momento. Qualcuno là davanti si era sicuramente imbattuto in un altro trattore!

Quando entrarono nella terza ora di interminabile tragitto verso casa il telefono di Connor iniziò a suonare e vibrare in tasca.

"Connor," disse, aprendo il cellulare a conchiglia.

Era Simon Fox.

"Signore, ho trovato quell'indirizzo che mi ha detto di procurare."

"Bel lavoro, Fox. Sei stato veloce. Dove abita?"

"Beh, signore, a dire il vero è stato facile. Il signor Forbes vive proprio qui a Richmond, in Henley Close, a meno di tre miglia dal vostro stesso indirizzo di residenza."

Il primo pensiero di Connor fu che Maggie Prentice fosse stata mal indirizzata da Forbes per assicurarsi che non tentasse di rintracciarlo a Richmond. Era stata ostinata nel confermare che lui le aveva detto di vivere distante dalla città in quei giorni. Non si fidava di lei, e perché avrebbe dovuto?

Fox continuò.

"Vuole che vada lì a incontrarlo, signore? È collegato all'indagine?"

"Sì, lo è decisamente," rispose Connor.

Pensò un momento. Secondo lui Forbes doveva essere sulla settantina o addirittura ottantenne ormai, e anche se era la mente organizzatrice dietro agli omicidi, era improbabile che costituisse una minaccia fisica per il giovane e ben allenato investigatore. Presa la decisione, parlò di nuovo al telefono.

"Senti Fox, voglio che tu prenda con te due agenti e che vada a quell'indirizzo. Devo avvisarti che Andrew Forbes è il nostro primo sospettato per gli avvelenamenti con l'aconito. Dubito che opporrà molta resistenza, ma state in guardia. Cerca di convincerlo che volete solo che vi accompagni alla stazione di polizia per una questione di routine relativa a una lamentela ricevuta da un vicino, o qualcosa del genere. Se ti viene in mente un pretesto migliore per farlo venire con te, allora sentiti libero di usarlo di tua iniziativa."

"Sì, signore," rispose Fox, felice di dover uscire e contento che Connor si fidasse di lui tanto da mandarlo da solo a prendere un sospettato.

"Vai allora, vai avanti ragazzo," disse Connor, quasi capace di sentire il suo giovane subordinato che scalpitava.

"Bene signore, allora parto."

"Va bene, Fox. E fai attenzione. Se riesci a farlo venire in stazione tranquillamente, o anche se non ci riesci, dammi un colpo di telefono e fammi sapere. Dovrei essere di ritorno al commissariato tra un paio d'ore se questo traffico infernale si scioglie un poco. Se tutto va bene l'avrai già portato lì a quell'ora."

Connor chiuse la comunicazione, permettendo così a Fox di proseguire con il suo compito.

"È stata una scelta saggia, signore?" chiese la voce di Lucy dal sedile del guidatore. "È molto giovane e inesperto."

È abbastanza maturo da essere arrivato al rango di sergente. Questo lo rende sufficientemente grande nella mia lista. È anche un agente dannatamente bravo e penso che dovremmo riporre un po' di fiducia negli uomini della nostra squadra, no?"

"Sì, certo. Solo non mi piace pensare che vada a cacciarsi nei problema là fuori, ecco tutto."

"Oh, andiamo Lucy," si ammorbidì un poco Connor. "Andrà a trovare un vecchio pensionato che potrebbe essere l'assassino di almeno sei persone ma che probabilmente cammina con un deambulatore quando non è occupato a mescolare le sue pozioni letali. Fox avrà anche due agenti come copertura, quindi non credo che sarà in pericolo, tu sì?"

"Certo che no, signore. Immagino di essere solo stanca per questo incessante traffico con cui abbiamo a che fare."

"Non per molto ancora spero Lucy. Sembra che si stiano tutti muovendo un po' più veloci rispetto all'ultima mezz'ora."

Era vero. Più si avvicinavano a Londra e ai suoi dintorni e più la colonna di traffico sembrava assottigliarsi man mano che i guidatori svoltavano verso le loro destinazioni finali. Quando vide un segnale che diceva 'Richmond-on-Thames 30' iniziò finalmente a sentire che si stavano avvicinando a casa.

"Quasi arrivati, Lucy. Solo altre trenta miglia. Appena mezz'oretta a questa velocità, eh?"

"Assolutamente, ormai non manca molto signore."

La vibrazione nella tasca di Connor venne seguita di nuovo dal trillo del telefono.

Rispose rapidamente, sapendo che si trattava probabilmente del giovane Fox con delle novità. Era lui.

"Signore, sono alla casa di Andrew Forbes, e mi spiace doverglielo dire, ma..."

"Ma cosa, Fox? Non tergiversare, parla."

"Beh, signore, siamo arrivati qui poco fa e non sono riuscito ad avere nessuna risposta bussando alla porta né suonando il campanello. Abbiamo iniziato a guardare attorno alle finestre del piano terra e a quel punto lo abbiamo visto steso sul pavimento."

Il cuore di Connor iniziò a sprofondare mentre Fox continuava.

"Siamo riusciti a trovare una finestra che era solo mezza chiusa, e credendo che l'occupante della casa potesse stare male, siamo entrati nella proprietà senza mandato..."

"Sì, va bene. Non c'è bisogno di parlare in legalese, Fox. Eri piuttosto giustificato ad entrare in quelle circostanze. Dimmi cos'hai trovato."

"Sì signore, mi scusi. Ad ogni modo, il signor Forbes era steso sul pavimento di quello che sembrava essere il suo studio. Dubito veramente che potesse essere l'avvelenatore dell'aconito, signore, perché pare fosse morto da diversi giorni. Ovviamente non sono un esperto forense, ma il corpo era in un brutto stato, se capisce cosa intendo dire, certo non fresco. E da quello che sono riuscito a definire, pare che possa essere lui stesso un'altra vittima dell'avvelenatore. Era tutto rannicchiato e sembrava essere morto in intensa agonia. Aveva tutta la faccia contorta e..."

"Va bene, va bene, comprendo il quadro. Senti, qualsiasi cosa tu faccia, non toccare niente. Immagino che avrai chiamato la stazione di polizia, giusto?"

"Si signore, i medici forensi sono per strada e anche il capo ispettore Lewis sta arrivando."

"Dammi l'indirizzo esatto, Fox. Saremo presto in città e veniamo lì anche noi."

Connor riagganciò e si girò verso Lucy Clay.

"Maledizione, Lucy. Ne abbiamo perso uno. Forbes non era l'assassino e pare invece che possa essere stato la prima dannata vittima. O Maggie Prentice stava mentendo sul nome dell'assassino o quel malato figlio di buona donna ha usato il nome di Forbes per mandare lei, noi e tutti quanti fuori pista. Se non troviamo in fretta questo bastardo la pista diventerà fredda come la pietra. Oh sì, e poi il capo ci starà aspettando quando arriveremo e ti prometto che non sarà felice. Schiaccia il pedale se ti va sergente, e accendi quella dannata sirena. È ora di levarci dai piedi questi piccoli bastardi. Dopotutto questa è una chiamata d'emergenza, no?"

"Giusto signore," rispose lei, e l'auto priva di contrassegni improvvisamente accelerò in risposta alla pressione del piede destro della Clay, e i due completarono il loro viaggio accompagnati dal suono della sirena che assicurò loro un passaggio liscio per le ultime venti miglia.

Il numero ventidue di Henley Close, Richmond-on-Thames si fece facilmente trovare non appena Lucy Clay svoltò nel verdeggiante vicolo cieco costeggiato d'alberi. Fuori dalla proprietà c'erano tre auto della polizia con le luci che lampeggiavano, e una squadra di paramedici stava scaricando una barella e altra attrezzatura da un'ambulanza, anch'essa con le due luci blu che lampeggiavano insieme a quelle dei veicoli della polizia, dando alla penombra del tardo pomeriggio un effetto da surreale 'zona grigia'.

Lì vicino c'era un altro veicolo dall'aspetto ufficiale, anche se gli mancavano le sirene sul tettuccio ad identificarlo come veicolo di emergenza rapida. Di lato c'era solo il semplice e discreto emblema della polizia, con le parole 'Unità Forense' riportate subito sotto il blasone della forza di polizia. Sembrava vuota e abbandonata, il che significava che la squadra forense aveva già iniziato gli esami della scena del delitto.

Tre auto senza simboli si trovavano leggermente di lato rispetto ai veicoli di emergenza. Una fu facile da identificare, dato che la Jaguar grigia era il mezzo preferito dal capo di Connor, l'Ispettore Harry Lewis. Una fu subito riconosciuta da Connor come l'auto di Catherine e l'altra era senza dubbio il veicolo usato da Simon Fox per andare a casa di Forbes. Lucy Clay portò la sua Mondeo vicino alla Jaguar di Lewis e lei e Connor furono fuori dall'auto in pochi secondi, fermandosi solo per stiracchiare i muscoli dopo il lungo viaggio dalla Cornovaglia, prima di dirigersi lungo il vialetto che portava alla porta d'ingresso.

Quando si furono avvicinati all'uscio, una figura venne fuori da dietro la pesante porta di legno al numero ventidue. L'agente investigatore Harry Drew sembrava pallido e scioccato. Lewis aveva portato Drew con sé quando aveva deciso di visitare la scena in assenza di Connor, e dei due era ovvio che Drew era il più sensibile a qualsiasi cosa avesse visto in casa. Lewis aveva un'ottima esperienza quando si trattava di avere a che fare con cadaveri, e Connor lo sapeva. Diversamente da alcuni ispettori che erano poco più che glorificati manovratori da scrivania come Connor spesso li descriveva, Lewis apparteneva alla vecchia scuola. Aveva lavorato sodo per arrivare alla sua attuale posizione, iniziando la sua carriera nella forza di polizia come matricola e passando per tutti i ranghi fino ad arrivare alla presente posizione. Connor lo rispettava e Lewis era benvoluto in tutta la stazione.

"Stai bene, Drew?" chiese Connor al giovane investigatore.

"Sembri un po' pallido, senza offesa, Harry," aggiunse Lucy Clay.

"La situazione là dentro è bruttina, signore. Il corpo sembra fosse lì da una settimana o più, secondo me. Ho visto altri corpi prima, signor Connor, ma non dopo che si sono decomposti così tanto. Il dottore e la gente della squadra forense hanno iniziato, secondo le istruzioni del signor Lewis, ma non avrei mai detto che ci sarebbe stata una puzza del genere, signore, davvero no."

"So cosa intendi, Drew. Prendi una boccata d'aria e non rientrare fino a che non sarai pronto. Per ora possiamo occuparci di tutto noi, ad ogni modo."

"Grazie signor Connor, lo apprezzo."

"Prenditi il tempo necessario Harry," disse la Clay mentre i due agenti passavano oltre Drew ed entravano nella casa del defunto."

L'odore di carne umana in via di decomposizione fu riconoscibile non appena Connor e la Clay varcarono la soglia, passando dall'aria fresca del mondo esterno e immergendosi nell'atmosfera fetida di una casa che aveva ospitato il suo defunto occupante per molti giorni. L'odore balzò al numero uno nella lista di Connor delle cose da evitare in assoluto, ma sapeva che nel suo lavoro era qualcosa che non si poteva evitare. L'aria nell'ingresso era piena di mosche e i due agenti ebbero pochi dubbi riguardo a quale fosse stata la fonte di cibo di quegli insetti negli ultimi giorni. L'odore pungente della morte arrivò alle loro narici man mano che attraversavano il corridoio verso lo studio, la stanza facilmente identificabile per i rumori dei loro colleghi e di altri specialisti presenti là dentro, occupati nei loro inevitabili compiti.

Il capo ispettore Lewis stava parlando con Catherine Nickels quando Connor e la Clay entrarono nella stanza. Si fermarono vedendo i due neo arrivati e Catherine sorrise quando scorse Connor.

"Ciao Sean."

"Ciao Catherine. Hai preso tu la chiamata questa volta, eh? Salve signore," disse rivolgendo l'ultimo saluto a Lewis.

Il capo ispettore fece un cenno della testa per salutare.

"Un brutto affare, Sean," gli disse.

"Avrei potuto lasciarlo a uno degli altri, ma ho pensato fosse meglio venire di persona," disse Catherine in risposta alla domanda di Connor.

"Siamo venuti qui il prima possibile, signore," aggiunse Connor a Lewis, cosciente di essere coinvolto in due conversazioni separate.

"Lo so. Sembra che abbiate fatto un buon lavoro a Penzance da quanto ho sentito. Siamo qua da un po'. Prima che dica qualcos'altro, penso sia meglio lasciare che la brava dottoressa qui ti aggiorni su cosa lei pensa dopo il suo esame preliminare del corpo."

Catherine portò Connor e la Clay dalla parte opposta di quello che era stato ovviamente uno studio lavorativo fino a poco tempo prima. Mentre attraversavano la stanza Connor scorse le file di libri allineati sugli scaffali costruiti per lo scopo lungo la parete opposta alla finestra. Romanzi di autori come Conan Doyle, Poe, Patterson e la Christie stavano su uno scaffale, mentre il ripiano più basso era occupato da libri di scienza forense, procedure legali e uno – 'Procedure investigative e l'arte di ovviare la sorveglianza' – che era un ovvio vademecum per investigatori privati e servì a ricordare a Connor che la vittima, come lui stesso, aveva operato nei medesimi affari. Percorsi diversi forse, ma almeno per la maggior parte, dalla parte degli angeli.

Due tecnici forensi erano al lavoro raccogliendo qualsiasi traccia di prova potesse essere presente e usavano la polvere per raccogliere le impronte digitali nella stanza. Fino ad allora l'assassino non aveva lasciato nessuna prova reale che lasciasse rintracciare la sua presenza in ciascuna delle precedenti scene del crimine. Forse questa volta la polizia sarebbe stata fortunata.

Catherine li condusse oltre la pesante scrivania di mogano in stile antico dove sul pavimento giacevano i resti di Andrew Forbes, subito sotto l'ampia finestra a bovindo che dava luce alla stanza. Dalla posizione del corpo era evidente per Connor che la vittima prima era stata seduta sulla sua poltrona da ufficio in pelle, e lì l'effetto dell'aconito l'aveva colpito. Era caduto sul pavimento in agonia e panico e doveva aver rotolato per un certo tempo nelle fitte della morte prima di fermarsi rannicchiato nella posizione fetale così comune alle vittime. La sedia era leggermente di lato rispetto alla scrivania, dove era stata spinta quando Forbes aveva colpito il pavimento.

"Non penso ci sia alcun dubbio riguardo alla causa della morte, Sean," iniziò Catherine. "Potrò confermarlo dopo l'autopsia ovviamente, ma puoi prendere come certo al novantanove per cento che la morte è stata causata da avvelenamento da aconito."

Risollevando di nuovo il naso per la scena e per la puzza che pervadeva la stanza, Connor chiese:

"Qualche idea di quanto tempo sia passato da quando è morto?"

"Una settimana, forse un po' di più. Di nuovo, riuscirò a scoprirlo con maggiore precisione quando lo avrò sotto ai ferri sul tavolo del laboratorio. Ci sono parecchi insetti in azione sul corpo e dentro lo stesso, quindi questo ci aiuterà a dare una tempistica più precisa."

Connor rabbrividì. Lucy Clay, respingendo la necessità di tirarsi indietro, fu la successiva a parlare.

"Dimostra comunque che siamo sulla strada giusta, signore. Chiunque stia facendo questo è in qualche modo collegato al caso Prentice. Deve di certo esserlo. Maggie Prentice pensava che Forbes fosse l'uomo dietro a tutto questo e penso che lo credesse fermamente. Voi avete detto in macchina che l'assassino ha usato il nome di Forbes per prendere in giro lei e noi, e sono d'accordo, quindi penso che questo indichi che l'assassino deve essere in qualche modo collegato con il caso originale. È molto scaltro nei suoi sforzi di coprire le sue tracce e la sua identità, ma noi lo stiamo mettendo all'angolo, ne sono certa."

"Ascolta, Sean." Era l'ispettore Lewis a parlare. "Ho mandato un paio di agenti attorno alla via per vedere se qualcuno ha visto o sentito niente di sospetto nell'ultima settimana o giù di lì. Se siamo fortunati qualcuno potrebbe aver visto la Donna del Cioccolato o chiunque sia quando ha fatto visita a Forbes."

"Non penso sia stata lei, signore."

"No?"

"No. E non penso neanche che sia stata lei a consegnare l'aconito al giudice Tolliver. Sia lui che Forbes sono direttamente collegati all'originale indagine Prentice, e ho la sensazione che conoscessero di persona il loro assassino. Deve sicuramente aver voluto essere certo che morissero. Ricorda come Tolliver avesse in corpo una dose tanto grande da uccidere un cavallo? Potrei sbagliarmi ovviamente, ma penso che l'assassino sia stato a guardare Tolliver e Forbes morire per puro senso di macabra soddisfazione."

"E gli altri?"

"Sam Gabriel, Virginia Remick, Arminder Patel, David Arnold e gli Stride sono diversi. Immagino fossero i discendenti di coloro che erano collegati al caso. Conosciamo i collegamenti degli Stride e di Arnold, pensiero esile, ma ancora non sappiamo come fossero coinvolti Patel, la Remick o Gabriel. Dobbiamo concentrarci su questo e cercare di stabilire quale fosse il loro collegamento, o quello della loro famiglia, con il caso. Non appena avremo trovato quei collegamenti saremo ancora più vicini a rintracciare quel malvagio bastardo."

In quel momento i paramedici avevano chiesto e ottenuto il permesso da Catherine Nickels di rimuovere il corpo se la polizia aveva finito per adesso.

Lewis guardò Connor con espressione interrogativa e lui annuì al suo superiore. C'era ben poco altro che poteva scoprire dal corpo lì sulla scena e ad essere onesti sarebbe stato felice di levare dalla casa i resti puzzolenti dell'ex investigatore privato. Non appena il corpo se ne fu andato e i tecnici della squadra forense ebbero dato il loro consenso, la Clay seguì l'ordine di

Connor di aprire le finestre dello studio. L'aria fresca fu
una gradita intrusione nell'orrendo puzzo di putrefa-
zione che pervadeva i loro polmoni. Ci sarebbero voluti
giorni perché l'odore di morte lasciasse la stanza, ma
per ora il tocco della leggera brezza esterna fu un sollievo per i presenti sulla scena del delitto.

Catherine uscì dalla stanza dietro ai paramedici e
avrebbe seguito il corpo fino all'obitorio dove avrebbe
iniziato la sua dettagliata esaminazione dei resti di
Forbes senza la minima esitazione. Mentre la squadra
forense portava avanti la minuziosa indagine su ogni
centimetro dello studio dell'uomo, Connor fece cenno
alla Clay di seguirlo fuori dalla stanza, cosa che il sergente fece con trepidazione e sollievo.

"I tuoi pensieri, sergente?" le chiese mentre tutti e
due stavano fuori dalla porta d'ingresso inspirando l'aria
fresca e dolce per la prima volta dopo mezz'ora.

"Ho la sensazione che il signor Forbes sia stato la
prima vittima, signore. Penso che l'assassino si sia accertato della sua morte prima di iniziare con gli altri omicidi. Ovviamente non lo sappiamo perché nessuno è
venuto qui e ha trovato il corpo finora. Questo signifi-
cherebbe, se la mia teoria è giusta, che Forbes non solo
conosceva il suo assassino come voi avete suggerito, ma
che potrebbe anche essere in qualche modo la chiave di
tutto quello che è successo finora."

"Bei pensieri, Lucy," sorrise Connor. "Sono esattamente i miei. Torniamo là dentro e diamo un'occhiata
più attenta allo studio. Forbes aveva un computer, è
sulla sua scrivania, e c'è uno schedario dannatamente
grande che aspetta di essere perquisito nell'angolo della
stanza."

Un'ora dopo gli investigatori emersero un'altra volta
dalla casa per prendere una boccata d'aria e alleviare i
loro polmoni dall'odore della decomposizione. Non avevano trovato nulla, ma questo in sé aveva detto loro
qualcosa. Andrew Forbes aveva tenuto scrupolosi regi-

stri nel suo computer riguardo a ogni caso in cui era stato coinvolto. Ma per quanto riguardava il caso della morte del suo socio, non c'era una sola cartella che ne parlasse. Questo significava che o non aveva mai registrato i dettagli sull'hard disk, *improbabile*, o che l'assassino si era trattenuto a sufficienza nella casa per avere accesso a quei file e cancellarli, *molto probabile*. Lo schedario aveva prodotto dei risultati simili. In questo caso apparve ovvio ai ricercatori che delle cartelle erano state rimosse. C'era un largo spazio vuoto in uno dei cassetti che stava ad indicare la mancanza di alcuni documenti. Connor avrebbe scommesso la sua vita sul fatto che si trattava delle cartelle relative a Prentice, in particolar modo perché le carte mancanti apparivano venire tutte dallo scomparto sotto alla lettera P.

Connor aveva ordinato ai tecnici forensi di rimuovere il computer e mandarlo agli specialisti al quartier generale per analisi più approfondite. C'era la probabilità che l'assassino non fosse cosciente che pur cancellando i file la moderna tecnologia della polizia avrebbe permesso ai loro tecnici di recuperarli e ricrearli da qualche punto all'interno dell'hard disk. Neanche Connor non conosceva la tecnologia coinvolta nel processo, ma sapeva che lo si poteva fare.

"Se c'è qualcosa in quei documenti che ci può condurre all'assassino, e io sospetto che ci sia, altrimenti perché si sarebbe preso la briga di cancellarli, allora lo stiamo per trovare Lucy, e quando lo faremo..."

"Quando lo faremo, signore, avremo quello stronzo."

Ai due investigatori si unì il capo ispettore Lewis che era rimasto a studiare la scena mentre la squadra forense lavorava.

"Bene Sean, cosa ne pensi? Questa cosa ti porta più vicino alla soluzione del caso? Ne abbiamo già abbastanza e lo sai: corpi che compaiono per tutta la città e la polizia incapace di scoprire il responsabile."

"Non lo saprò signore fino a che non scopriremo cosa c'era in quel computer. Spero solo che i tecnici possano recuperare i file mancanti. Poi potremmo avere forse una possibilità di rintracciare l'assassino."

L'agente Simon Fox scelse quel momento per percorrere di corsa il vialetto con un'espressione felice in volto.

"Signore!" chiamò mentre correva, rivolgendosi a nessuno in particolare. "Penso di aver trovato un testimone. Uno dei vicini, un certo signor Vetchinsky, ricorda di aver visto un'auto parcheggiata nel vialetto della casa del signor Forbes circa una settimana fa. Sfortunatamente non è in grado di dirci la marca della macchina, dato che era piuttosto coperta dagli alberi. Era una cosa insolita perché il signor Forbes apparentemente non riceveva molte visite. Non solo questo: il testimone dice anche che l'autista dell'auto era un uomo, non una donna. Non sa se può darci una descrizione dettagliata, dato che era in giardino in quel momento e non aveva prestato molta attenzione all'uomo quando è entrato in casa. L'ha solo visto per così dire passare, ma dice che farà del suo meglio con il ritrattista della polizia, se vogliamo."

"Vetchinsky? È polacco o roba del genere, Fox?"

"Russo di nascita, signore. Nome completo Vladimir Nikolai Vetchinsky. Dice di vivere in questo paese da oltre quarant'anni. Pare fosse fuggito dal comunismo e che avesse ottenuto asilo qui molto tempo fa."

"Quindi ha un buon inglese?"

"Perfetto, a parte per un leggero accento, signore. Perché?"

"Mi chiedevo solo se sarebbe un buon testimone durante un processo se ne avessimo bisogno. Fintanto che parla fluentemente, ci si presenta come un forte testimone, ecco tutto."

Il capo di Connor aveva visto Fox avvicinarsi e aveva ascoltato la conversazione.

"Pare che tu avessi ragione, Sean," disse l'ispettore capo Lewis.

"Un uomo! Sì, signore, vero? C'è qualcos'altro che mi sta frullando in testa. Sappiamo di Maggie Prentice a Penzance ma, a parte per il fatto che abbiamo la descrizione di una donna un po' furtiva fornita dalla receptionist del Regency, non abbiamo alcuna reale prova che suggerisca che quella Donna del Cioccolato, o piuttosto un'altra Donna del Cioccolato sia stata effettivamente all'opera a Richmond. E se fino ad ora avessimo abbaiato sotto all'albero sbagliato? Magari dovremmo cercare un uomo invece che una donna per tutti gli omicidi della zona."

Connor ovviamente al momento era ancora inconsapevole della visita da parte della donna al negozio di Arminder Patel. Se l'avesse saputo non sarebbe stato così sicuro come si sentiva in quel momento. Per ora però aveva speranza, vera speranza di essere a un passo dallo scoprire l'identità dell'uomo, che credeva essere ora l'assassino, che era la vera mente dietro alla donna o alle donne che avevano portato avanti la sua vendetta, se in effetti il movente degli omicidi era veramente la vendetta.

Forse Connor pensava che l'occhio del ciclone fosse passato. Sfortunatamente presto avrebbe scoperto il contrario.

"Q UELLA DI OGGI POMERIGGIO ERA UNA SCENA piuttosto raccapricciante, Catherine, non pensi?"

"Ho raramente visto di peggio, devo ammetterlo, Sean."

Catherine Nickels aveva raggiunto Connor a casa sua dopo quello che era stato un giorno estenuante per entrambi.

Il lungo viaggio di Connor per e dalla Cornovaglia lo aveva lasciato esausto e sfinito ed era sorpreso quando Catherine l'aveva chiamato dal suo ufficio subito dopo le dieci di sera per chiedergli se gli sarebbe piaciuta un po' di compagnia.

Lui aveva prontamente acconsentito che lei andasse da lui. Aveva bisogno della distrazione che un altro essere umano gli avrebbe fornito. Si sentiva troppo abbattuto dallo scenario di morte e troppo preoccupato nella ricerca dell'assassino dell'aconito. In breve Sean aveva bisogno di un tocco di calore e Catherine era proprio la persona che glielo poteva fornire.

"Non voglio veramente parlare di lavoro a quest'ora della notte, ma il tuo esame preliminare del corpo ha rivelato niente che ancora non sappiamo?"

"Non ancora Sean. Penso di aver avuto ragione quando ho detto che la vittima è morta sette od otto giorni fa, sarò più precisa domani, e c'è poco dubbio che l'aconito sia stato usato ancora una volta. Quindi no, niente di nuovo temo, non ancora, almeno non in quell'ambito."

"Stai per caso dicendo che ci sono novità in altri settori?"

"A dire il vero, Sean, sì. Ricordi il piccolo studio che io e Gary Hudson abbiamo messo insieme per rintracciare eventi che vedano l'utilizzo di aconito?"

"Certo che sì, ma dato che per uno o due giorni non ne avevi parlato, avevo pensato che fossi finita in un vicolo cieco."

"All'inizio lo credevamo anche noi. Avevo parlato con il nostro esperto di zona, il professor Medwin, che mi aveva dato un sacco di consigli da seguire, quindi avevo contattato diverse riviste mediche e scientifiche che erano ben felici di rilasciare articoli precedentemente pubblicati risalendo a quasi cento anni fa, ma sembrava che non ci fosse niente di rilevante per questo caso. Poi Gary Hudson mi ha telefonato proprio questa sera. È stato fortunato perché, essendo a Birmingham, ha certi contatti che gli hanno permesso di accedere ai documenti dei laboratori del Servizio di Scienza Forense britannico, che si trovano in città. I laboratori hanno un database all'avanguardia che contiene riferimenti a milioni di articoli su nozioni di base in materia medica o forense che probabilmente non significherebbero nulla per chi non stesse cercando qualcosa di specifico. Ad ogni modo, quando il contatto di Gary ha controllato ciò che Gary gli ha chiesto, è stato sorpreso di trovare che qualcun altro aveva cercato la stessa cosa solo poche settimane prima. Pare che uno dei suoi amici nell'archivio storico fosse stato avvicinato da un uomo che gli ha detto che stava studiando gli utilizzi dell'aconito nella storia come veleno e che gli servivano informazioni per un articolo che stava scrivendo. L'uomo si è identificato come un giornalista freelance che stava preparando un pezzo per una grossa testata domenicale."

"Gli ha dato un nome, Catherine? Dai, adesso non nascondermi niente."

"Sì, Sean. Ha detto di chiamarsi Roger Cahill, e Gary voleva scoprire se il nome era vero e prima che venissi qui questa sera mi ha richiamata con la notizia."

"Catherine. *Dimmi!*"

"Il nome è vero, Sean. E non solo questo, ma Roger Cahill era un giornalista dell'Eco di Richmond al tempo dell'omicidio Prentice, ed aveva ottenuto almeno due interviste con Elizabeth Prentice prima della sua morte. Il suo giornale riportava le accuse della donna contro la polizia, Stride e Miller."

"E come hai fatto a scoprire tutto questo in così poco tempo, mia cara dottoressa?" chiese Connor con un sorriso in faccia.

"Non sono stata io, Sean. È stato Gary. Ha chiesto al suo amico dei laboratori di scienza forense nazionale se il suo collega aveva controllato le credenziali di Cahill, e lui l'aveva fatto, registrando i dati nel sistema. Non rilasciano quel genere di informazioni a chiunque. Voleva essere certo che Cahill fosse vero, quindi ha fatto un controllo retroattivo sulle sue credenziali prima di dargli l'informazione. Quando Gary ha fatto una ricerca incrociata usando aconito come chiave di ricerca, ha trovato alcuni articoli che Cahill aveva scritto per l'Eco sul suicidio della signora Stride. Semplice!"

Connor era più che impressionato.

"Quindi se Cahill stava cercando di scoprire qualcosa sull'aconito e sui suoi utilizzi, potrebbe essere l'uomo che stiamo cercando. Del resto se voleva solo delle informazioni di fondo sul caso Prentice, doveva avere già tutto dal suo precedente lavoro sulla storia. Però se voleva usare l'aconito lui stesso, aveva bisogno di quel genere di informazioni per ottenere la roba o almeno per capire come meglio usarla come arma di un delitto. Catherine, sei un cavolo di genio, e anche il tuo amico Gary, ovviamente."

Connor tirò Catherine Nickels vicino a sé. La guardò in viso, gli occhi che penetravano dolcemente nei suoi. Le loro labbra si incontrarono ed entrambi si fusero l'uno nell'altra. Passò un lungo minuto prima che si separassero, e Catherine sorrise a Connor.

"Bene, Ispettore detective, spero siate soddisfatto dei miei sforzi nel sostenerla nelle sue ricerche."

"Devo dire che sono realmente impressionato, dottoressa. Come prima cosa domattina devo iniziare a rintracciare il nostro amico Cahill. Quel signore ha un sacco di domande cui rispondere."

"Oh, non ci sarà tanto bisogno di andare a caccia, Sean. L'indirizzo che ha dato ai laboratori è registrato nei loro registri. Vive ancora qui a Richmond. Ti piacerebbe averlo?"

"Mi... Vieni qui, ragazzina!"

Connor diede a Catherine un giocoso colpetto sul sedere e i due iniziarono a rincorrersi per la casa di Connor fino a cadere ridendo come due ragazzini sul divano del salotto.

Dopo una pausa per riprendere fiato Connor guardò Catherine negli occhi ancora una volta, questa volta con un'espressione più seria in volto.

"Sai, risate a parte, penso che questo potrebbe essere veramente lo sfogo che stavamo cercando. Tra voi due, tu e Gary Hudson potreste averci appena consegnato l'assassino su un piatto. Non so perché questo giornalista abbia potuto decidere improvvisamente di mettersi ad ammazzare gente collegata al vecchio caso Prentice, ma a volte un assassino non ha bisogno di quello che tu o io vedremmo come motivo logico di fare quello che fa. Domani vedremo cos'ha da dirci Roger Cahill riguardo alle sue ricerche sull'aconito e cosa questo abbia a che vedere con i nostri omicidi."

"Pensi davvero che potrebbe essere lui?"

"C'è solo un altro motivo, beh, forse due, che lo potrebbero portare a fare una ricerca sull'aconito di questi tempi."

"E quali sarebbero?"

"Uno è che stia veramente cercando di scrivere un pezzo sugli utilizzi dell'aconito come veleno, forse ispirato dal suo precedente collegamento con un caso di simile natura e in risposta e cosa sta accadendo ultimamente. Potrebbe essere un esercizio redditizio per lui se uno dei giornali della domenica decidesse di accettare la sua storia."

"E il secondo?"

"Ah, sì, il secondo. Beh, supponiamo che abbia un'idea di chi possa essere l'assassino e che pensi di poter svelare il caso da solo? I giornalisti spesso pensano di essere investigatori migliori della polizia, anche se di solito va a finire che intralciano anziché agevolare le indagini in cui si trovano coinvolti. Questo potrebbe essere il suo punto di vista. Dimmi, quanto tempo fa ha richiesto le informazioni ai laboratori nazionali? Prima che cominciassero gli omicidi o dopo che avevano già avuto inizio?"

"Era ben prima che gli omicidi iniziassero, Sean. Tre settimane prima, in effetti, il che gli ha dato tutto il tempo per mettere a frutto le informazioni raccolte su come prodursi il veleno da sé."

"Giusto," disse Connor. "Questo scaccia subito via l'opzione numero due e lascia alquanto traballante la numero uno. Perché dovrebbe mettersi a fare un articolo sull'avvelenamento da aconito quando l'argomento non era neppure di attualità al tempo in cui lui ha cercato le informazioni? No, il signor Roger Cahill puzza un po' più da pesce ogni minuto che passa, per quanto mi riguarda. Non riesco a credere che tu abbia trovato tutto questo così rapidamente, Catherine. Tu e il dottor Hudson avete fatto più che bene. Siete due geni, se ve lo devo dire."

"Questo è un po' esagerato, Sean, ma apprezzo il complimento. Non è niente che tu e i tuoi non avreste potuto scoprire nel tempo. Sono certa che alla fine ci sareste arrivati anche voi."

"Forse, ma il tempo non pare essere dalla nostra parte al momento. Ogni volta che facciamo una svolta o pensiamo di avere una pista, ci troviamo davanti un altro cadavere da aggiungere al numero dei corpi. Se non fosse così tardi chiamerei l'intera squadra e andrei a perquisire immediatamente la casa di Cahill."

"Allora perché non lo fai?"

"Perché non penso che stia uccidendo nessuno sta-notte, se è lui il nostro uomo. Probabilmente pensa di essere al sicuro e a quest'ora della notte è probabil-mente a letto sotto alle coperte. Farò un paio di chia-mate per dare appuntamento al sergente Clay e a un paio di agenti fuori da casa sua domattina presto, se non ti spiace che ti lasci a chiudere casa domani quando me ne sarò andato."

"Devo prenderlo come un invito a restare stanotte, Sean Connor?"

"Ehm, certo che sì. A meno che ovviamente che non ci sia un altro posto dove preferiresti essere," la canzonò.

"Beh, non è proprio l'invito più romantico che abbia mai ricevuto, ma direi che è piuttosto tardi."

Ora era il suo turno di prendere in giro Connor.

"Aspetta un attimo," disse Connor dopo aver preso il ricevitore del telefono. Gli ci vollero meno di due mi-nuti per organizzare la sua 'squadra d'assalto' per la vi-sita della mattina seguente alla casa di Cahill, e poi tornò la sua attenzione su Catherine.

"Allora, dove eravamo rimasti?"

"Qualcosa tipo io che tornavo da sola a casa nel buio, detective?"

"Oh, taci e vieni qui," disse Connor e prese Catherine Nickels fermamente per un braccio conducendola fuori dal salotto, spegnendo le luci mentre avanzavano.

"È molto buio Sean. Pensi di poter trovare la camera da letto al buio?"

"Ho detto di stare zitta e smetterla di prendermi in giro."

"Sì, signore. Devo mettere la sveglia quando arriviamo lassù?"

"Catherine!"

Lei rise una volta, poi fece silenzio come le era stato richiesto. La scala scricchiolò, ma nessuno dei due lo notò. Avevano altre cose in mente.

L'ARTE DEL DEPISTAGGIO

SEAN CONNOR SI ALZÒ PRESTO, APPENA DOPO LE cinque e mezza del mattino, e fedele alla sua promessa lasciò Catherine dormire pacificamente. Lei si mosse solo una volta, quando lui lasciò la casa subito prima delle sei, dopo una rapida colazione con caffè e pane tostato. Dopo essersi vestito Connor salì quatto quatto di sopra fino alla camera da letto e si chinò per baciare delicatamente Catherine sulla fronte. Lei aprì gli occhi per un secondo o due ricambiando il bacio, poi lui se ne andò e lei dormì per un'altra ora.

Nel preciso momento in cui i piedi di Catherine toccavano il pavimento della camera, Lucy Clay stava bussando alla porta della casa di Roger Cahill con Connor al suo fianco. L'ordinata casetta singola si trovava nel mezzo di Acton Road ed era affiancata da una fila di case simili costruite negli anni trenta che portavano tutte i segni del tempo. Costruita nello stile tipico dell'epoca, l'intera via appariva un po' dimessa, anche se gli edifici con finestre a bovindo riflettevano un che di soffusa eleganza art déco nelle decorazioni esterne e nei cancelli. Degli olmi erano disposti a intervalli regolari lungo i marciapiedi da entrambi i lati della strada, piantati in ampie macchie di terra ben curata e libera dalle erbacce. Acton Road sembrava il paradigma della periferia odierna. Era in un posto come quello che poteva vivere un assassino? Connor sapeva benissimo che la maggior parte degli assassini non sono una razza a parte o una sottospecie del genere umano. Sono prevalentemente gente comune che vive una vita normale: amici, parenti e vicini sono spesso inconsapevoli degli oscuri segreti che hanno in serbo. Quindi la risposta alla domanda era sì, era proprio il posto dove un assassino poteva vivere.

Al terzo colpo alla porta una voce rispose da qualche parte all'interno della casa gridando:

"Sì, sì, arrivo. Solo un momento, chiunque tu sia. Ma sai che ore sono?"

Connor sapeva molto bene che ora era. L'alba era sempre il momento migliore per beccare un sospettato, quando il sonno era ancora negli occhi e il cervello era ancora assopito nel torpore.

La porta si aprì e un uomo con indosso una logora vestaglia di velluto si portò davanti a loro fissando il gruppo di agenti riuniti davanti alla porta di casa sua. Connor ebbe l'immediato pensiero che l'uomo che lo stava guardando come fosse la creatura di un altro pianeta non poteva essere Roger Cahill. Cahill doveva avere almeno settant'anni, e quell'uomo ne aveva probabilmente non più di quaranta, anche se i capelli poco folti e la barba incolta lo facevano forse sembrare più vecchio. Magari trentacinque allora.

"Chi diavolo siete e cosa volte a quest'ora della mattina?" chiese l'uomo.

"Agenti di polizia, signore. Sono l'ispettore detective Connor e questa è il sergente Clay. Stiamo cercando un uomo che si chiama Roger Cahill."

"Sono io Roger Cahill. Ora cosa dovrei aver fatto per meritarmi così tanta attenzione prima del sorgere del sole, ispettore?"

"Mi spiace," disse Connor. "Avevo avuto notizia che Roger Cahill, ex giornalista, vivesse qui. Forse abbiamo avuto informazioni sbagliate. L'uomo che vogliamo è almeno..."

"Mio padre."

"Scusi?"

"Volete mio padre. Stavate per dire che l'uomo che state cercando ha almeno settantacinque anni, no? Beh, quella è l'età di papa. Ma temo che non abbiate fortuna, ispettore. Non è qui."

In qualche modo l'informazione non sorprese molto Connor. Si era abituato alle delusioni nel corso dell'indagine.

"Senta signor Cahill, è molto importante per noi trovare suo padre. Pensiamo possa aiutarci con un'importante indagine che stiamo conducendo ed è estremamente urgente per noi potergli parlare."

"Farete bene ad entrare," disse il giovane Roger Cahill invitando Connor e la Clay ad attraversare la porta. Connor fece segno agli altri agenti di restare dov'erano mentre lui e la Clay accompagnavano l'uomo in casa.

"Posso offrirvi del tè o del caffè?" chiese Cahill ai due ufficiali mentre li accompagnava in cucina. "Ho bisogno di caffè. Non posso funzionare di mattina fino a che non ho avuto almeno due dosi di caffeina."

"Sì, grazie," rispose Connor per entrambi, sperando che la familiarità del bere insieme al tavolo della colazione potesse rendere l'uomo più ricettivo alle sue domande, come spesso era il caso.

Aspettarono fino a che Cahill non ebbe fatto bollire l'acqua e preparato il caffè prima di prendere posto davanti a lui al tavolo. Il caffè era forte ma buono per Connor e la Clay. Ovviamente i Cahill, o almeno questo giovane, amavano la qualità nella loro dose giornaliera di caffeina.

"Bene signor Cahill, mi dica di suo padre."

"Sì ispettore. Immagino vogliate parlargli di quegli omicidi che si stanno verificando."

"Certamente, signor Cahill, ma perché pensate una cosa del genere?"

"Non sono scemo, ispettore. La polizia non va a casa della gente alle sei e mezzo della mattina solo per discutere un biglietto del parcheggio, giusto? E poi so che mio padre era coinvolto in un caso anni fa che aveva questo genere di collegamento con il veleno che stanno usando. Dico bene?"

"Direi di sì, signor Cahill. Ora mi dica di suo padre."

"Ve l'ho già detto: non è qui."

"Sì, questo lo so, ma dov'è? È questo che ci serve sapere."

"Temo di non essere autorizzato a riferirvelo, ispettore. Papà non vuole che nessuno sappia dove si trova al momento."

"Ci scommetto," disse Lucy Clay con più che un abbozzo di sarcasmo nella voce.

"Perché usa quel tono, sergente?" chiese Cahill. "Oh, capisco. Aspettate un minuto. Non penserete che mio padre abbia qualcosa a che fare con questi omicidi, vero?"

"Il pensiero ci aveva attraversato la mente, signor Cahill."

"Siete matti. Non ha mai fatto male a una sola anima in vita sua!"

"E allora perché è scomparso?"

"Sentite, sergente e ispettore, non sono certo di cosa vi abbiano detto o di cosa pensiate papà abbia fatto, ma l'unico motivo per cui è andato via è che ha preso una paura folle quando gli omicidi sono iniziati e ha cominciato a credere di essere il prossimo nella lista."

"E allora perché ha contattato il laboratorio del Servizio di Scienza Forense qualche settimana fa e ha fatto degli accertamenti riguardo all'uso dell'aconito come veleno?" Fu Connor a fare la domanda, anticipando ancora una volta la Clay.

"Cosa? No, vi sbagliate. Non ha mai fatto una cosa

del genere. Sentite, se vi dico quello che so promettete di lasciar stare papà fino a che non sarà finita?"

"Non posso fare nessuna promessa signor Cahill, ma se vostro padre non ha niente a che fare con le uccisioni, allora non dovremo interrogarlo, anche se è in pericolo e potrebbe essere meglio per lui contattarci in modo da consentirci di offrirgli protezione."

Il commento di Connor sembrò passare inosservato mentre Roger Cahill faceva un respiro profondo e iniziava la sua storia.

"Senta, è stato circa sei settimane fa. Il telefono ha suonato e papà è rimasto un sacco a parlare con chiunque ci fosse dall'altra parte del filo. Dopodiché gli ho chiesto chi fosse al telefono. Me l'ha presentato come un vecchio collega dei tempi in cui lavorava come giornalista, qualcuno che aveva lavorato per un altro giornale ma che un tempo conosceva molto bene. Ad ogni modo, quest'uomo ha dato a mio padre alcune notizie inquietanti riguardo a un vecchio caso e ha detto che c'era una possibilità che la cosa tornasse tra i titoli principali. Voleva sapere se papà aveva tenuto i vecchi documenti e le sue ricerche investigative di quei tempi. Mio padre gli ha ovviamente risposto di sì. Erano in uno schedario nel suo ufficio dall'altra parte del corridoio, laggiù." Cahill indicò la porta e fece vedere l'ufficio dall'altra parte del corridoio.

"Quest'uomo poi ha detto ha papà che pensava che qualcuno stesse cercando chiunque fosse stato coinvolto nel caso, ma non ha spiegato il perché. Papà pensò che fosse tutto o niente e mi disse che secondo lui quell'uomo era andato un po' fuori di testa o era forse invecchiato un po' troppo. Questo mi fece capire che aveva più o meno la sua età, e questo è tutto. Mio padre mi ha detto che non c'era nulla di cui preoccuparsi. Tutto quello che lui aveva fatto era stato scrivere di un caso che era successo trent'anni fa e fare un paio di interviste con la vedova di qualcuno, e che questo difficilmente lo avrebbe messo nella lista di morte di un qualsiasi folle. Mi ha detto di lasciar perdere e dimenticarmene.

Non ci ho più pensato fino a un paio di giorni fa. Papà era in città diretto alla biblioteca quando è stato aggredito. Potete controllare voi stesso, ispettore. Non è stato ferito seriamente, solo un paio di botte e graffi, ma gli hanno rubato il portafoglio con dentro più o meno cinquanta sterline, la carta di credito e la patente. Sono stati due giovani, ma la polizia non li ha mai trovati, come non ha mai trovato il portafoglio di mio padre o i suoi documenti. La stessa sera dell'aggressione, noi siamo stati derubati qui a casa. Beh, quando dico noi, intendo che è stato derubato papà. Qualcuno è entrato in casa e ha saccheggiato il suo studio, ma l'unica cosa che è stata portata via erano i suoi documenti relativi al vecchio caso per cui aveva chiamato l'uomo. Papà era convinto avesse qualcosa a che vedere con il caso, ma l'agente che è venuto qui il giorno dopo disse che si era trattato probabilmente degli stessi tizi che avevano aggredito mio padre per strada. Ovviamente avevano ricavato l'indirizzo dalla patente, e con tutta probabilità avevano fatto irruzione per fare danni. Papà non aveva alcuna prova di niente, quindi, sebbene si stesse un po' agitando, non c'era nient'altro che potesse fare."

Cahill fece una pausa per prendere fiato. Connor e la Clay non dissero niente. Aspettarono invece che l'uomo proseguisse con la storia. Alcuni frammenti del caso sembravano unirsi mentre Cahill parlava, ed erano felici di ascoltare il suo racconto mentre mentalmente riconducevano quei pezzi a ciò che già sapevano.

"Ad ogni modo papà è diventato molto nervoso nei due giorni successivi e ha cercato di chiamare il suo vecchio collega un paio di volte, ma mi ha detto che non è riuscito a mettersi in contatto con lui. Apparentemente non era mai a casa. Il telefono continuava a suonare e basta. Ho detto a papa che il numero che aveva di quel vecchio conoscente poteva essere scaduto, ma lui insisteva a dire che era quello attuale. Suppongo avesse controllato nell'elenco telefonico. Quando un po' di tempo dopo sono arrivate voci degli avvelenamenti in città, a papa è quasi venuto un colpo. Era terrorizzato ispettore. Ha fatto molti altri tentativi di contattare l'uomo che lo aveva chiamato, ma senza successo. Mio padre mi ha detto allora che lui e l'altro uomo erano probabilmente in grave pericolo a causa di chiunque stesse uccidendo tutta quella gente. Dopotutto era ciò che l'uomo aveva detto, no? Che c'era qualcuno sulle tracce di chiunque fosse coinvolto nel vecchio caso. Quel giorno si è organizzato per sparire dalla città e da allora si sta nascondendo. Mi chiama ogni giorno ispettore, solo per dirmi che va tutto bene, ma non dice neanche a me dove si trova. Dice che per me è più sicuro così. Questo è tutto quello che posso dirvi, ma almeno dimostra che mio padre non è l'assassino, giusto?"

"Forse," disse Connor, "e forse no. Potrebbe essere una totale copertura, ma devo dire che tendo a credervi, signor Cahill. Ad ogni modo devo concordare che è possibile che vostro padre sia in pericolo, e dobbiamo trovarlo e parlargli il prima possibile. Per favore, quando vi chiama oggi ditegli della nostra visita e che deve assolutamente chiamarci. Lo proteggeremo, glielo prometto."

"Ci proverò ispettore, se pensate che sia importante."

"Lo è signor Cahill, mi creda."

Connor e la Clay lasciarono il giovane Cahill con i suoi pensieri, sperando che l'uomo sarebbe stato capace di convincere il padre a mettersi in contatto con loro quando avesse chiamato la prossima volta. Mentre tornavano alla stazione, Connor e la Clay ricapitolarono la loro spedizione mattutina.

"Cosa pensa allora signore?"

"Quello che penso sergente è che ci troviamo alle calcagna di un assassino molto intelligente e subdolo.

Penso che sia stato lui a chiamare Cahill e che sia stato lui il primo a metterlo allerta. Poi penso che abbia pagato qualche malvivente per assalire il vecchio così da impossessarsi dei suoi dati, che poi ha usato per ottenere le informazioni del laboratorio del Servizio di Scienza Forense usando l'identità di Cahill. Controllano le identità al laboratorio. Non danno le informazioni a chiunque le chieda. Quest'uomo, chiunque lui sia, è stato anche responsabile dell'irruzione in casa di Cahill. Doveva esserci qualcosa nei documenti di Cahill sul caso che basterebbe ad incriminare l'assassino, o almeno a condurci da lui. Cahill non deve aver capito la rilevanza di ciò che era contenuto in quei documenti e non ha preso nessuna precauziono particolare per evitare che venissero rubati. Per quanto lo riguarda erano sicuramente dei normali elementi archiviati della sua passata carriera da giornalista. Quando gli omicidi hanno avuto inizio, lui è scappato per mettersi in salvo dall'assassino."

"Ma perché non si è limitato a chiamarci, signore?"

"Perché, sergente, pensava che quest'altro uomo del suo passato fosse dalla sua parte. Era stato lui a suggerirgli che qualcuno li stava cercando, no? Cahill probabilmente non ha mai pensato che quell'uomo potesse essere l'assassino stesso. È scappato perché pensava di essere al sicuro, e anche perché l'uomo che gli ha telefonato probabilmente gli ha detto qualcosa che gli ha messo paura riguardo al rivolgersi alla polizia, magari qualcosa che ha a che vedere con l'incriminare se stesso in qualche modo. Temo di essere al buio per quanto riguarda questa domanda, sergente, ma penso di essere piuttosto andato a segno con il resto."

"Sembra che siamo vicini, signore, ma non abbiamo il nome dell'assassino."

"Sì, come ho detto. È un maestro nell'arte del depistare. Usa l'identità di altre persone allo stesso modo in cui io cambio cravatta ogni giorno. Ogni volta che pensiamo di averlo, salta fuori che sta usando il nome di qualcun altro. Penso anche che sia collegato con il caso originale. Cahill ha raccontato a suo figlio che era un giornalista, come lui. Potrebbe essere vero, ma può anche darsi che stesse usando un'altra identità fasulla. Sarebbe stato facile camuffare la voce dopo tutti questi anni. Cahill non si sarebbe mai ricordato così bene la voce dell'uomo, dato che le voci cambiano con l'età. Dobbiamo controllare ogni notizia e giornalista che abbia scritto approfonditamente del caso Prentice. È intelligente, molto intelligente, ma ci stiamo avvicinando, sergente, so che ci stiamo avvicinando. Presto esaurirà le carte d'identità finte, e quando accadrà sarà come un coniglio intrappolato dai fari di un'auto. Avremo quel bastardo, puoi contarci!"

Mentre entravano nel parcheggio del commissariato, Connor si concesse un piccolo sorriso. Si sentiva come se ora fosse solo questione di tempo prima che l'assassino scivolasse fatalmente facendosi catturare. Potevano anche non sapere chi era, ma stavano rapidamente scoprendo un sacco di gente che non era lui!

Quando scese dall'auto e si diresse verso i gradini che conducevano all'edificio, Lucy Clay fece un'osservazione che avrebbe potuto mettere in discussione tutti i più recenti pensieri di Connor suo caso.

"Signore, sapete quel punto dove avete detto che l'assassino cambia identità allo stesso modo in cui voi cambiate cravatta tutti i giorni?"

"Sì, e allora?"

"Beh, è solo che avete la stessa cravatta da tre giorni ormai, signore."

La Clay salì di corsa i gradini, evitando per un pelo la sberla che Connor le diresse alla testa.

LA RIUNIONE CHE VENNE INDETTA DALL'ISPETTORE capo Harry Lewis si svolse in un'atmosfera certo non allegra. Charles Carrick e il sergente Cole erano presenti, invitati a partecipare insieme a Connor, la Clay e lo stesso ispettore capo.

"Da quando questo caso ha avuto inizio non abbiamo fatto esattamente progressi esaltanti, vero?" chiese l'ispettore capo.

"È vero signore," rispose Connor, "anche se pare che stiamo restringendo un po' il campo delle possibilità. Pensiamo di poter essere a un passo dall'identificazione del primo sospettato."

"Lo so, Sean, ma lo hai detto prima e sembra che siate arrivati a questo punto solo perché tutti i vostri possibili sospettati sono stati a loro volta uccisi."

"Non penso sia completamente corretto, signore," si intromise Carrick. "Sean sta lavorando sodo cercando di afferrare la soluzione del caso, come anche noi a Birmingham. Solo che questo personaggio, chiunque esso sia, è veramente un tipo sfuggente. Alla fine però lo prenderemo, ne sono sicuro."

"Non sto facendo nessuna accusa personale, ispettore Carrick. Sto solo sottolineando la mancanza di prove tangibili e il fatto che la gente continua a morire mentre noi brancoliamo nel buio. Intendo dire: guardate questo identikit del cosiddetto sospettato così come è stato fornito al nostro ritrattista da questo Vetchinsky. È così relativamente vago e generico che potrebbe trattarsi di Sean, di voi o di me. Per Dio!"

Lewis passò l'identikit a Carrick che aveva acconsentito sul fatto che non fosse molto per poter andare avanti. Quel volto poteva appartenere a quasi chiunque.

"Beh signore, dovete ricordare che il testimone ha detto di non aver visto bene l'uomo. Stava lavorando in giardino in quel frangente e ha sollevato lo sguardo solo un momento quando ha visto l'uomo uscire dall'auto. La maggior parte della scena era di lato o di spalle. Aveva la vista parzialmente oscurata dagli alberi nella strada." Lucy Clay stava ovviamente facendo del suo meglio per dare una giustificazione al suo capo.

"Sì, certo sergente," disse l'ispettore capo. "E allora cosa mi dite di questo giornalista che sembra esservi sfuggito? È un sospettato, un testimone o cosa? Nessuno sembra avere un ruolo preciso al momento e a me non piace restare al buio, Sean, dovresti saperlo."

"Non vi stiamo tenendo al buio, signore. Roger Cahill era un giornalista dell'Eco al tempo dell'originario omicidio Prentice. Ha scritto sul caso stesso e ha anche condotto alcune successive interviste con diversi membri della famiglia. È abbastanza vicino al caso da poter essere considerato un sospettato in normali circostanze, ma suo figlio ci ha dato convincenti motivazioni per spiegare che suo padre è scappato dalla città perché aveva paura di qualcuno, probabilmente del vero assassino, e io tendo a crederci."

"Uhm," disse Lewis pensieroso. "Nessuna idea di dove sia?"

"Non ancora, ma ho chiesto al figlio di farmi sapere non appena sente suo padre e l'ho implorato di convincere l'uomo a venire allo scoperto e a parlarci."

"Voglio sapere dove si trova quest'uomo non appena

lo scoprirai, Sean. Potrebbe essere vitale per la nostra risoluzione del caso, capisci?"

"Certamente. Lo farei comunque, di prassi."

"Sì, scusa, so che lo faresti, Sean. Ora, cosa mi dite della donna che è stata vista al Regency Hotel? Abbiamo fatto qualche passo avanti nel determinare chi sia?"

"No, signore." Era stata Lucy Clay a rispondere. "Non abbiamo idea della sua identità, ma i ragazzi della squadra forense hanno trovato una cosa interessante per noi quando hanno eseguito un esame più approfondito richiesto dall'ispettore."

"Ah sì? Non sapevo di un ulteriore esame."

"Era solo un'idea," disse Connor. "Ho pensato fosse saggio tornare una seconda volta sul posto con un'altra squadra. Non avrei mai pensato che avrebbero trovato qualcosa, ma l'hanno fatto."

"E?"

Lucy Clay si inserì di nuovo nella conversazione.

"Hanno trovato piccolissime tracce di colla ai lati del cestino che c'era nella stanza. Era il tipo di colla che viene di solito usata per fare le parrucche e pensiamo fosse della Donna del Cioccolato quando si è tolta la parrucca al tavolino da toletta. Il cestino era proprio lì accanto. Se indossava una parrucca, allora spiegherebbe perché ora sia così facile rintracciarla. Avrebbe potuto cambiare completamente aspetto per diventare la Donna del Cioccolato e poi essersi ricomposta nel suo consueto modo di essere quando ha lasciato il Regency."

"La fai sembrare come una sorta di Superman, sergente, un supereroe che cambia identità quando vuole."

"Sì, lo so, ma pare sia quello che ha fatto, e sembra anche che sia qualcosa che il nostro assassino è bravo a fare, intendo dire assumere le identità di altre persone."

"Giusto, bene, allora insisto che mi teniate aggiornato sugli sviluppi. Ora, cosa mi dice lei ispettore Carrick? La vostra indagine è stata in qualche modo più efficace della nostra qui a Richmond?"

"No signore, temo di no. Sono convinto che il centro dell'indagine debba trovarsi qui, e che la morte di David Arnold a Birmingham sia accaduta per puro caso. Di fatto sarebbe potuto morire ovunque durante il tragitto del treno e ora potreste trovarvi a parlare con un investigatore di Bristol piuttosto che di Worcester o di qualsiasi altra città tra Penzance e Glasgow."

"E il laboratorio del Servizio di Scienza Forense di Birmingham. Ci hanno dato niente che potrebbe essere di aiuto per identificare l'assassino?"

"No signore." Fu Connor a rispondere. "Hanno gestito la richiesta dell'uomo via mail e lui ha fornito sufficienti dati identificativi per convincerli della sua buona fede. Poi ha inviato loro un documento firmato per confermare la sua richiesta di informazioni e a quanto pare sono stati più che felici di aiutarlo."

"Spero che faranno qualcosa per le loro procedure di identificazione in futuro."

"Sì signore. Sono inorriditi di fronte al fatto di aver forse involontariamente aiutato un serial killer fornendogli delle informazioni."

"Un po' tardi ormai," disse Lewis.

La riunione continuò un po' oltre mentre gli agenti presenti si scambiavano brandelli di informazioni e idee. Quando alla fine lasciarono l'ufficio del capo ispettore quel pomeriggio, erano tutti piuttosto avviliti. Anche Charles Carrick, solitamente così allegro, e il suo sergente declinarono l'offerta di un tè o di un caffè, scegliendo invece di partire direttamente per Birmingham. Connor e la Clay tornarono all'ufficio di Connor dove rimasero in silenzio un minuto o due. Fu Connor stesso a parlare per primo.

"Immagino che Lewis stia ricevendo una buona dose di pressione dal sovrintendente capo su questo caso. Ecco perché sta facendo un po' il suscettibile."

Il sovrintendente capo David Hodges era il capo della divisione locale di polizia, il superiore di Lewis. Di sicuro stava facendo pressione sul capo ispettore perché arrivasse a una soluzione del caso, dato che lui stesso si trovava di certo messo alle strette dai suoi stessi superiori. Non accadeva tutti i giorni che una cittadina come Richmond-on-Thames divenisse il rifugio di un serial killer e non sarebbe passato molto tempo prima che altro peso gli venisse scaricato addosso se non avesse risolto il caso, Connor lo sapeva bene.

"Lo so, ma non serviva che ti saltasse addosso a quel modo," disse la Clay dimostrando di stare dalla sua parte.

"Non importa, sergente, il lavoro è così."

Qualcuno bussò alla porta di Connor e quando si aprì apparve l'agente Simon Fox.

"Signore, ho appena ricevuto una chiamata da Roger Cahill."

"Ha sentito suo padre, Fox?"

"*Era* suo padre. Roger Cahill senior in persona. Ha detto di aver parlato con suo figlio e che vi avrebbe chiamato personalmente tra un'ora per discutere un incontro da qualche parte per parlare. No mi ha detto dove si trovava, anche se ho tentato di fargli rivelare il posto. Avrei voluto passarvelo subito, ma ha detto di aver bisogno di maggior tempo per organizzare un incontro che non mettesse a repentaglio la sua sicurezza."

Connor fece un sorriso da orecchio a orecchio.

"Grazie Fox, ben fatto. Non preoccuparti, hai provato. Posso aspettare. Chiudi la porta quando esci, bell'affare."

Quando la porta si chiuse Connor si girò verso Lucy Clay e per la prima volta dopo giorni lei vide un barlume di aspettativa nei suoi occhi, come se fosse una volte che ha appena sentito l'odore di un cane da caccia.

"Lucy," le disse, "credo che alla fine stiamo per arrivare da qualche parte!"

UN BREVE INTERLUDIO

"Le mie fonti dicono che la polizia sa della parrucca. Hanno trovato della colla nel cestino nella stanza del Regency."

"Sì, va bene, ma non potranno mica trovarmi per un po' di colla, o sì? Non è che abbia lasciato qualcosa con il mio DNA nella stanza, no?"

"Hai dormito nel letto, no? Potresti aver lasciato delle cellule di pelle sulle lenzuola."

"Non hanno saputo di me che giorni dopo. Tutte quelle lenzuola erano sicuramente già finite nel sistema di lavanderia dell'albergo, e lo sai bene."

"Va bene, spero solo per il tuo bene che non scoprano niente che ti colleghi a quella stanza, o a me."

"Non succederà. Ora calmati, va bene?"

"Sì, d'accordo, mi sto solo innervosendo un po'. Stanno svolazzando attorno come mi aspettavo che avrebbero fatto, ma Connor si sta avvicinando senza neanche rendersene conto. Dovrò tenere gli occhi bene aperti sul quell'ispettore."

"Fallo. Del resto è il tuo settore. Io sono solo la ragazza delle consegne."

"Fai solo attenzione, ecco tutto."

L'uomo riagganciò e la donna rimise a sua volta giù

la cornetta. La Donna del Cioccolato, come la polizia ora la conosceva, pensò fosse strano che l'uomo fosse così nervoso. Non le aveva mai dato l'idea di essere un tipo nervoso in nessuno dei loro affari fino ad allora. In effetti era forse la persona più fredda e controllata che lei avesse mai conosciuto. Lo aveva considerato un uomo dai nervi d'acciaio e dal cuore di ghiaccio; era così freddo e distaccato quando parlava e nel modo in cui dava le sue istruzioni. Non aveva dubbio che il nervosismo fosse un sentimento che lui di certo non provava, ma solo una frase per incitarla ad essere ancora più attenta e vigile.

Era certa di non aver lasciato alcuna traccia in nessuna delle scene del delitto né nella stanza d'albergo. Almeno niente che potesse farla rintracciare. Seguendo alla lettera le sue istruzioni si era assicurata che non venisse lasciato da nessuna parte alcun segno di DNA, nessun oggetto personale, neppure un pezzo di carta che potesse contenere una parziale impronta digitale. La polizia non poteva trovare nulla. L'uomo era bravo, doveva riconoscerglielo. La sua conoscenza delle procedure della polizia e della scienza forense era fenomenale. Poteva addirittura essere stato un poliziotto, pensò, o forse un patologo, ma la sua conoscenza veniva da tutti quegli anni che le aveva detto di aver passato ad indagare su numerosi crimini per il giornale.

Guardò di nuovo la busta che si trovava sul tavolo della cucina. La prese e sollevò i bordi del risvolto giocherellando poi con la mazzetta di banconote da venti che conteneva. Le piacevano quei giorni di paga, e ora altre diecimila sterline avrebbero percorso la strada che le avrebbe pagato un passaggio per uscire dal paese e consentirle di iniziare la nuova vita che aveva programmato quando il lavoro sarebbe stato concluso. Li aveva presi dal conto postale come dalle istruzioni ricevute proprio quella mattina e ora il contante sarebbe stato aggiunto alla sua tariffa per il lavoro precedente. Stava diventando piuttosto benestante, e l'idea le piaceva.

A poche miglia di distanza l'uomo si permise di appoggiarsi al soffice schienale in pelle della sua sedia. Sapeva di aver fatto una scelta saggia. Tracy era la donna perfetta per diventare il suo angelo della morte, o la Donna del Cioccolato come Connor e la sua gente la chiamavano. Molto intelligente da parte sua scegliere una donna che non aveva alcun collegamento con il caso per fare il suo sporco lavoro. Tracy era fuori di prigione da meno di un mese quando l'aveva avvicinata, ed era rimasto impressionato dal suo atteggiamento e dalla sua fredda determinazione quando le aveva spiegato il suo scopo. Non c'erano molte assassine a sangue freddo in giro che avrebbero fatto quasi qualsiasi cosa per i soldi, ma Tracy era una di queste. Aveva appena terminato una condanna a dieci anni per omicidio colposo, anche se sapeva che era colpevole di premeditazione ed era stata fortunata con la sua squadra di legali e con una giuria morbida al processo. Si erano incontrati solo una volta quando, ben mascherato, le aveva spiegato le sue necessità e le aveva dato l'anticipo di cinquemila sterline che gli avevano concesso di comprare la sua indelebile lealtà. Era intelligente e non troppo impicciona, ed era proprio quello che lui voleva. Aveva programmato ogni cosa meticolosamente e poi una possibilità di incontro gli dava l'opportunità di depistare ulteriormente le forze della legge e dell'ordine portandole alla proverbiale situazione di essere 'felice come una Pasqua' riguardo all'indagine sugli omicidi che stava per mettere in atto.

Liberarsi di Sam Gabriel era stato un colpo da maestro in più di un senso. Gabriel l'aveva difesa in giudizio dieci anni prima all'inizio della sua carriera e aveva fatto del suo meglio per lei, ma al tempo era giovane e senza esperienza, quindi avevano perso e Tracy era finita in prigione. Lei ad ogni modo non serbava nessun rancore nei suoi confronti, ma quando l'aveva vista uscire dall'appartamento che l'uomo aveva affittato per lei, che sapeva essere ben oltre le possibilità economiche di Tracy, e lei l'aveva detto all'uomo, lui aveva capito esattamente cosa fare. Prima di tutto non poteva permettersi l'eventualità che nel futuro Gabriel riferisse alla polizia la notizia della donna e del suo nuovo prestigioso appartamento. Sarebbe stata una buona sospettata per gli omicidi, dato che era appena uscita di prigione, aveva alle spalle una storia di violenza e probabilmente non avrebbe retto molto a un interrogatorio. E poi uccidere Gabriel prima che il vero piano prendesse il via era un vero colpo di genio perché la polizia ora stava cercando un collegamento tra Gabriel e il caso Prentice, e ovviamente non c'era. Stupidi! Potevano rincorrersi la coda per sempre e venirne fuori a mani vuote. Sam Gabriel era stato sorpreso quando si era imbattuto in Tracy per strada, ma era sembrato felice quando lei gli aveva spiegato del nuovo lavoro. Aveva accettato con gioia il campione gratuito del nuovo prodotto che lei gli aveva offerto. Era stata l'ultima volta che Sam Gabriel aveva visto la sua ex cliente.

Da quel giorno in poi l'uomo aveva comunicato con lei solo per telefono e lei era stata una collaboratrice leale e fedele nei suoi piani. Doveva solo fare attenzione ora che le cose stavano arrivando a un punto d'approdo. Non bisognava permetterle di svelare nulla. Anche se era certo che lei non conoscesse la sua vera identità o avesse qualsiasi informazione che potesse condurre Connor e la sua squadra a lui, da ora in poi sarebbe stato diffidente. Tracy poteva ora rivelarsi un peso e ovviamente i pesi erano qualcosa che lui semplicemente non poteva permettersi.

L'uomo chiuse gli occhi e si concesse di sognare un poco ad occhi aperti. Guardò mentalmente il volto che gli ricordava perché stava facendo tutto questo e per chi lo stava facendo. Quando il ricordo di quel volto si portò davanti ai suoi pensieri, un sorriso gli si allargò in viso. Aveva ancora i suoi ricordi, ed erano vivi nella sua testa.

Per ora Tracy poteva aspettare, peso o no!

LA CONFESSIONE FA BENE ALL'ANIMA

Il Mount Pleasant Hotel si trova in un luogo ad esso appropriato, un edificio maestoso che era un tempo la residenza di un lord blasonato, poi ospedale militare per i soldati feriti in guerra e dopo ancora, dopo un periodo di declino post bellico, acquistato e restaurato da una catena di alberghi in espansione e gradualmente trasformato nel palazzo a quattro stelle che era stato scelto da Roger Cahill senior per il suo incontro con Connor e la Clay. Inizialmente Cahill aveva opposto resistenza all'insistenza di Connor di venire accompagnato dal suo sergente. La paura e mancanza di fiducia di Cahill nei confronti di qualsiasi sconosciuto avevano ceduto solo quando Connor aveva insistito con decisione che era necessario per lui avere il suo sergente al suo fianco per poter prendere tutti gli appunti del caso. Lui sarebbe stato troppo occupato a parlare con Cahill, aveva detto, per preoccuparsi di prendere dei buoni appunti, cosa che sarebbe stata essenziale per l'intervista. Essendo Cahill un ex giornalista, non poteva non riconoscere la validità delle parole di Connor e alla fine, sebbene con riluttanza, aveva acconsentito alla presenza di Lucy.

Connor e la Clay furono i primi ad arrivare. I coper-toni della Mondeo produssero un soddisfacente scricchiolio precorrendo il viale in ghiaia che portava all'albergo. Quel rumore serviva a dare un senso di lusso e opulenza a chiunque si avvicinasse al Mount Pleasant. *Bel tocco*, pensò Connor. Un uomo in uniforme tenne loro la porta aperta quando entrarono nella lobby dell'hotel e subito si trovarono nel Westminster Bar, che era stato decorato in modo da assomigliare a un tipico club per signori del diciannovesimo secolo, con divani e poltrone in pelle, lucidi tavoli e tavolini, un grande caminetto aperto e numerosi giornali e riviste aggiornate su una moltitudine di argomenti, disposti ordinatamente su piccoli tavolinetti per il piacere della lettura degli ospiti.

Connor scelse un tavolo vicino alla sala di fondo che avrebbe permesso loro un certo livello di riservatezza. Non c'erano finestre e Connor avrebbe avuto una veduta limpida su chiunque fosse entrato nella stanza. Sperava che Cahill sarebbe stato soddisfatto della sua scelta. Ordinò un vassoio di tramezzini assortiti e grandi teiere di tè e caffè nel tentativo di far sentire Cahill un po' più rilassato quando alla fine fosse arrivato. Connor sperava che non tardasse e che il tè e il caffè non fossero già freddi al momento del suo arrivo.

Non aveva bisogno di preoccuparsene. Appena dieci minuti dopo l'arrivo degli investigatori, Cahill entrò nel Westminster Bar accompagnato da suo figlio. Cahill senior dimostrava tutti i suoi settantacinque anni. Camminava con la schiena decisamente piegata in avanti e, quando lui e suo figlio arrivarono al tavolo dopo aver colto il gesto di saluto da parte di Connor, l'ispettore notò che l'uomo aveva le borse sotto agli occhi, che erano a loro volta rossi, mostrando uno sguardo vuoto che parlava di paura e mancanza di sonno. Connor non ebbe problemi nel riconoscere l'aspetto di un uomo preoccupato, e decise all'istante che Cahill non era un assassino. Quello era decisamente un uomo che temeva per la propria vita.

"Salve ispettore, sergente." Il giovane Roger Cahill parlò per presentare suo padre. "Questo è mio padre, Roger Cahill. Papà, questi sono l'ispettore Connor e il sergente Clay."

Connor tese la mano e quando Cahill senior tese la sua per stringergliela, l'ispettore poté vedere che la mano dell'anziano tremava per la trepidazione. Qualsiasi cosa sapesse quell'uomo, era abbastanza per fargli provare paura della sua stessa ombra per come apparivano le cose. Nonostante l'età e il tremore nelle mani, la stretta di Cahill fu ferma e risoluta. Lui e suo figlio si sedettero di fronte agli investigatori e Connor chiese a Lucy Clay di versare ciò che i due uomini avessero gradito bere. Cahill senior prese del tè e suo figlio decise invece per una tazza di caffè. Nessuno prese i tramezzini offerti. Connor sperava che nessuno avrebbe fatto domande sulla sua richiesta di rimborso spese. Notò anche l'aspetto del vecchio uomo. Cahill poteva anche essere avanti con gli anni ed essere terrorizzato fuori misura, ma aveva stile. Indossava un'elegante camicia bianca, una cravatta a pois rossa e nera e una giacca blu scuro di qualità che da nuova era stata di certo costosa. I pantaloni erano di un blu leggermente più pallido e avevano delle pieghe dritte e ordinate al centro delle gambe, anche se apparivano un po' stropicciati per quello che apparentemente doveva essere stato un lungo viaggio seduto. Connor pensò che lui e suo figlio dovevano aver viaggiato in auto per almeno un'ora per assumere quell'aspetto un po' disordinato. In molti modi Cahill aveva il tipico aspetto del cacciatore di notizie, pronto a scattare dalla sua scrivania e battere le strade alla ricerca di scoop, anche se sicuramente non faceva più tanti scatti alla sua età, di questo Connor era certo.

"Signor Cahill, grazie per essere venuto a parlare con me. Lo apprezzo per quanto debba essere stato difficile per lei," iniziò Connor.

"Davvero ispettore? La pensa davvero così? Dubito che lei abbia veramente idea di quanto mi sia stato difficile venire qui oggi. Si rende conto che semplicemente venendo qui potrei esporre me stesso alla persona che state cercando?"

"Mi ascolti, signor Cahill. Le ho chiesto il permesso di avere una maggiore presenza di polizia qui, ma lei ha insistito per avere solo me e il sergente. All'inizio non voleva qui neanche lei, ricorda? Avremmo potuto accertare la sua sicurezza se mi avesse lasciato portare qualche agente per posizionarlo attorno alla lobby e al bar."

"Cosa? E rendere pubblica a tutti la mia presenza? Probabilmente lui sta guardando tutto, capisce? Spero ve ne rendiate conto, ispettore. Probabilmente sa anche tutto di questo caso come lei."

"E come potrebbe, signor Cahill?"

"Perché è molto intelligente e ha un sacco di risorse, le ha sempre avute. Di certo ha una o due fonti anche all'interno della polizia. Di solito le aveva. Ci sono sempre uno o due agenti, o impiegati civili in qualsiasi forza di polizia che sono propensi a far trapelare informazioni in cambio di una piccola remunerazione, ispettore. Spero lei non sia così ingenuo da non crederlo."

Sfortunatamente Cahill aveva ragione e Connor lo sapeva bene. Non sopportava gli appartenenti alla polizia che vendevano le loro anime, *e informazioni vitali*, alla stampa. Ovviamente era contro ogni regola, ma succedeva, era sempre successo e probabilmente avrebbe continuato ad accadere.

"Va bene. Assumiamo per un minuto che lei abbia ragione. Quello che il vostro uomo non sa è il luogo di questo posto perché solo io e il sergente Clay siamo al corrente dello stesso e addirittura il sergente non l'ha saputo fino a quando non siamo stati in macchina. Gliel'ho tenuto nascosto come da voi richiesto, quindi direi che siamo piuttosto al sicuro qui, no?"

"Potrebbe avervi seguiti."

"Sì, è vero, ma allora sono sicuro che l'avrebbe ormai già riconosciuto se fosse qui, no?"

"Potrebbe aspettarmi per seguirmi quando me ne andrò e potrebbe seguirmi fino a dove sto per farmi del male lì."

"Giusto. E questo mi porta al mio punto, signor Cahill. Sarebbe molto più al sicuro se mi dicesse quello che sa e poi mi permettesse di organizzare la protezione da parte della polizia per lei, se la penserò necessaria."

Il più giovane dei Cahill si intromise nella conversazione.

"Ispettore Connor. Papà vuole veramente aiutarla, ma non vede quanto è spaventato? Neanch'io mi ero reso conto di quanta paura avesse fino a quando l'ho incontrato oggi. Come ho detto, non ha detto neanche a me dove si sta nascondendo."

"Lo vedo che è spaventato, signor Cahill, ma mi creda, c'è bisogno che mi dica quello che sa."

"Ha ragione, Roger," disse il vecchio. "Se non glielo dico e mi succede qualcosa, l'assassino potrebbe passarla liscia con tutto e il signor Connor non potrebbe magari mai scoprire dove si trova. È dannatamente intelligente, come vi ho già detto."

Lucy Clay, rendendosi conto che Cahill stava per dar voce ai suoi segreti, preparò il notes e la penna.

"Prego, signor Cahill," disse Connor. "Con il suo tempo."

Cahill prese un sorso dalla sua tazza di tè e la rimise sul piattino, si guardò attorno nella stanza come a voler controllare ancora una volta che nessuno li stesse guardando, e poi iniziò la sua storia.

"Sembra sia passato tantissimo tempo. Quando iniziò il caso Prentice io ero il capo giornalista investigativo per l'Eco. Eravamo solo un piccolo giornale locale ovviamente, ma cercavamo di pubblicare un giornale professionale ed informativo che potesse farsi vale contro i grossi quotidiani. Ovviamente scrissi dell'omicidio e la polizia locale fu molto di aiuto, come sempre con l'Eco. Ovviamente non venne divulgato niente di confidenziale, ma sufficienti dettagli per fornirmi lo scheletro di una buona storia e permettermi di tenere i lettori ben informati su ogni dettaglio possibile. Dopo che Stride venne scagionato e Miller messo dentro, l'intero caso sembrò passare inosservato per un po', ma poi il suo omicidio in prigione lo fece risorgere e poi ovviamente si svolse l'appello postumo. Come sapete venne scagionato e il caso andò in prima pagina ancora per una volta. Il mio capo al giornale era molto coinvolto nelle storie di 'interesse umano', specialmente quelle che avevano a che fare con le vittime di crimini, quindi mi mandò a tentare di ottenere interviste da coloro che erano più vicini alle famiglie Stride e Miller, e dalla vedova della vittima dell'omicidio, Prentice. Ovviamente Terence Stride si era ucciso, il che aggiungeva un bel po' di pathos alla cosa, ma sua moglie non si era ancora suicidata quando feci il mio primo giro di interviste. Fin dall'inizio mi apparve chiaro che la vedova della vittima era la donna più instabile e suggestionabile che avessi mai incontrato. Per esempio le chiesi se pensasse che qualcuno dei due uomini fosse responsabile dell'omicidio di suo marito, e lei fece un salto al solo pensiero ed immediatamente girò la faccenda fino a convincersi che sia Stride che Miller avessero collaborato alla cosa e che avessero entrambi ucciso suo marito per qualche motivo. Ovviamente non mi spiegò quale potesse essere il motivo e io constatai che si trattava di una donna seriamente tragica e disturbata. Ad essere onesti non concessi molto spazio nella pagina alle sue storie e teorie selvagge, ma mi concentrai piuttosto sugli effetti del caso sulle famiglie dei due uomini morti, che pensavo essere più meritevoli di un po' di empatia al tempo. Del resto erano entrambi degli uomini innocenti e le loro famiglie avrebbero dovuto vivere senza di loro per il resto delle loro vite. Erano vittime di un trauma tanto quanto Elizabeth Prentice, che certo non faceva molto per ottenere simpatia, credetemi.

Ad ogni modo, subito dopo che ebbi eseguito la mia serie di interviste, uno dei grandi quotidiani condusse un ciclo settimanale di articoli scritti da uno dei loro giornalisti genietti del crimine. Aveva abboccato all'amo dei racconti di cospirazione di Elizabeth Prentice e il suo editore gli permise di portare avanti le teorie totalmente prive di fondamento che lei gli aveva fornito. Il suo istinto e la sua abilità giornalistica avrebbero dovuto dirgli quanto stupida fosse tutta quella faccenda e i suoi contatti avrebbero dovuto rimetterlo sulla dritta via, ma ci fu particolare che annebbiò l'intero modo di trattare la faccenda, ispettore."

"E cos'era?"

"Si innamorò di Elizabeth Prentice! Avevano più o meno la stessa età e lui divenne completamente infatuato di lei. La cosa andò così male che le storie divennero addirittura più luride e sensazionali fino a che il suo stesso giornale si rifiutò di stamparle e lui lasciò il lavoro più o meno nell'ombra. Trasparì che la sua relazione con la vedova fosse condannata dal momento in cui perse il lavoro con il giornale, perché quando non fu più nella posizione di darle un'audience nazionale tramite la sua pagina, lei lo scaricò. Lui era arrabbiato e scioccato allo stesso tempo e non riuscì più ad ottenere una posizione tanto prestigiosa e ben pagata in nessun altro grosso quotidiano. La sua carriera deragliò del tutto. Elizabeth Prentice finì ad avere una relazione con un agente di polizia, ci credereste? Questo non fece che rendere il nostro amico ancora più amareggiato e contrariato. Quando mi ha telefonato qualche settimana fa con l'idea insensata di voler scrivere un libro sul caso, dicendomi che voleva usare i miei schedari e documenti delle interviste con le famiglie, ho semplicemente pensato che fosse andato fuori di testa. Voglio dire, chi avrebbe voluto leggere di nuovo del caso dopo tutti quegli anni? Lui mi disse comunque che aveva intenzione di gettare nuova luce sul caso e magari rivelare il nome del vero assassino. Gli dissi che i miei documenti erano personali e privati e non per utilizzo pubblico, e che avrebbe dovuto cercarsi le sue informazioni altrove. Poi è saltato fuori con la ridicola storia di qualcuno che era sulle nostre tracce a causa del nostro collegamento con il caso. Gli ho detto di togliersi dai piedi. Beh, come avete saputo da mio figlio, due giorni dopo sono stato aggredito, mi hanno rubato tutti i documenti e le carte di credito e poi c'è stata l'irruzione in casa mia. Quando sono iniziati gli omicidi ho capito subito che c'era dietro lui."

"Allora perché non ha chiamato la polizia, signor Cahill?" chiese Lucy Clay.

"Perché ha minacciato mio figlio, sergente. Quando mi sono rifiutato di dargli quello che voleva, mi ha risposto che se lo sarebbe preso da qualche altra parte, e che voleva che tenessimo segreta la nostra 'piccola conversazione'. Disse che se avessi rivelato a chiunque che lui era interessato al caso, si sarebbe accertato che qualcosa di orribile succedesse al mio giovane Roger."

"Questo non me l'avevi mai detto prima, papà."

"Ho pensato che volesse solo fare il belligerante e melodrammatico come sempre. È solo quando ho sentito dei primi omicidi che mi sono reso conto che era forse seriamente impazzito e che intendeva sul serio quello che aveva detto. Penso ispettore che la sua paranoia sia cresciuta negli anni fino a renderlo convinto che era ancora innamorato di Elizabeth Prentice, e che lei ancora amasse lui, e che lui solo era responsabile di fare giustizia dell'assassino di suo marito."

"Capsico. Per favore signor Cahill, mi dica il nome di questa nemesi della vendetta."

"Certo, mi scusi. Avrei dovuto dirglielo all'inizio, vero? Il suo nome, ispettore, è Alexander, anche se è sempre stato noto nel settore come Sandy McLean, ex capo giornalista investigativo dello "Sketch on Sunday". È lui il vostro assassino, non ne ho dubbio alcuno."

Lucy Clay si alzò immediatamente dal tavolo.

"Trasmetto immediatamente il nome alla stazione, signore. Ci metteremo subito a caccia di questo McLean."

"Aspetta, Lucy. Avete nessun indirizzo o luogo in cui poter rintracciare quest'uomo, signor Cahill?"

"Mi spiace, ispettore. Ai tempi in cui lo conoscevo viveva a Londra da qualche parte, ma non mi chieda l'indirizzo. Ora potrebbe essere ovunque, ovviamente."

"E lei è certo che al telefono fosse lui?"

"Beh, sono passati un sacco di anni, ispettore, e le voci della gente cambiano con l'età, come sono certo che sia mutata anche la mia, quindi non posso essere certo al cento per cento che fosse lui, ma conosceva ogni dettaglio del caso. Ha ripetuto certe cose dagli articoli che avevamo scritto entrambi e ha riportato cose che solo qualcuno con la sua intima conoscenza del caso, e di Elizabeth Prentice, potrebbe sapere. E poi perché qualcuno dovrebbe fingere di essere lui per arrivare ai miei documenti e spaventarmi a morte in questo modo?"

"Infatti, perché signor Cahill?" chiese Connor pensieroso. "Infatti perché?"

Connor era sul punto di portare a termine l'intervista. Sentiva che Cahill gli aveva dato tutto ciò che gli serviva per il momento. Ulteriori interrogatori sarebbero magari stati molto produttivi, ma per il momento Connor aveva un nome e un probabile sospettato, anche se restavano molte domande che necessitavano di risposta. Doveva porne almeno un paio prima di lasciare il Mount Pleasant.

"Sa di una donna che potrebbe aiutare McLean, ipotizzando che lui sia l'assassino?" gli passò una copia dell'identikit della donna vista al Regency Hotel.

"Assomiglia a questa, anche se i suoi capelli potrebbero essere una parrucca."

"Mi spiace, ispettore. Non conosco nessuno che assomigli a questa donna."

"Va bene. E i nomi David Arnold, Virginia Remick, Sam Gabriel, Andrew Forbes e Arminder Patel le suggeriscono alcun collegamento con il caso? So già del collegamento tra gli Stride e il giudice Tolliver, ma queste altre vittime sembrano casualità scollegate tra loro, per quanto posso vedere."

"Virginia Remick, ispettore, era la nipote di George Turner. Era l'editore dello Sketch on Sunday al tempo in cui McLean fu invitato ad andarsene. Turner pensava che McLean fosse andato troppo oltre nel suo rapporto delle affermazioni di Elizabeth Prentice e che stesse trasformando il giornale in qualcosa di stupido. Mi pare di ricordare qualcuno con il nome di Arnold coinvolto come testimone o qualcosa del genere, anche se solo in modo minore. Come già sa sono sicuro di questo: Andrew Forbes era socio di Prentice. Mi stava solo mettendo alla prova? Non ho nessuna idea di Sam Gabriel o Arminder Patel. Questi nomi non significano niente per me."

Connor guardò Lucy Clay. Aveva visto il significato delle parole di Cahill. Non avevano tutto, ma avevano un collegamento. Connor era soddisfatto di avere almeno una sostenibile fonte di informazioni, e un vero e probabile primo sospettato.

"Posso fare quella chiamata adesso signore?" chiese il sergente.

"Cosa? Oh sì, fai la chiamata per favore, Lucy. Poi troveremo un posto dove il signor Cahill possa stare al sicuro in caso avessimo bisogno di parlare ancora con lui. Non voglio che lei scompaia di nuovo, signor Cahill. È chiaro? Vi proteggeremo fino a quando non avremo in custodia McLean, glielo prometto."

Roger Cahill annuì, prese un altro sorso dalla tazza

di tè e si rilassò per la prima volta dopo giorni. Credeva alla promessa di protezione di Connor e si sentiva come se, rivelando ciò che sapeva, si fosse tolto un grosso peso dalle spalle. Stava diventando troppo vecchio per tutto questo, e ora che se l'era sollevato dal petto pensò che il vecchio adagio avesse ragione e che la confessione fosse davvero un bene per l'anima!

CURRY E DOMANDE

L'INCONTRO TRA CONNOR E ROGER CAHILL FU
seguito da due giorni di relativa inattività. Dopo che lui
e la Clay ebbero messo in moto le ruote che sperava lo
avrebbero finalmente portato all'arresto di Sandy
McLean, il fine settimana si era intromesso nell'indagine e le cose avevano rallentato fin quasi a strisciare.
Connor si era anche preoccupato di persona di trovare
una 'casa sicura' per Cahill e suo figlio. Non voleva rischiare che succedesse qualcosa alla sua unica fonte di
informazioni riguardanti McLean, quindi aveva dato
istruzioni all'agente investigatore Simon Fox si prendersi cura dei due Cahill. L'ispettore capo Lewis si era
infuriato quando Connor si era rifiutato di rivelare il
luogo del suo primo testimone, ma Connor aveva deciso
che solo lui, la Clay e Fox dovessero condividere l'informazione. Aveva spiegato al suo capo che considerava la
sicura postazione della casa un'informazione disponibile
solo in caso di stretta necessità. Fino a che Connor non
avesse saputo tutto ciò che c'era bisogno di sapere dal-
l'anziano giornalista, allora nessuno, compreso il suo
capo, avrebbe avuto accesso al luogo per ragioni di sicurezza. Lewis non era felice, ma accettò il fatto che Sean
stesse agendo nel miglior interesse sia dei Cahill che
dell'indagine.

Per quanto riguardava McLean, l'uomo sembrava semplicemente svanito dalla faccia della terra. Il suo ultimo indirizzo noto era stato un appartamento a Pimlico a Londra, ma una visita alla casa da parte della polizia metropolitana, eseguita per richiesta di Connor, aveva trovato il posto deserto. I vicini avevano informato gli ufficiali che McLean non si vedeva da oltre un mese, il che a Connor parve dare maggior credito all'ipotesi che lui fosse l'assassino. Immaginò l'uomo imbucato da qualche parte, intento a preparare le sue dosi di aconito e a comunicare con la sua non ancora identificata complice per telefono o via mail. Almeno su quell'ipotesi Connor aveva ragione.

Un colpo alla porta annunciò l'arrivo di Catherine Nickels. La patologa stava sulla soglia armata di due borse contenenti del cibo indiano da asporto. Connor rimase a fissarla per un momento, il volto che mostrava il piacere per quel benvenuto diversivo dopo il rigore degli ultimi giorni.

"Allora Sean Connor, hai intenzione di invitarmi ad entrare o te ne stai lì a fissarmi fino a che il cibo diventerà freddo come un sasso?" gli chiese lei con falsa serietà.

"Scusa Catherine, sì certo. Entra. Stavo solo pensando a quanto bene stai."

"L'adulazione ti porterà ovunque, ispettore. Allora, mangiamo?"

Catherine non aveva fatto economia sul cibo. Insieme divorarono i due ricchi madras al curry, riso bollito, una selezione di bahjees alla cipolla e samosas di verdure, un piatto pieno di poppadums croccante e due bottiglie di birra cobra fresca a testa. Evitarono entrambi di fare qualsiasi riferimento al caso fino a che non ebbero finito di mangiare. Catherine riportò a Connor il caso su cui stava lavorando, una giovane donna che era morta improvvisamente all'età di ventuno anni per una rara e quasi mai sentita forma di disturbo al cuore. Inavvertibile, disse. La povera donna era stata una bomba ad orologeria ambulante: il cuore aspettava di esplodere in qualsiasi momento senza dare nessun preavviso che lei si portasse addosso quella tremenda condizione. Dopo cena i due si ritirarono sul divano nel salottino di Connor, dove Catherine portò la conversazione sull'assassino dell'aconito.

"La parola giusta è che state facendo progressi, Sean."

"Sì, un po', anche se ancora non abbiamo un indizio di dove possa nascondersi il nostro primo sospettato. Come nel resto di questo caso, Catherine, è tutto un po' enigmatico. Niente sembra combaciare nel modo in cui dovrebbe, anche se certi pezzi stanno iniziando ad andare al loro posto."

"Sean, dovresti essere soddisfatto. State facendo dei progressi e non ci sono stati altri omicidi, giusto?"

"No, non ancora. Ma questo non significa che non ce ne saranno, a meno che non mettiamo presto le mani sul nostro uomo. E poi Lewis è fuori di testa perché non gli ho detto dove ho messo i Cahill al riparo. Pensa che non mi fidi di lui."

"Beh, è il tuo capo, Sean. Non dovresti almeno tenerlo informato di cosa ne hai fatto di loro?"

"Senti Catherine, Cahill mi ha detto che McLean si vantava di avere dei contatti nella polizia tanti anni fa. Potrebbe ancora averne uno o più, non lo so. Non è che non mi fidi del capo, ma lui parla con gente che parla ad altra gente. Se solo se lo lascia scivolare di bocca davanti alla persona sbagliata, potrebbe involontariamente spifferare dove si trovano e il mio caso salterebbe all'aria. Per come stanno le cose solo tre persone sanno dove si trovino i Cahill, quindi se la notizia trapela so dove andare a cercare la fonte. Fox non si lascerebbe sfuggire niente: se ne sta insieme ai due e non li lascerà un solo minuto. Questo mi lascia solo Lucy Clay. Io non spiattellerei niente a nessuno, quindi se qualcuno scopre dove si trovano, questo dipenderebbe dalla lingua di Lucy, cosa che non penso accadrà."

"Immagino che lei abbia ragione."

"Sì, e non è tutto. Ho ricevuto una telefonata da Charles Carrick a Birmingham oggi. È stato sollevato dal caso di David Arnold. Sembra che il suo capo e l'ispettore capo Lewis abbiano parlato e deciso che il caso Arnold è così ovviamente collegato alla nostra serie di omicidi, da dichiarare saggio metterli insieme sotto un'unica indagine. Charles mi manderà tutti i suoi documenti e il rapporto delle sue interviste con Maggie Prentice. Pare non sia tanta roba. Si è del tutto cucita la bocca adesso e pensa di averci dato quello che abbiamo chiesto. Non ha intenzione di rivelare nient'altro. Personalmente credo che si appellerà all'infermità mentale come difesa e se la caverà probabilmente così."

"Oh mio signore, sembri piuttosto abbattuto e depresso riguardo a tutto il caso, Sean. Pensavo fossi contento di aver fatto i progressi ottenuti finora."

"Sono contento Catherine. È solo che le cose non vanno esattamente al loro posto nella mia testa. Normalmente ho delle sensazioni riguardo a un caso, ma questo confonde ogni grammo di logica che cerco di applicarci. Chiunque ci sia dietro, dev'essere un vero maestro del depistaggio. Assume delle identità per farci perdere la pista giusta, non identità fasulle, ma vere persone che sembrano tutte collegate al caso. Ora grazie a Cahill so dove e come certe persone siano collegate, ma altre sono ancora un mistero. E poi c'è qualcos'altro che mi sta tormentando."

"Vai avanti, Sean. Di cosa si tratta?"

"È solo questo Catherine. Per questa fottuto caso non riesco a pensare a cosa sia. Da qualche parte recentemente qualcuno ha detto qualcosa che non significava molto quando per la prima volta l'ho sentito, ma poi più tardi mi sono reso conto che mi era sfuggito qualcosa di vitale. È lì nella mia testa ma non riesco a capire cosa sia, né chi l'abbia detto. Non appena ci riuscirò, sarò sulla pista giusta, ne sono sicuro. Ho solo bisogno di rivedere ogni pezzo di carta e ogni testimonianza quando tornerò in ufficio domani. Se è lì, e sono sicuro che c'è, allora lo troverò. Vorrei solo potermene ricordare adesso. Mi sta facendo andare fuori di testa."

"Bene, sono sicura che ti verrà in mente. Sei stato così tanto sotto pressione per risolvere il caso che non mi sorprende che certe cose siano un po' confuse nella tua testa. È più che naturale non riuscire a ricordare qualcosa che può essere sembrato insignificante all'inizio ma che ora ha per te una valenza. Il tuo cervello deve solo passare in rassegna i dettagli del caso e poi premere il pulsante giusto, per così dire."

"Spero tu abbia ragione, Catherine, lo spero proprio."

Catherine si alzò dal divano. Si stava facendo tardi.

"Bene signor Connor," disse sorridendo. "Penso che abbiamo parlato abbastanza di affari, non credi? Qualsiasi cosa tu abbia bisogno di ricordare aspetterà quando andrai in ufficio la mattina, ma per ora voglio sapere se devo andare a casa da sola così tardi o se un cortese gentiluomo desidera un po' di compagnia durante la notte."

Sean guardò intensamente la bellissima patologa. La sua risposta, quando arrivò, era esattamente quella che lei avrebbe voluto sentire.

"Di sopra! Subito per favore, dottoressa Nickels!"

TRACY SI STAVA INNERVOSENDO. ERANO QUASI TRE giorni che non aveva notizie dell'uomo. Dopo aver ricevuto il suo ultimo pagamento aveva lasciato la casa solo per poco per visitare il supermercato locale dove aveva comprato provviste sufficienti da durarle fino a metà della settimana successiva. Era sempre stato esplicito nel dirle di esporsi il meno possibile allo scrutinio pubblico. Aveva fatto bene a sbarazzarsi di Sam Gabriel. Era stato essenziale per assicurarsi che nessuno sapesse che si trovava in città, ovviamente, ma si era veramente infuriato quando lei gli aveva chiesto di usare parte della sua preziosa scorta di aconito per occuparsi di Patel. Aveva pensato che in effetti avrebbe potuto ucciderlo lei stessa per aggiungere un'altra vittima alla sua lista. Aveva comunque spiegato che Patel l'aveva aggredita anni prima quando erano ragazzi e dopo aveva riso della cosa, vantandosi con i suoi amici per quello che aveva fatto. Non aveva mai dimenticato le sue mani quando l'aveva afferrata, strappandole i vestiti e facendo di lei quello che voleva. Dopodiché se n'era andato lasciandola sanguinante e malconcia a terra.

"Nessuno ti crederà," le aveva detto deridendola. "Non sei che una piccola sgualdrina e tutti lo sanno. Ti tireresti giù le mutande e allargheresti le gambe per qualsiasi ragazzo della città il sabato sera, quindi perché dovrebbero pensare che non hai fatto lo stesso per me?"

Lei sapeva che aveva ragione. Aveva la reputazione di essere una 'facile' e Arminder Patel veniva da una buona famiglia, con un padre ben rispettato che conduceva l'edicola della città. Arminder non si era mai trovato in nessun problema con la legge, mentre la maggior parte della polizia locale conosceva per nome la giovane Tracy Willis. Era finita nelle 'brutte compagnie' da giovanissima ed era popolare tra i ragazzi. Non c'era voluto molto perché Tracy capisse che se avesse dato ai ragazzi ciò che volevano, la sua posizione nella banda sarebbe salita fino al punto in cui avrebbe imparato a comprarsi i ragazzi per le cose che lei desiderava e allo stesso modo si sarebbe mantenuta distaccata dalla sensazione datale dall'azione intermediaria. E poi loro erano suoi amici. Con Arminder Patel era stato diverso. L'aveva costretta a fare totalmente quello che voleva contro la sua volontà, e Tracy aveva giurato vendetta. Perché non l'avesse detto agli altri ragazzi sul serio non lo sapeva. Avrebbero spezzato le gambe a Patel, ma no, qualcosa l'aveva trattenuta dal rivelare il segreto della violenza subita fino a che non avrebbe trovato un modo di fargliela pagare lei stessa, e quell'opportunità era arrivata quando aveva imparato come usare l'aconito, quanto somministrarne e come inserirlo nei cioccolatini. Cosa divertente, l'uomo alla fine aveva convenuto che l'assassinio di Patel poteva anche tornargli comodo. Come Sam Gabriel, era un altro omicidio apparentemente casuale e avrebbe potuto aiutare a confondere gli 'arrancatori', come chiamava i poliziotti che di sicuro avrebbero cercato di rintracciarlo. E per quanto riguardava Patel, quello scemo non l'aveva neanche riconosciuta dopo tutti quegli anni! Gli aveva addirittura augurato buona giornata e se n'era andata. Perfetto! Tracy si era goduta il suo personale momento di gloria.

Ora però l'uomo l'aveva lasciata in un limbo, senza

istruzioni e priva di contatti. Si aspettava che la chiamasse con ulteriori istruzioni, ma fino ad allora non c'era stato niente. E se l'avesse abbandonata, lasciata a se stessa scappando dal paese o qualcosa del genere? Un altro pensiero ancora più spaventoso si fece lentamente strada nella mente di Tracy. E se l'uomo se la fosse data a gambe e poi avesse fornito abbastanza prove da coinvolgerla in tutti gli omicidi, in modo che la colpa di tutto ricadesse su di lei? Furbo bastardo! Lei ovviamente aveva fatto tutto, eccetto che per Tolliver. Era stato lui ad occuparsi personalmente del vecchio giudice, ma loro non ci avrebbero mai creduto, no? Perché avrebbero dovuto? Se lui l'aveva incastrata per gli omicidi, non c'era molto che lei potesse fare per convincere i poliziotti che non centrava niente. E cosa gliene sarebbe importato? E poi c'erano gli altri. Non aveva idea di chi fossero, ma l'uomo aveva detto di aver già ucciso prima, era facile, e che nessuno avrebbe mai saputo di quegli 'inizi', come lui li descriveva. E se si fosse assicurato che Tracy fosse quella da incolpare di tutto alla fine anche per quegli omicidi?

Alla fine ebbe improvvisamente paura che lui avesse fatto esattamente questo. Perché mai l'avrebbe lasciata senza contatti per tre giorni? Avrebbe dovuto dirle cosa fare e invece l'aveva abbandonata, proprio come qualsiasi altro uomo disgraziato che lei avesse mai conosciuto. Tracy Willis si stava arrabbiando. Forse, pensò, sarebbe dovuta andare alla polizia lei stessa e dire loro che lui l'aveva costretta a fare questo, ricattandola o qualcosa del genere. Forse le avrebbero creduto.

Quasi saltò fuori dalla propria pelle quando il telefono iniziò a suonare. Era lui!

La voce tranquilla dall'altra parte del telefono istantaneamente alleviò le paure di Tracy. Cinque minuti dopo stava uscendo dal suo appartamento, diretta alla stazione più vicina. Un'ora più tardi arrivò al posto che le aveva indicato per telefono. Era il luogo dove avrebbe trovato il pagamento finale per i suoi servizi, quello più consistente, quello che le avrebbe concesso la possibilità di uscire dal paese una volta per tutte e ricominciare una nuova vita da qualche parte al caldo e al sole, magari in Spagna.

Mentre aspettava sulla deserta riva del fiume e guardava una famigliola di papere che si aggiravano lungo la banchina, vide una piccola barca che si avvicinava scendendo la corrente. Quando fu più vicina vide il nome sulla prua della piccola imbarcazione. Il 'Cormorano' arrivò più vicino alla riva e Tracy vide un uomo nella timoniera che le faceva un cenno di saluto. Pensando fosse un semplice barcaiolo che era solito salutare le belle ragazze, rispose al gesto. Vide l'uomo uscire dalla timoniera e pensò volesse guardare meglio le sue gambe – *era sempre stata così fiera delle sue gambe* – e a quel punto le fece un altro cenno di saluto. Tracy rispose e lì si accorse che l'uomo teneva qualcosa in mano, qualcosa di lungo e nero. Poi l'uomo glielo stava puntando contro e ci fu un rumore attutito che proveniva dall'oggetto nero. A quel punto tutto divenne nero nella mente di Tracy. Il suo volto letteralmente esplose nell'impatto fortissimo con il proiettile, e Tracy Willis era morta prima ancora che il suo cervello avesse la possibilità di registrare il fatto che le avevano sparato. Il suo corpo venne scagliato oltre il basso parapetto e cadde nelle acque scure di sotto. La corrente l'avrebbe presto trasportata verso il mare, dove l'uomo sperava che sarebbe scomparsa per sempre. Altrimenti sarebbe stata portata sulla riva del fiume tra qualche giorno, diventando solo un'altra vittima non identificata di omicidio, senza niente che la collegasse a lui, ovviamente.

L'uomo ripose il suo potente fucile sul ponte della barca e prese il timone per tenere la barca lungo il suo corso. L'aveva rubata da un piccolo cantiere navale poco tempo fa ed era servita al suo scopo. Rapidamente svitò il silenziatore dell'arma, rimise tutto nella valigetta che teneva nella piccola timoniera e quando la barca si fu avvicinata alla banchina, scese semplicemente nell'acqua bassa, i pantaloni protetti dagli stivali da pescatore che evitarono che si inzuppassero o si sporcassero.

Una volta arrivato sulla terra asciutta, si tolse gli stivali e li rimise nello zaino che aveva in spalla per quell'occasione e poi, soddisfatto del suo lavoro, guardò la piccola barca mentre andava a sbattere contro la sponda un po' di metri più in giù. Il congegno incendiario che aveva lasciato a bordo l'avrebbe ridotta in cenere quando si fosse acceso nel giro di pochi minuti. Senza aspettare l'inevitabile apparizione delle fiamme che presto avrebbero avvolto la piccola imbarcazione, semplicemente girò sui tacchi e andò con calma nella direzione opposta fino ad arrivare alla strada principale. Una rapida chiamata e subito aveva un taxi a sua disposizione. Mezz'ora dopo era di nuovo nel suo ufficio, a lavoro compiuto. Fu presto di nuovo per strada, questa volta diretto verso l'appartamento di Tracy, dove usò la chiave che aveva tenuto quando aveva preso in affitto il posto. Lì soffocò spietatamente il suo vecchio padre storpio mentre giaceva inerme a letto. Tracy aveva fatto trasferire l'uomo nell'appartamento contro la sua volontà, ma ora non aveva nessuna conseguenza e nessuno avrebbe scoperto il suo corpo se non tra molto tempo, dato che l'uomo aveva pagato sei mesi anticipati di affitto. Fino a che l'odore del corpo in decomposizione del pover'uomo non fosse arrivato alla strada, il posto sarebbe rimasto indisturbato. Tracy non sarebbe più stata una preoccupazione e senza alcun coinvolgimento dell'aconito nella sua morte che potesse ricondurla agli altri, non c'era modo che la polizia pensasse che aveva qualcosa a che fare con i precedenti omicidi, soprattutto considerato che aveva mirato con attenzione al suo volto, distruggendo ogni possibilità che la facesse risalire all'identikit che stava circolando in tutti i notiziari televisivi.

L'uomo era soddisfatto di come era riuscito ad occuparsi della sua complice. Aveva aspettato abbastanza, l'aveva fatta preoccupare senza contattarla e poi l'aveva attirata allo scoperto con la promessa di un grosso pagamento. *Stupida puttanella!* Certo non poteva capire di essere un peso e lui si era detto più di una volta che non poteva permettersi dei pesi!

CONNOR RIAGGANCIÒ IL TELEFONO TERMINANDO LA sua ultima conversazione con Charles Carrick. L'investigatore del West Midlands era rimasto piuttosto scontento quando era stato sollevato dall'indagine su David Arnold. Sapeva ovviamente che la decisione era stata presa per una questione di scala gerarchica all'interno della polizia e che non c'era nulla che lui o Sean Connor potessero farci, ma almeno i due potevano commiserarsi l'un l'altro. Connor aveva acconsentito a tenere Carrick aggiornato sui progressi e aveva infatti appena terminato di dargli un completo ragguaglio sul caso quando Lucy Clay bussò ed entrò nel suo ufficio.

"Devo andare Charles. Ci sentiamo presto," disse rimettendo la cornetta al suo posto.

"L'ispettore Carrick immagino, signore?" chiese la Clay.

"Proprio lui, Lucy. L'ho portato al passo sul caso ora che non è più coinvolto direttamente."

"Penso sia una brutta cosa, il modo in cui è appena stato buttato fuori dal caso di David Arnold."

"In un certo senso sono d'accordo con te, Lucy, ma i piani alti hanno preso la decisione e in tutta verità è forse quella più sana e logica. Perché pendere dagli investigatori di due diverse forze dopotutto per indagare su un omicidio, se i due si trovano in due luoghi diversi?"

"Capisco signore, ma è dura per lui andarsene e basta, no?"

"Non preoccuparti Lucy, ho concordato di tenerlo aggiornato sugli sviluppi, strettamente fuori dai registri ovviamente, e lui terrà le orecchie tese in caso qualcosa gli balzi di fronte da quella parte. Non si sa mai. Ora, c'era qualcosa che volevi o stavi solo provando se i cardini della mia porta funzionavano?"

"Cosa? Oh sì. Io ed Harry Drew abbiamo lavorato insieme per tentare di trovare McLean. Abbiamo fatto in modo che le intere risorse del Met, della Valle del Tamigi e della polizia delle Contee cercassero di localizzarlo, quindi ho messo allerta tutte le forze provinciali in caso sia imbucato a miglia di distanza da Londra. Lo troveremo presto, ne sono sicura. Pensa davvero che sia il nostro uomo?"

"È il migliore che abbiamo al momento, Lucy. Tra un'ora o due rivedrò Cahill. Vedremo se potrà dirci qualcos'altro che possa confermare che McLean è il nostro uomo e speriamo che ci dia qualcosa che ci conduca dove si sta nascondendo."

"Ha bisogno di compagnia quando va a parlargli, signore?"

"Ma certo sergente. Torna qui tra un'ora e andremo con la mia macchina."

Lucy Clay uscì dall'ufficio lasciando Connor da solo con i suoi pensieri. Stava ancora cercando di ricordare cos'aveva sentito che avesse stuzzicato il suo istinto investigativo solo per scomparire con la stessa rapidità, come uno spettro nella notte. Sparpagliate sulla sua scrivania c'erano tutte le dichiarazioni e qualsiasi rapporto poliziesco o medico appartenente alla corrente indagine. Aveva lasciato Catherine a letto ed era arrivato presto in ufficio di mattina quel giorno. Quindi aveva lavorato sodo per cercare di trovare le parole che gli avrebbero fatto tornare in mente quella cosa, qualsiasi essa fosse.

Mancavano cinque minuti alle undici quando il sergente Clay era uscita e lui aveva finalmente trovato ciò che stava cercando.

"Maledizione!" esclamò nello stesso preciso momento in cui la Clay bussò alla porta ed entrò come faceva di solito senza essere chiamata.

La Clay vide che il suo capo stava tenendo in mano un pezzo di carta e fu evidente al sergente che Connor aveva trovato qualcosa di molto significativo su quel foglio.

"Signore?"

"Ce l'ho Lucy. Mi sono scervellato cercando di ricordare cosa mi era sfuggito di così importante, e l'ho trovato!"

"Cos'è signore?"

"Ascolta, Lucy. Potrei essere sulla pista sbagliata qui, quindi ti prego di portare pazienza. Voglio che tu vada là fuori e chieda al giovane Drew di venire qua dentro. Quello che verrà discusso è poi strettamente confidenziale tra noi tre, capisci? Nessuno fuori da queste quattro mura deve sapere di cosa abbiamo parlato a meno che non lo autorizzi io, capito?"

La Clay sapeva quando il suo capo era su qualcosa di grosso e non esitò un solo secondo per uscire dall'ufficio e tornare meno di trenta secondi dopo con l'agente investigatore Harry Drew. Non appena i due furono nell'ufficio di Connor, lei chiuse la porta alle loro spalle. In quel momento nell'indagine c'erano solo tre persone in tutto il mondo – il mondo era l'ufficio di Connor – e Connor voleva rischiare sul giovane agente sul quale stava per mettere una grossa fetta della sua fiducia.

"Volevate vedermi, signore?" chiese Drew.

"Sì, Harry," rispose Connor usando il primo nome del giovane ufficiale per forse la prima volta in vita sua. "Il sergente Clay e io dobbiamo uscire per un po'.

Mentre siamo fuori ho un lavoro molto importante per te. Pensi di potercela fare?"

"Può contare su di me signor Connor," rispose Drew.

È proprio quello che sto per fare, ragazzo, e in maniera assoluta," disse Connor.

Quando lui e la Clay se ne andarono dieci minuti dopo, Harry Drew rimase nell'ufficio. Quando furono usciti, lui chiuse la porta, accese il computer di Connor e diede l'avvio al compito che il suo capo gli aveva affidato.

UN PICCOLO DETTAGLIO

"Quindi non può dirci nient'altro che possa essere di aiuto per noi, signor Cahill?"

"Sono certo di averle detto tutto quello che ricordo, ispettore."

Connor e la Clay avevano trascorso un'altra ora in compagnia dei due Roger Cahill nella sicura casa che Connor aveva disposto. Ci fu un colpo alla porta seguito dalla comparsa di Henry DeVere che portò un vassoio con tazze di tè e una teiera fumante di Earl Grey, oltre a una buona scorta di biscotti. Era stata un'idea di Connor quella di chiedere all'assistente personale del vecchio giudice Tolliver di permettere ai Cahill di restare nella casa del giudice insieme all'agente Fox fino all'arresto dell'assassino. Connor pensava fosse quasi impossibile che l'assassino tornasse sulla scena del delitto e l'ex maggiordomo DeVere era stato più che contento di fare qualsiasi cosa potesse essere di aiuto per acciuffare l'assassino del suo datore di lavoro oltre che amico.

"Ho pensato che un po' da mangiare e bere fosse una buona idea, ispettore," disse DeVere mettendo il vassoio sul tavolino di fronte al divano.

"Idea eccellente, DeVere, grazie."

DeVere partì in silenzio come era arrivato, lasciandoli in pace a continuare la loro conversazione.

"Siete assolutamente certo che non ci sia dell'altro?" chiese Connor, tornando al precedente filo del discorso.

"Assolutamente ispettore. Ho avuto un sacco di tempo per pensare mentre sono stato recluso qui, e le assicuro che se avessi ulteriori informazioni da darvi, allora l'avrei fatto."

"Lo so, e le sono grato per tutto quello che mi ha detto. Voglio solo essere sicuro che non ci sia sfuggito niente, ecco tutto."

"Capisco, ispettore. È solo un peccato che i vostri poliziotti non siano stati ancora capaci di acciuffare McLean."

"Alla fine lo troveremo, di questo non ho alcun dubbio."

"Spero che lo farete ispettore, per il bene di tutti noi."

"Sei sicura di aver scritto tutto, sergente?" Connor indirizzò la sua domanda a Lucy Clay che era seduta di fronte a lui, vicino al giovane Cahill.

"Parola per parola," rispose.

Connor si prese un momento per sorseggiare il tè che DeVere aveva portato. Un pensiero gli entrò nella testa. Poteva essere che DeVere sapesse qualcosa, ma che non ne fosse cosciente o lo considerasse irrilevante.

"Signor Cahill, una volta siete stato un giornalista investigativo. Mi permetta di chiederle di ipotizzare su una cosa."

L'interesse di Cahill venne subito risvegliato e l'uomo si chinò in avanti per poter meglio sentire le parole di Connor.

"Perché, se l'assassino sta uccidendo chiunque secondo lui abbia mancato di rispetto od offeso Elizabeth Prentice per il modo in cui lei vedeva la morte di suo marito, Mary Stride è ancora viva? Di certo non appena l'assassino ha ucciso suo fratello e sua sorella la logica detterebbe che lei dovesse essere la successiva, o almeno da qualche parte nella sua lista. Fino ad ora Mary è rimasta splendidamente isolata dall'intera faccenda da quando Mikey e Angela sono morti."

"Una buona domanda, ispettore. Ha protezione da parte della polizia?"

"Una specie. Abbiamo delle pattuglie in più che passano vicino alla sua casa durante il giorno e una vigilanza passiva viene tenuta da un agente durante la notte, oltre alle pattuglie motorizzate."

"Quindi avete una sorta di puzzle, ispettore. Magari non è mai stata sulla lista, il che ammetto essere strano, dato che i suoi fratelli ovviamente vi si trovavano. Oppure magari è alleata con l'assassino, cosa che riterrei assurda. Più probabilmente, e devo sottolineare che questa è solo l'opinione di un povero vecchio, è capitato che Mary Stride sia un'eccezione alle attenzioni dell'assassino o che, cosa più probabile, l'assassino la stia risparmiando fino alla fine, come suo pezzo forte, diciamo. Non mi viene in mente nessun altro scenario che possa andare bene, e lei?"

"Buonissimo riepilogo, signor Cahill. E no, non mi viene in mente niente che vada meglio di qualsiasi cosa abbia detto lei. Grazie."

Cahill sembrò fermarsi a pensare e riprese con un'aggiunta alle sue precedenti parole.

"Ovviamente c'è un certo peso nella teoria che lei sia un'eccezione alle attenzioni dell'assassino, ispettore."

"Cioè?"

"Sì. Mi è appena tornato in mente. Molti anni fa l'editore di McLean ha condotto una serie di pezzi basati sugli articoli di 'interesse umano' scritti da McLean sul caso Prentice e precedentemente non pubblicati. Mi pare di ricordarne uno in cui Mary Stride rimproverava i suoi stessi genitori: suo padre per essersi ucciso e sua madre per avergli creduto e per essersi poi tolta la vita in quella che l'adolescente Mary descriveva come un 'modo codardo di trarsi d'impaccio', dopo che aveva scoperto ciò che aveva fatto lasciando così la figlia più grande, Mary appunto, con il compito di prendersi cura di due fratelli più piccoli. Ovviamente se fosse successo oggi i bambini sarebbero stati presi tutti sotto custodia dallo Stato che se ne sarebbe preso cura, ma trent'anni fa le cose erano diverse. Mary Stride ha avuto una vita dura, ispettore, e deve aver trovato difficoltà nel gestire un fratello disabile e cieco dopo la morte della madre. Il mio punto di vista è che l'assassino possa aver deciso che la condanna dei propri genitori da parte di Mary fosse abbastanza per assolverla dal suo bisogno di vendicarsi direttamente anche su di lei. So che è una teoria folle, ma potrebbe essere vero."

"Non sapevo che avesse pubblicamente condannato i suicidi dei suoi genitori, signor Cahill. La ringrazio per quest'informazione e sì, potrebbe aver ragione con la sua teoria. Penso comunque che dovremmo intensificare la sorveglianza sulla dottoressa Stride, Lucy. Se l'assassino la sta risparmiando per la fine, dobbiamo restare allerta. Del resto non sappiamo sul serio quanti nomi ci siano sulla sua lista."

"Lo consideri fatto, signore," rispose la Clay.

"Non potrebbe metterla in una casa sicura come noi, ispettore Connor?" chiese il giovane Roger Cahill che era rimasto in relativo silenzio durante la discussione di suo padre con l'investigatore.

"In un mondo ideale sì, signor Cahill," rispose Connor. "Ma il mio capo sta già diventando matto perché non gli dico dove tengo voi due, e salterebbe per aria se gli chiedessi di sovvenzionare la protezione di un altro testimone quando non sappiamo per certo se Mary Stride sia effettivamente una potenziale vittima dell'assassino. Non possiamo speculare sulle sue intenzioni fino a questo punto purtroppo."

C'erano altre cose da discutere quella mattina, e

Connor ringraziò i Cahill per il loro tempo e DeVere per i suo aiuto, quindi lui e la Clay si prepararono per lasciare la casa. Mentre Lucy Clay attraversava la porta d'ingresso e si dirigeva verso la macchina lungo il vialetto, Connor si fermò e si girò verso il vecchio Cahill.

"Signor Cahill, prima di andarmene c'è un'altra cosa che vorrei chiederle."

Cahill capì istintivamente che Connor aveva intenzione di domandargli qualcosa di importante e congedò velocemente suo figlio piegando la testa di lato in modo da non perdersi una sola parola.

"L'ultima volta che abbiamo parlato mi ha detto qualcosa che non mi ha particolarmente colpito quando l'ho sentita," disse Connor sottovoce.

Per i successivi due minuti i due uomini sussurrarono sulla soglia e Connor alla fine strinse la mano dell'uomo prima di andare a raggiungere Lucy Clay alla macchina.

"C'era qualcosa che vi eravate dimenticato di chiedergli prima, signore? Sembravate molto presi dalla conversazione."

"Oh, niente a dire il vero, Lucy. Solo un piccolo dettaglio. Un piccolo dettaglio."

UNA FINESTRA SUL PASSATO

Tracy era sparita. Era l'unica preoccupazione rilevante che gli era rimasta. Dubitava che la ragazza sarebbe mai stata nella posizione di portargli la polizia addosso, ma in questo modo si era assicurato il suo eterno silenzio.

Restava solo una cosa da fare e il suo piano sarebbe stato completo. Doveva solo fare attenzione ancora un po' e la sua lunga attesa per la vendetta sarebbe stata assolta. Elizabeth sarebbe stata fiera di lui, ne era certo. Ottenere l'aconito era stata la parte più difficile. Nessuna società di buona reputazione nel Paese gli avrebbe fornito il veleno nella quantità che lui aveva richiesto, neanche con la finta carta d'identità e i diplomi in medicina e omeopatia che si era procurato per mezzo di un poco scrupoloso sito web. Fortunatamente il suo lavoro negli anni gli aveva portato contatti con persone impiegate in occupazioni simili che avevano accesso alle informazioni richieste per ottenere le scorte altrove. Era il caso della compagnia di importazione Ho Sin di Hong Kong, una poco raccomandabile organizzazione con contatti nell'industria delle droghe illegali sull'isola e nella terraferma in Cina, che era stata felice di andare incontro alle sue necessità, per il giusto prezzo, ovviamente.

La sua prima uccisione, quella di cui neanche sapeva, era stata la più facile, quella che gli aveva dato prova che poteva andare avanti con gli omicidi. Due colpi e una rapida uccisione, e tutto era a posto per ciò che sarebbe seguito.

Tracy era stata la sua successiva acquisizione, e buona anche. La ragazza credulona e di facili costumi aveva proprio la formazione di cui lui aveva bisogno. Aveva aspettato pazientemente che venisse liberata di prigione e poi gli era stato facile convincerla a lavorare per lui. La promessa di ricchezze che andavano oltre i suoi limitatissimi sogni era stata il fattore decisivo, e gli omicidi di Sam Gabriel e Arminder Patel avevano alla fine giocato a suo favore dato che gli avevano dato ulteriore modo di depistare la polizia dalla reale natura del suo piano. Guardarli correre in giro come pazzi e cercare di fare collegamenti tra le vittime di Tracy e le sue era stata una fonte di grande divertimento per lui. Ma ora era giunto il momento di portare a compimento il suo piano da maestro.

Aveva perfezionato il metodo di aggiungere l'aconito ai cioccolatini molto tempo prima, dopo aver studiato farmacia, l'uso di veleni e procedure farmaceutiche nel tempo libero. Doveva essere aconito ovviamente. La Stride l'aveva usato con ottimi effetti tanti anni prima, ed era stato un modo orrendo di morire, se lo ricordava. Modo quindi perfettamente adatto per le sue vittime: soffrire gli orrori e il dolore del veleno che neanche sapevano di aver ingerito. Per quanto riguardava la polizia, era venuto a sapere della loro teoria delle capsule che si dissolvevano e che venivano inserite nei cioccolatini e così via. Erano vicini, ma non esattamente nel loro modo di pensare. Lui aveva semplicemente iniettato il veleno, rivestito di minuscole bolle dello stesso materiale usato per produrre le capsule a rivestimento rigido in farmacia. Aveva usato la siringa più sottile e poco rintracciabile che si potesse

trovare sul mercato e aveva fatto poi rivestire i cioccolatini dalla signora Prentice. Anche lei era stata una perfetta copertura per il suo compito, e la sua abilità
creativa era stata di considerevole aiuto nel creare la
perfetta arma del delitto, i cioccolatini avvelenati! Si era
occupata di David Arnold così bene da fargli pensare
che avrebbe potuto avere una perfetta carriera da assassina, ma ora la polizia l'aveva in pugno. Non poteva causare nessuna conseguenza né costituiva alcuna minaccia
per lui, dato che non l'aveva mai visto di persona. Lui
stesso si era occupato di Tolliver ovviamente, ma Tracy
era stata il suo angelo della morte quando si era trattato
di mandare al creatore Virginia Remick e gli Stride.
Quando gli aveva raccontato di come era andata a fare
visita agli Stride e di come aveva raggirato Angela facendole credere di essere una nuova infermiera del di-
stretto, era rimasto impressionato, specialmente
quando Tracy gli aveva spiegato come si era offerta di
aiutare a fare il tè, assicurandosi di poter lasciar cadere
una dose letale di aconito nelle tazze dei due fratelli. Si
era anche presa il tempo di guardarli morire dopo che
erano saliti di sopra per mostrare all'infermiera la stanza
di Mikey e gli strumenti per la sua cura, ed era poi fred-
damente tornata giù dalle scale per mettere via le tazze
e qualsiasi prova della sua presenza lì.

Tracy avrebbe voluto 'fare' anche Tolliver, ma l'uomo
aveva insistito per occuparsene lui di persona. Il vecchio giudice ovviamente lo conosceva e lo aveva accolto
in casa sua senza rendersi conto che stava per morire.
L'uomo aveva aspettato fino a che DeVere fosse uscito a
fare la spesa prima di presentarsi alla casa e poi aveva
facilmente convinto il vecchio giudice a bere qualcosa
insieme. Quindi gli aveva offerto un bicchiere del suo
whiskey 'riserva speciale' che si portava sempre dietro
in una bottiglietta in caso avesse bisogno di un goccetto. Mentre lo versava in due bicchieri era stato facile
farci scivolare dentro quattro delle sue capsule di aco-

nito. Si erano sciolte rapidamente, anche se l'aconito c'avrebbe messo un po' ad entrare in azione nel corpo del giudice per compiere il suo lavoro letale. Era stato l'ultimo whiskey che il giudice avrebbe mai bevuto. L'uomo se n'era andato da tempo quando il liquido aveva fatto effetto dopo il ritorno di DeVere.

Terminati per il momento i ricordi, tornò con la mente al presente. Non solo aveva quasi completato ciò che aveva stabilito di fare, ma prima o poi la polizia sarebbe riuscita a capire tutto, o almeno a comprendere dettagli a sufficienza da arrivare più vicina a lui di quanto gli sarebbe piaciuto. Ovviamente non poteva permettere che accadesse. Era andato troppo in là per permettersi di farsi prendere, e aveva programmato troppo a lungo per mettere in atto la vendetta contro coloro le cui bugie e stupidità, inganno e doppiezza avevano portato all'esaurimento mentale e alla morte della sua amata Elizabeth.

Permise alla sua mente di divagare ancora per qualche minuto, ricordando le volte che aveva passato tra le braccia dell'unica donna che avesse mai veramente amato. La sua mente lasciò il presente e divenne una finestra sul passato mentre i ricordi di un altro tempo invadevano i suoi pensieri. Era entrato nella sua vita quando la stampa la stava prendendo in giro, insieme ai suoi vicini e colleghi di lavoro, tutti convinti che fosse andata troppo oltre nel tentare di assicurarsi che venisse fatta giustizia per l'omicidio di suo marito. Nessuno l'aveva capita veramente, almeno fino a che non era arrivato lui in scena. Addirittura il giornalista della stampa locale, che sarebbe dovuto essere più empatico nei confronti della sua storia, alla fine se n'era andato, quello stronzo arrogante! Ora la polizia lo stava nascondendo e proteggendo da qualche parte mentre lui probabilmente stava riempiendo loro la testa con la sua contorta versione della storia su Elizabeth. Ah, Elizabeth. Pensò alle lunghe giornate e notti insieme, la passione del fare l'amore e il calore mentre giacevano nel suo letto, la testa di lei delicatamente posata sulla sua spalla mentre lentamente e dolcemente si addormentava. Poi ovviamente era iniziata la derisione ed Elizabeth aveva iniziato a cambiare. Era diventata scontrosa e amareggiata nei confronti del mondo, ma mai verso di lui. Sapeva che lui credeva in lei e nella correttezza della sua campagna contro coloro che avevano fatto torto a lei e a suo marito. Le aveva promesso che qualsiasi cosa le fosse successa, lui non avrebbe mai avuto pace fino a che i responsabili della morte di suo marito e del suo conseguente tormento non fossero stati puniti.

Era una promessa che gli ci era voluto molto a compiere, mentre aveva avanzato nella sua carriera e si era costruito una bella vita, aspettando e pianificando, pianificando sempre. Alla fine era giunto il momento in cui si era sentito sicuro di poter mettere in atto il suo piano. Alcuni di quelli coinvolti nel caso originario erano morti ovviamente, ma non aveva importanza. Avevano delle famiglie e lui le avrebbe distrutte dopo che i loro padri o nonni avevano distrutto la sua bellissima Elizabeth.

Ora tutto quello che restava da fare era occuparsi di quel Cahill, l'ultimo degli sbeffeggiatori, dei dubitatori, ma prima ovviamente doveva scoprire dove la polizia, o per essere precisi l'investigatore Connor, avevano nascosto il vecchio uomo.

Il fatto che la sua stessa mente fosse scesa lungo il tragitto della follia come la sua un tempo amata Elizabeth non gli era mai passato per la testa ed era molto improbabile che accadesse mentre lavorava al problema di localizzare lo sfortunato bersaglio finale della sua ira.

IL FIUME RICONSEGNA IL SUO CADAVERE

CONNOR E LA CLAY TORNARONO ALLA STAZIONE della polizia e andarono dritti all'ufficio di Connor senza parlare con anima viva. Sentirono a malapena i 'ciao' o i 'buongiorno' dei diversi agenti mentre attraversavano la stanza. Durante il tragitto di ritorno dalla casa dell'ex giudice Tolliver, Connor aveva aggiornato Lucy Clay sulla sua conversazione con Roger Cahill. I due ora aspettavano trepidanti il rapporto che speravano di ricevere da Harry Drew, che si trovava ancora dove l'avevano lasciato, a lavorare a porte chiuse nell'ufficio di Connor. Era un'esperienza tutta nuova per Sean Connor quella di dover bussare alla porta del suo stesso ufficio per farsi aprire dall'interno da un giovane agente.

"Allora Harry? Siamo stati fortunati?" chiese al giovane investigatore.

"Ho fatto come mi ha chiesto, signore, e ho avuto accesso ai file dell'originaria indagine Prentice. Sfortunatamente erano incompleti, data l'età del caso, e nella cartella erano registrati solo i principali dettagli. Dichiarazioni di testimoni, registri di interrogatori e nomi dei diversi agenti che erano coinvolti nell'indagine esistono ancora, ma sono dovuto andare agli archivi centrali per ottenerli. Questa è l'intera cartella del caso."

Indicò una scatola di cartone marrone estremamente grande sul pavimento vicino alla scrivania che era gonfia per il contenuto. Connor guardò a bocca aperta le pile di carte che Drew aveva tirato fuori dalla scatola fino a quel momento e che ora si trovavano divise per argomento sul tavolo.

"Avanti Harry, dimmi se sei arrivato a qualcosa per il momento."

"Temo di no. Tutte le dichiarazioni dei testimoni sono presenti e corrette, ma non fanno riferimento a quello che stiamo cercando. Sono presenti ovviamente i singoli agenti che hanno raccolto le dichiarazioni, ma non ci sono dossier completi sugli altri. Tutti gli agenti senior coinvolti al tempo ora sono in pensione o morti. A giudicare da quello che mi avete detto prima, non state comunque cercando loro, vero signore?"

"No Harry. Senti, stai facendo un bel lavoro, continua così e non ti arrendere. È un buon lavoro."

"Non desisterò. Ci sono un sacco di carte, ma alcune si possono scartare facilmente perché irrilevanti per quello che vi serve. Mi servirà comunque ancora del tempo, magari uno o due giorni, per passarle tutte."

"Bene. Io e il sergente andiamo a pranzare velocemente, poi torneremo e controlleremo i tuoi progressi. Hai già mangiato?"

"Mi sono fatto un panino un po' di tempo fa. Sono a posto, grazie."

Mentre Connor e la Clay consumavano il loro frugale pasto e sorseggiavano caffè caldo nella mensa della stazione di polizia, l'ispettore capo Lewis li raggiunse. Il capo sembrava essersi ammorbidito dopo il suo precedente rimprovero a Connor per averlo tenuto all'oscuro riguardo alla postazione di sicurezza.

"Bene Sean, come sta andando? Progressi?"

"Non molti signore. Cahill ci ha fornito un sacco di informazioni di contorno su McLean, ma niente che possa aiutarci a rintracciarlo. Buona parte delle sue informazioni si riferiscono al McLean di trent'anni fa, e sono quindi ben datate."

"Sì, certo, ovvio. Beh, nessun problema Sean, sono certo che presto salterà fuori qualcosa, tieni fede alle mie parole."

"Grazie signore, ne sono certo anche io," rispose Connor mentre Lewis si alzava dalla sua sedia e usciva dalla mensa, probabilmente per tornare al suo ufficio.

"Si è addolcito un po', capo," disse la Clay.

"Nessuno può essere arrabbiato per sempre, Lucy. Lewis è sotto pressione perché deve ottenere dei risultati, quindi gli è concesso riversare la sua bile di tanto in tanto."

"È nella polizia da tanto, vero signore?"

"Sì. Andrà in pensione tra un anno o due, o almeno è quello che sono portato a credere, quindi non vorrà di certo uscire con un caso irrisolto di omicidio nello suo schedario, no? Dev'essere in polizia da oltre trent'anni ormai e ha visto un sacco di via vai negli anni."

Il pranzo giunse al termine e i due tornarono nell'ufficio di Connor dove Drew era ancora impegnato a scorrere le pile di carte che stavano sparpagliate sulla scrivania di Connor. Lasciandolo al suo lavoro, Connor e la Clay si portarono nell'ufficio principale e andarono alla sala operativa dove dieci agenti erano ancora al lavoro nel raccogliere e controllare ogni informazione sul caso, nella speranza di trovare qualcosa che potesse essere di aiuto per rintracciare lo sfuggente McLean. Le uniche notizie del giorno erano state di una neutrale varietà. Ci sarebbero voluti almeno tre o quattro giorno per ricreare i file cancellati dal computer di Forbes.

Mentre passavano da un agente all'altro Connor venne improvvisamente chiamato a un angolo della stanza. Il sergente Gareth Jones stava sventolando un pezzo di carta mentre Connor gli si avvicinava.

"Cosa c'è sergente?" chiese Connor avvicinandosi alla scrivania del sergente.

"Questo è appena arrivato signore. È una risposta via mail alla chiamata che abbiamo inoltrato a tutte le forze di polizia perché cercassero McLean."

"Lo avete trovato?" chiese Lucy Clay, incapace di mascherare l'eccitazione nella propria voce.

"Beh, sì," disse Jones, "ma non penso che vi piacerà."

"Avanti sergente," disse Connor con un brutto presentimento allo stomaco.

"È dalla polizia della City a Londra. Pare che un corpo sia stato ripescato dal Tamigi tre mesi fa. Era in avanzato stato di decomposizione, dato che si trovava in acqua presumibilmente da un mese, ma era chiaro che l'uomo era stato colpito due volte con un fucile potenziato. Nessuna identificazione del corpo, che era completamente vestito, ma ecco qui la cosa interessante, signore. Quando ci avete dato la descrizione di McLean, c'era anche il riferimento a un tatuaggio sul braccio destro?"

"Giusto. Una spada incrociata con una penna."

"La penna è più potente della spada, un bel tatuaggio per un giornalista," disse la Clay.

"Bene signore," continuò Jones. "Quando i ragazzi della City hanno visto la nostra richiesta un certo sergente Musgrave ha fatto due più due e mi ha chiamato subito. Questa mail viene da lui e mostra il tatuaggio sul braccio dell'uomo ripescato dal fiume"

Connor afferrò il pezzo di carta dalla mano del sergente e lo guardò attentamente per un minuto. Quando parlò la rabbia e la frustrazione nella sua voce furono percepite in tutta la sala operativa.

"Lo sapevo, lo sapevo dannazione. Quel bastardo ci ha preso in giro un'altra volta!"

"Signore?" fu tutto ciò che Lucy Clay poté dire quando vide la rabbia crescere nell'espressione del suo capo.

"Pensavamo che Andrew Forbes fosse la prima vittima, no? Beh penso che ci siamo dannatamente sbagliati, proprio come l'assassino voleva. Immagino che abbia ucciso McLean molto tempo fa, sapendo di poter usare la sua identità per gabbare tutti e lasciandoci una pista falsa che portasse a un uomo morto, e sai una cosa sergente? Ci siamo proprio cascati, abboccando all'amo e a tutta la dannata lenza!"

"Ma gli hanno sparato, signore. Non c'era aconito nel corpo, vero Gareth?" chiese la Clay.

"Niente che fosse riportato nell'autopsia," disse Jones.

"Certo che no," disse Connor bruscamente. "Se ce ne fosse stato e il corpo fosse stato trovato prima, ci sarebbero state possibilità di arrivare prima all'assassino. In questo modo il corpo è rimasto privo di identificazione per mesi e siamo stati abbastanza fortunati ad averne almeno i resti. Forse sperava che avrebbe disceso il fiume finendo in mare, e che non l'avremmo mai trovato. Questo vi avrebbe portati a cercare McLean per sempre."

"Mi scusi signor Connor, ma c'è dell'altro." Era stato il sergente Jones a parlare.

"Vai avanti sergente, rovina pure ciò che resta di questa giornata."

"Sono le analisi balistiche. L'altro giorno il corpo di una donna è stato riversato sulle rive del Tamigi, in territorio di competenza della giurisdizione della polizia della City. La polizia fluviale l'ha raccolta dall'acqua. Anche lei è stata uccisa con dei colpi di fucile. Ecco la parte buffa. Quando hanno analizzato il proiettile, si è fatto immediato riferimento a quelli presi dal corpo dell'uomo che ora presumiamo essere McLean. La donna è stata identificata, anche se hanno dovuto farlo con le impronte digitali e con l'arcata dentaria dato che il proiettile utilizzato era ad alta velocità e le ha fatto saltare parte del volto. Si chiamava Tracy Willis ed era uscita di prigione da appena un paio di mesi dopo aver scontato dieci anni per omicidio colposo."

Jones fece silenzio e aspettò che l'ispettore rispondesse. Quando lo fece, Connor aveva un'espressione chiara in volto, anche se pur sempre mescolata a profonda frustrazione.

"Sergente, penso che abbiamo appena scoperto ciò che è successo alla Donna del Cioccolato. Ecco perché non siamo riusciti a rintracciala e perché non ha più agito dopo l'ultimo omicidio. L'ha usata per fare il suo sporco lavoro e poi l'ha sistemata come un pezzo di spazzatura. Le ha sparato in faccia in modo che non fossimo in grado di collegarla alla descrizione che abbiamo dall'albergo."

"Pensa davvero che sia lei?" chiese la Clay al suo capo.

"Ne sono sicuro Lucy. Ti ho detto che questo bastardo è intelligente. Deve averla assoldata quando è uscita di prigione, a meno che non la conoscesse già, e le avesse promesso qualcosa in cambio per il suo aiuto. Ecco perché ci era così difficile rintracciarla. Non aveva nessun collegamento in assoluto con le vittime per quanto ne sappiamo, quindi non l'avremmo mai collegata a meno che non avessimo molta fortuna."

Connor era ancora all'oscuro riguardo al collegamento con Sam Gabriel ed Arminder Patel, quindi lavorava ancora sulla teoria che le vittime fossero tutte collegate al caso Prentice. Quindi, proprio quando aveva pensato che il suo caso stesse portando i pezzi insieme, alla fine la botola gli era stata tolta da sotto i piedi e l'indagine era tornata al primo punto. In qualche modo, anche se il suo volto era segnato dalla delusione, Connor sapeva che la soluzione al caso non si trovava nelle torbide acque del Tamigi, nella fredda stanza dell'obitorio della City o nella mente del vecchio Roger Cahill, ma molto più vicino a casa, nel suo stesso ufficio. A dirla tutta, da qualche parte in quella montagna di carte che l'agente Harry Drew stava analizzando in quel preciso momento.

IL CUMULO DI CARTE ALLA SINISTRA DELLA SCRIVANIA di Connor era cresciuto considerevolmente da quando avevano visto Harry Drew l'ultima volta. L'altezza di quella pila corrispondeva più o meno al calo nell'ammontare di scartoffie alla destra della scrivania. Ovviamente Harry Drew stava lavorando con un sistema, e metodico pure.

"Ancora niente per me, Harry?"

"Temo di no, signore, ma alla fine ci arriverò. Lo so."

"Senti Harry, voglio che tu cambi direzione un poco. Le cartelle ci diranno un sacco, ma riguardano solo la diretta indagine sul caso. Ci forniranno i dati forensi, le date e gli orari degli interrogatori dei testimoni e dei sospettati e i nomi di chi li ha eseguiti, e il rapporto dell'ufficiale al comando alla fine. Quello che di certo non ci diranno è la cosa che devo sapere, e ho bisogno di saperla in fretta."

"Mi dica cosa vuole che faccia."

"Non sono sicuro di come farai Harry, ma penso che potresti dover tornare al computer per le informazioni che richiediamo. Voglio sapere i nomi, i ranghi e la presente postazione, se conosciuta, di qualsiasi agente si trovasse alla stazione di polizia al tempo dell'omicidio Prentice."

"Mi è permesso sapere perché sto cercando una tale informazione?"

"Prima trovamela, giovane Harry, e poi ti dirò tutto quello che so."

"Giusto signore, lasci fare a me," disse Drew mentre di nuovo accendeva il computer sulla scrivania di Connor. Mentre portava Lucy Clay nuovamente fuori dall'ufficio per lasciare che Drew lavorasse in pace, si girò e parlò all'uomo alla scrivania.

"Senti Harry."

"Sì?"

"Ricorda quello che ti ho detto. Solo io o il sergente Clay possiamo entrare in questo ufficio e non preoccuparti se innervosisci qualcuno ubbidendo al mio ordine, capito?"

"Perfettamente, signore."

"Lei sa qualcosa che io non so, vero?" gli chiese la Clay due minuti più tardi mentre sedevano uno di fronte all'altra a un tavolo vuoto nella sala operativa.

"Forse sergente, ma forse anche no. Quando sarò sicuro di una risposta o dell'altra, te lo dirò, ma al momento voglio giocare le mie carte vicine al petto. Sto meditando un sospetto basato su una cosa che Cahill mi ha detto l'altro giorno mentre ce ne stavamo andando, ricordi?"

"Giusto," disse la Clay comprendendo i pensieri del suo capo. "Non dirò altro fino a che non sarete pronto."

La sergente aveva un'idea di dove Connor stesse andando con la sua teoria, ma sapeva anche che darvi voce a quel punto sarebbe stato aspettarsi troppo da lui. Quando e se avesse avuto la conferma che aveva chiesto, avrebbe fatto la sua mossa, e Lucy Clay sarebbe stata con lui come sempre. Guardò l'orologio alla parete e vide la seconda lancetta che ruotava attorno al quadrante. Ogni secondo sembrava durare un'eternità e la lancetta dei minuti sembrava avanzare al rallentatore. In questo modo passò i successivi dieci minuti seduta, chiedendosi quando Connor si sarebbe risvegliato dallo stato quasi di trance in cui si era calato. Lucy era una sergente troppo brava e con troppa esperienza per interrompere il suo capo quando sapeva che era in profondi pensieri, quindi rimase seduta lì guardando l'interminabile ticchettio dei secondi, aspettando.

Alla fine Connor si ridestò e guardò la sua sergente con intensità prima di parlare.

"Se ho ragione Lucy, allora la soluzione di questo dannato caso è alla nostra portata. Se invece mi sbaglio e ci muoviamo troppo presto, allora la mia carriera e la tua, e forse quella di qualsiasi agente abbia lavorato a contatto di gomito con noi su questo caso potrebbe essere in serio pericolo di evaporare davanti a nostri stessi occhi."

"Allora adesso vuole condividere con me la sua teoria?"

"Ti dirò quello che oso svelare per il momento, e poi il resto se sarà confermato, come credo che farà Harry Drew. È lui che ha in mano la chiave per risolvere il caso adesso Lucy, credimi, ma non posso dirgli esattamente cosa cercare. Deve trovarlo da se perché se mi sbaglio allora i motivi del mio errore sarebbero indipendenti."

"Non è da lei essere così misterioso."

"Lo so Lucy, ma ascolta. Ti ricordi quando ho parlato la prima volta con Roger Cahill, il vecchio intendo?"

Lucy annuì e rimase in silenzio, aspettando che Connor continuasse.

"Eravamo così presi dalla sua storia riguardo a McLean e al suo coinvolgimento con la vedova Prentice che ad entrambi è sfuggita una piccola frase nella sua dichiarazione. Quella è la cosa che è tornata a perseguitarmi, la cosa che mi ha tormentato per giorni fino a che sono riuscito a ricordare dove mi trovato quando l'avevo sentita e cosa fosse che avevo sentito. Ci ha detto che quando Elizabeth Prentice ha messo fine alla sua relazione con McLean, ha iniziato ad uscire con un *agente di polizia*! Se ho ragione Lucy, quell'agente di polizia era probabilmente un giovane agente al tempo, forse uno di quelli impegnati nel fare interrogatori di casa in casa durante l'indagine piuttosto che qualcuno direttamente coinvolto nella stessa. Penso che nel corso dei suoi pattugliamenti quotidiani abbia conosciuto la signora Prentice e che alla fine siano diventati amanti. È *lui* quello che è diventato amareggiato e sconvolto e che è andato a finire con il meditare vendetta contro tutti coloro che hanno canzonato Elizabeth Prentice, incluso forse il suo precedente amante Sandy McLean. Durante questo caso mi ha sempre tormentato l'idea che l'assassino sia sempre riuscito a trovarsi un gradino davanti a noi, come se sapesse esattamente cosa stavamo facendo e quando lo stavamo facendo. Ora ho una decente idea del come e perché."

Connor fece una pausa, abbastanza lunga perché Lucy gli chiedesse:

"Lei pensa di sapere di chi si tratta, vero?"

"Aspettiamo e vediamo, Lucy, aspettiamo e vediamo. Come ho detto, Harry Drew è l'uomo che può confermare che il mio sospetto sia vero e, detto questo, devo ammettere che spero sinceramente con tutto il cuore di sbagliarmi!"

Nonostante il fermento di attività tutt'attorno a loro nella sala operativa, quando Connor fece silenzio e Lucy Clay rimase e fissare il suo capo con un'espressione perplessa in volto, in quel momento nella piccola area attorno al tavolo al quale sedevano si sarebbe potuto sentir cadere uno spillo.

Connor e la Clay rientrarono nell'ufficio di Connor proprio mentre Harry Drew stava stampando un documento dalla stampante collegata al computer, sul piccolo tavolino nell'angolo della stanza.

Lucy Clay chiuse la porta dell'ufficio molto silenziosamente e i due investigatori aspettarono in totale silenzio mentre Drew guardava il foglio che aveva in mano. Un'espressione interrogativa apparve sul volto di Drew mentre leggeva la lista di nomi che era apparsa come per magia dagli archivi del computer della polizia.

"Hai trovato qualcosa, vero Harry?" chiese Connor.

"Beh penso di sì, anche se non sono sicuro di cosa lei si aspettasse di trovare."

"Fammi vedere per favore," disse Connor sottovoce, allungando una mano per prendere il documento dal giovane agente che aveva ancora un'espressione interrogativa e confusa in volto, come se non fosse sicuro di cosa dovesse trovare e, ora che l'aveva trovato, non sapesse bene cosa significasse, sebbene era evidente che Connor lo sapeva.

La lista di nomi sul foglio di carta era piuttosto lunga, anche se in quasi ogni caso l'annotazione accanto ai nomi dichiarava 'pensionato', 'deceduto', o solo 'presente status sconosciuto'. Solo un nome balzava all'attenzione dalla pagina mentre Connor la analizzava e annuiva con la testa come se fosse proprio quello che si aspettava di trovare. Lentamente, con aria di rassegnazione nei movimenti, sembrò che le spalle gli si chiudessero un poco mentre passava la lista al sergente che aveva pazientemente aspettato che lui parlasse o facesse qualcosa senza interromperlo.

Lucy Clay guardò il foglio come aveva fatto il suo capo e capì perché lui avesse sperato contro ogni speranza che la sua ultima teoria fosse sbagliata. Non lo era! Mentre scrutava il documento che teneva in mano vide che conteneva una lista di tutti gli agenti che erano stati impegnati alla stazione di polizia durante il corso dell'originario omicidio Prentice. Vi erano elencati coloro che avevano condotto gli interrogatori dei testimoni, le interviste casa per casa, e poi gli agenti di rango più elevato che avevano avuto il compito di portare avanti la dettagliata indagine delle prove. Tra tutti i nomi sulla lista uno le gridava dalla pagina, come aveva fatto per Connor. Era il nome del solo agente ancora impiegato alla centrale, anche se non era più un semplice agente come a quei tempi in passato, quando aveva condotto gli interrogatori nella strada dove viveva Elizabeth Prentice.

"È l'ispettore capo Lewis!" sussultò incredula.

"Sì, Lucy. Temo di sì," disse Connor con una nota di rassegnazione nella voce.

"Ma, signore, lui e... intendo dire, è il capo, è l'uomo che ha condotto l'indagine per tutto il tempo."

"Lo so Lucy. Ecco perché è sempre stato un passo davanti a noi. Ecco perché non riuscivamo mai ad arrivare vicini all'assassino: perché Lewis sapeva esattamente cosa stavamo facendo e cambiava identità per continuare a guidarci lungo le numerose piste fasulle che abbiamo percorso. Quando indagheremo un po' più a fondo scopriremo che ha avuto una relazione lunga e duratura con Elizabeth Prentice, e che si è trovato completamente avvolto dalla sua campagna contro quelli che lei pensava responsabili per la morte di suo marito, o almeno per i loro peccati e omissioni nell'aver permesso che chiunque fosse stato l'assassino fosse sfuggito alla giustizia. Non so perché, ma ha aspettato tutti questi anni prima di perpetrare la sua azione contro quelle persone o le loro famiglie."

"Dev'essere malato, signore."

"Molto malato, sergente, senza dubbio. Ora penso che sia tempo di fare una parola con l'investigatore ispettore capo Harry Lewis. Andiamo Drew, voglio che vieni con noi."

Harry Drew seguì Connor e la Clay mentre si dirigevano verso l'ufficio del loro capo. La porta era chiusa quando arrivarono e Connor, facendo strada, bussò con forza prima di aprire la porta, solo per rivelare che l'ufficio era vuoto.

"È sparito signore," disse la Clay.

"Lo vedo sergente. La domanda è dov'è andato."

In quel momento il sergente Tom Daly, l'agente amministrativo della centrale entrò di corsa nell'ufficio dell'ispettore capo, inconsapevole della loro presenza.

"Oh, salve signor Connor," disse all'investigatore. "Il capo non è tornato ancora?"

"Tornato da dove, sergente?"

"Beh, signore, è venuto da me un po' di tempo fa. Ha detto che voi volevate una trascrizione dell'ultima chiamata che l'agente Fox aveva fatto dalla casa di sicurezza. Gli ho detto che voi avevate ordinato che nessuno se non voi doveva avere accesso a quell'informazione, ma mi ha ricordato che lui era il vostro capo, e il mio, e ad ogni modo ha detto che gli avevate chiesto voi l'informazione perché eravate impegnato in un'altra parte dell'indagine."

"Quella trascrizione riportava anche il numero telefonico della chiamata in entrata, sergente? Pensaci ragazzo, è importante."

"Beh sì, deve esserci stato. Tutte le chiamate ufficiali in ingresso vengono visualizzate e identificate dal numero di chi chiama e il numero viene registrato in cima al formulario di trascrizione."

"Maledizione!" imprecò Connor. "Quindi non c'era niente a impedirgli di chiamare la gente della Telecom e scoprire l'indirizzo che corrispondeva al numero da cui è arrivata la chiamata."

"Certo che no, signore. Senta, c'è un problema?"

"Farai meglio a sperare di no, sergente. Quando ho detto che nessuno doveva avere accesso a quell'informazione, intendevo nessuno, e questo include Lewis, o il capo superiore, o addirittura il dannato capo supremo!"

"Mi spiace," mormorò l'agente amministrativo, ma Connor e la Clay, seguiti dappresso da Drew, stavano già correndo verso le scale per uscire dall'edificio. Connor mise un pezzo di carta in mano a Drew e gli diede frettolose istruzioni di fare un breve deviazione e andare a prendere l'agente Kelly, per poi andare entrambi in auto alla casa di Tolliver.

Quando la Clay fermò la Mondeo fuori dal vicolo eserto dove si trovava la casa di Tolliver, nascosta dietro a un folto groviglio di alberi, Connor percepì che lì non stava andando tutto bene. Tutto *sembrava* troppo tranquillo.

"Andiamo quatti quatti, Lucy," le ordinò mentre scendevano silenziosamente dall'auto e si dirigevano verso la casa. "Non vogliamo brutte sorprese adesso, vero?"

"Giusto signore."

"Prima daremo un'occhiata attraverso le finestre e cercheremo di assicurarci di cosa stia succedendo là dentro prima di fare qualsiasi cosa. Io vado allo studio, tu prendi la sala da pranzo. Sono entrambe al pianoterra e davanti alla casa. Se non vediamo nulla andremo di lato e controlleremo le altre stanze."

I due agenti si mossero quasi in silenzio verso le finestre del pianoterra che Connor aveva indicato. Quando arrivò alla finestra dello studio dell'ex giudice, Connor vide qualcosa che quasi gli fece gelare il sangue nelle vene. Lewis era già lì e l'agente Simon Fox, Henry DeVere e i due Roger Cahill erano in ginocchio con le mani dietro alla testa dalla parte opposta della stanza. Lewis li stava puntando con un minaccioso fucile e nessuno degli uomini confinati in quella stanza avrebbe potuto muoversi senza che l'ufficiale vedesse cosa stavano facendo e li rendesse bersaglio istantaneo della sua arma da fuoco. Connor fece un cenno alla Clay che rispose al suo gesto frenetico con un cenno della testa e andò a raggiungere il suo capo che ancora spiava dal davanzale della finestra. Dopo essersi presa qualche secondo per comprendere la situazione, chiese:

"E adesso capo? Qualche idea?" gli sussurrò.

"Penso che dovremmo affrontarlo a testa alta, sergente, dato che non penso che il tempo sia esattamente dalla nostra parte. Lewis è fortemente instabile e potrebbe premere il grilletto in qualsiasi momento."

"Faccia strada allora, io sono comunque con lei," disse la Clay mentre Connor iniziava a dirigersi verso la porta d'ingresso della casa.

Insieme i due agenti entrarono facendo il minor rumore possibile, anche se la pesante porta d'ingresso tradì la loro presenza producendo un fastidioso scricchiolio con i cardini che protestavano per il movimento mentre la Clay cercava di chiudere la porta senza annunciare la loro presenza.

"Scusi," sussurrò.

Connor si mise semplicemente un dito sulle labbra e le fece cenno di andare avanti seguendolo. Attraversarono furtivamente il corridoio e si fermarono fuori dalla porta dello studio, ascoltando attentamente per distinguere qualsiasi rumore proveniente dall'interno.

"Se sei tu là fuori, Sean," tuonò la voce di Lewis da dentro, "ti suggerisco di entrare e raggiungere i tuoi amici. Mi stavo chiedendo quanto ti ci sarebbe voluto per capire dove mi trovavo."

Connor abbassò titubante la maniglia e lentamente aprì la porta dello studio, facendo cenno alla Clay di restare dov'era.

"Oh, Sean, sul serio! Porta anche la tua brava sergente qua dentro. Non vorremo mica lasciarla lì in piedi da sola, vero?"

Connor e la Clay si unirono all'infelice gruppo nella stanza e furono subito messi in ginocchio, indifesi come gli altri prigionieri.

"Di certo deve capire che è finita. Non potete scappare da qui," disse Connor, cercando di ragionare con il suo capo.

"Pensi davvero che adesso mi importi, Sean, dopo tutto questi anni? Non hai idea di come sia stato, pianificare e aspettare il momento giusto per eliminare tutti questi cretini. Hanno tutti reso la vita della mia povera Elizabeth una disperata e malinconica miseria, e meritavano tutti di pagarla cara."

"Signore, Harry, ascolti. Non deve farlo. Si è lasciato annebbiare la facoltà di giudizio da cose che sono successe un sacco di tempo fa e dalle parole di una donna che era colpita dal dolore ed era pronta a scatenare la sua rabbia contro qualsiasi cosa e persona lei pensasse fosse contro di lei, nella ricerca di fare giustizia per suo marito. È andata fuori di testa e a lei è successo lo stesso. Però non è troppo tardi. Può avere aiuto."

"Cosa? E finire in un ospedale psichiatrico o in una struttura speciale con tutti gli altri matti che ho aiutato ad eliminare. Dai Sean, avanti, sappiamo entrambi che non succederà."

"Allora mi dica almeno perché avete ucciso Arminder Patel e Sam Gabriel. Cosa avevano a che fare con la vostra vendetta? Non avevano nessun collegamento con Elizabeth Prentice."

"Oh, Sean, sai essere così ingenuo. Non ti rendi

conto che non avevano niente a che fare con il caso Prentice? Erano vittime di Tracy, non mie. Gabriel doveva morire perché l'aveva riconosciuta e poteva ricollegarsi alla sua presenza in città durante gli omicidi, e tu avresti potuto rintracciarla alla fine. Patel, beh, quella era una questione personale di Tracy."

"Senta signore, possiamo risolvere la cosa. Perché uccidere tutte quelle persone quando invece volete solo Roger Cahill, e lui è un uomo anziano. Perché non lasciarlo stare e far finire tutta questa faccenda adesso?"

"Avrebbe potuto aiutarla di più. Avrebbe potuto sostenere la sua storia. Invece l'ha ridicolizzata e l'ha lasciata a combattere da sola per la giustizia. Ad ogni modo, Sean, dovevo avere i suoi documenti perché un giorno ho concesso stupidamente un'intervista non autorizzata a un giornalista fuori dalla casa di Elizabeth. Dissi che credevo fosse una donna fraintesa e che le davo tutto l'appoggio. Non sono molto d'accordo, ma sarebbe bastato perché tu mi identificassi se avessi trovato prima quei documenti. Ovviamente il reporter era il nostro Cahill qui presente, anche se non ha mai pubblicato l'intervista sul suo giornale. Era troppo impegnato a prendersi gioco di lei con i suoi infidi articoli sulla faccenda."

"Ho scritto la sua storia," disse Cahill dalla sua posizione sul pavimento. "Le ho dato spazio sul giornale perché raccontasse la sua versione delle cose, ma quando ha iniziato a diventare irrealistica e mi è sembrato che stesse perdendo le staffe, il mio editore ha chiuso la serranda. Lei ha perso la testa, signor Lewis, e così anche voi."

"Taci!" gridò Lewis a Cahill. "O ti uccido all'istante."

Quando Cahill fece silenzio, Lewis puntò il fucile contro di lui e sembrò stesse prendendo la mira sul cuore del vecchio uomo. Così facendo non scorse il piccolo movimento che si vide dietro alla fessura della porta interna dello studio, quella che portava alla sala da pranzo. Quando Lewis fece un passo avanti verso la timorosa figura dell'anziano ex giornalista, la porta improvvisamente si spalancò e una voce ordinò:

"Le suggerisco di lasciar cadere il fucile, signor Lewis. Immediatamente!"

Harry Lewis si girò e vide gli agenti Drew e Kelly in piedi sulla soglia, entrambi con le loro pistole d'ordinanza in mano puntate contro di lui.

"Ah, molto intelligente, Sean. Mi hai preparato una sorpresina, vedo."

"Ho detto di lasciarlo andare, signore," ripeté Drew con voce ancora più seria.

Lentamente l'ispettore capo Harry Lewis abbassò il fucile posandolo sul pavimento. I due giovani agenti entrarono nella stanza e Kelly diede un calcio all'arma spedendola nell'angolo dello studio, dove venne rapidamente recuperata da Lucy Clay che era balzata in piedi nel preciso istante in cui Lewis aveva abbassato il fucile.

Cinque minuti dopo, con gli ostaggi fatti passare sani e salvi al salotto, dove DeVere versò per tutti qualcosa di forte da bere secondo le loro personali preferenze, Connor e la Clay, insieme agli agenti, restarono alla presenza di Lewis che ora sedeva tranquillo dietro alla scrivania che era appartenuta al giudice Tolliver. In rispetto del suo rango non era ancora stato arrestato né gli erano state messe le manette, anche se gli avevano ordinato di tenere le mani in bella vista sopra al tavolo.

"Bene Sean," disse come se si stesse rivolgendo a Connor dall'altra parte della sua scrivania alla stazione di polizia, "pare che tu abbia vinto, eh?"

"Non la chiamerei vittoria," rispose Connor. "Lavoro con voi da, quanto, nove anni? Vi ho sempre rispettato come un ufficiale di polizia dannatamente bravo. Eppure eccovi qui, un serial killer reo confesso. Non siete niente di meglio rispetto ad alcuni malviventi che abbiamo inchiodato nel corso degli anni. Perché?

Come avete potuto buttare via una carriera così dannatamente brillante per alcuni ricordi corrotti e distorti appartenenti al passato?"

"Vedi Sean, non capirai mai. Non sai cosa significhi essere così innamorati che tutto nel tuo mondo ruota attorno a una singola persona. Quando Elizabeth è morta non mi è rimasto niente per cui vivere se non portare avanti i suoi desideri e cercare di fare giustizia per lei e per suo marito. Quella causa mi ha tenuto vicino a lei per tutti questi anni."

"Quella 'causa', come lei la chiama, vi è costata la carriera e probabilmente la libertà per il resto della vostra vita."

"Così dici tu Sean, così dici tu."

Detto questo Lewis iniziò lentamente ma impercettibilmente a muovere la mano destra verso di sé.

"La prego di tenere le mani dove sono, signore," disse Drew, sempre vigile.

"Ah sì, scusi agente. Ho appena pensato che tu, Sean, vorresti magari sapere esattamente come ho fatto a occuparmi del vecchio Tolliver proprio qui nel suo studio."

Connor fece un cenno a Drew, che allentò la presa sulla sua pistola. Lewis portò lentamente la mano nella tasca interna della giacca e ne estrasse una piccola bottiglietta di scotch.

"Solo un goccetto prima, Sean, giusto per sciogliere la lingua. È una lunga storia."

Lewis prese un lungo sorso dalla bottiglietta. Connor gliela vide vuotare completamente.

"Il migliore scotch di malto," disse Lewis. "Semplice, no? Non preoccuparti, Sean. Non ci vorrà molto. Ce n'era abbastanza da uccidere un'intera mandria di cavalli da corsa in dieci minuti. La dose di Tolliver era più piccola e ci è voluto un po' di più dopo che me ne sono andato per venire a pranzo con te mentre accadeva, ma dev'essere stato uno spettacolo guardarlo contorcersi nelle fitte della morte, non pensi?"

Lewis iniziò a tremare mentre la sensazione di formicolio lo colpiva quasi all'istante.

"Maledizione signore," esclamò Drew. "Si è avvelenato."

"Cosa possiamo fare per lui?" chiese Lucy Clay mentre guardava inorridita.

"Niente sergente, proprio niente," rispose Connor con calma.

Nessuno degli agenti presenti nella stanza avrebbe mai dimenticato la scena dei successivi minuti, mentre guardavano l'uomo che avevano sempre seguito e rispettato morire per gli effetti di una dose massiccia dell'aconito che si trovava nella bottiglietta. Solo quando le convulsioni furono terminate ed Harry Lewis fu a terra, il corpo contorto nella morte sul pavimento davanti a loro, Lucy Clay spezzò lo scioccato e terribile silenzio che li aveva avvolti in quei minuti.

"Sapevate che l'avrebbe fatto, vero?"

"Ne avevo un'idea, sì Lucy. Forse è meglio così. Non sarebbe mai durato a lungo in un'unità speciale, dopotutto. Ci sarebbero stati troppi lunatici che volevano farsi un nome facendolo fuori. In questo modo è scappato a una pugnalata nella schiena nella doccia o a qualche altra ignobile morte, e penso che nonostante ciò che ha fatto, almeno gli dobbiamo questo."

"E Mary Stride? Non sapremo mai perché non ha ucciso anche lei."

"Oh, io penso di sì Lucy. Lei odiava i suoi genitori per quello che le avevano fatto lasciandola da sola ad occuparsi della sua famiglia. Nella mente contorta di Lewis lei era quindi assolta dalla sua parte di colpa perché tutta la sua vita era diventata una sofferenza come la sua. È finita Lucy, finita, e non vedo l'ora di andarmene da questo dannato posto."

Lucy Clay annuì. Drew e Kelly lasciarono la stanza e

raggiunsero gli altri in salotto mentre Connor prendeva il telefono per chiamare un'ambulanza e la squadra della scena del crimine.

Molto più tardi, dopo che il chiasso della giornata si era quietato, Sean Connor tornò al suo ufficio per informare Charles Carrick degli eventi del giorno e per scrivere il suo rapporto sugli omicidi dell'aconito. Quando mise finalmente giù la penna e si permise di rilassarsi, i suoi pensieri si volsero al resto della serata e si rese conto che Lewis si era sbagliato totalmente. Sean Connor *sapeva* cosa fosse il vero amore e, armato di quella conoscenza, prese il telefono per chiamare Catherine Nickels.

Caro lettore,

Speriamo che leggere *La Morte Viola* ti sia piaciuto. Per favore, prenditi un attimo per lasciare una recensione, anche breve. La tua opinione è molto importante.

Saluti

Brian L. Porter e il team Next Chapter

La Morte Viola
ISBN: 978-4-82412-396-1
Tascabile in edizione economica

Pubblicato da
Next Chapter
1-60-20 Minami-Otsuka
170-0005 Toshima-Ku, Tokyo
+818035793528

20 Gennaio 2022